カレル・チャペック戯曲集 II

KAREL ČAPEK

栗栖茜・訳

白い病気 マクロプロスの秘密

海山社

目次

白い病気

目　次

マクロプロスの秘密

装幀イラスト　かみや
挿　絵　　　　かみや

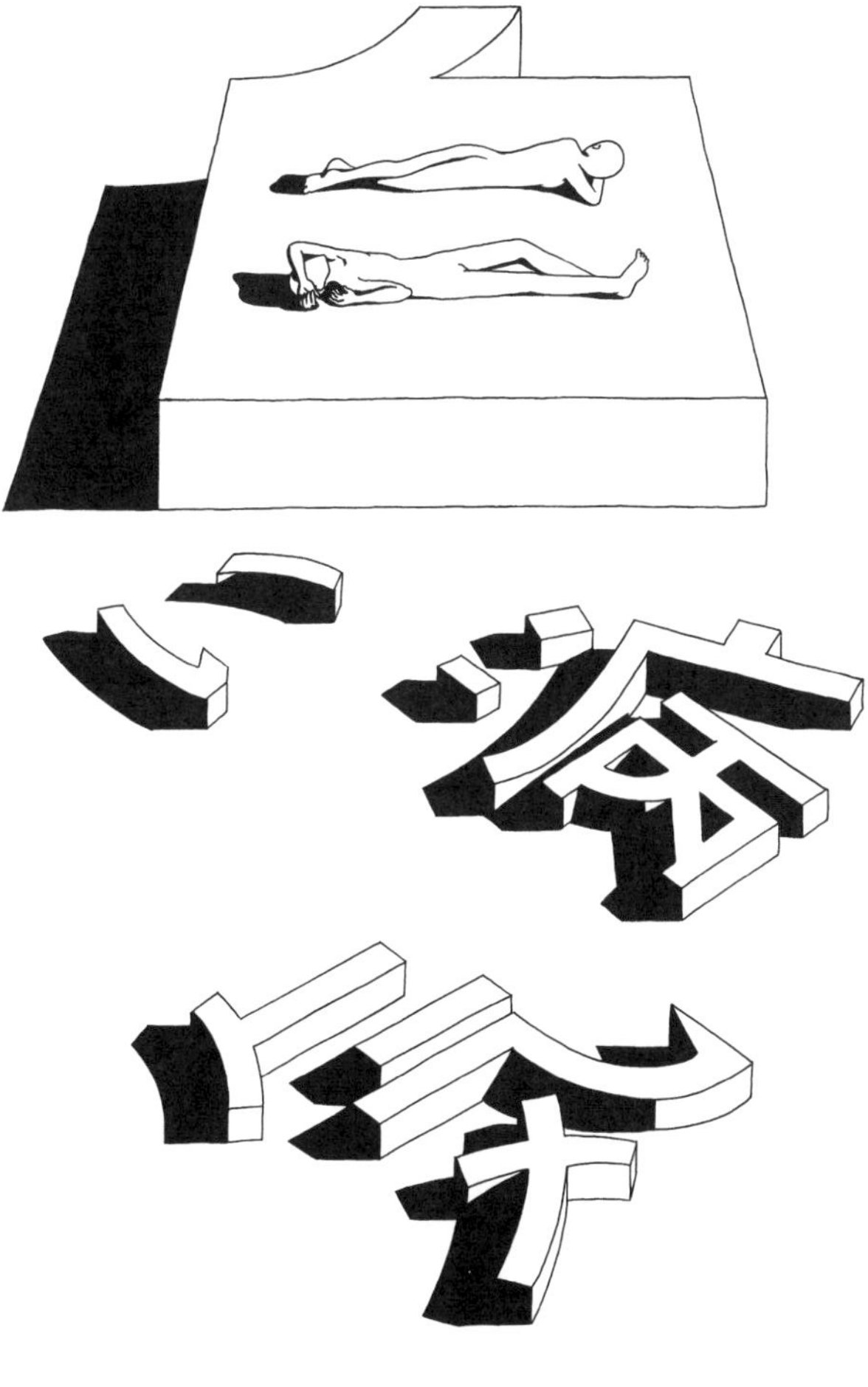

はじめに

私がこのドラマ、「白い病気」を書こうと最初に思ったのは、何年か前に私の友人で医者のイジー・フォウストカが自分で考えたこんなアイデアを聞かせてくれたときからなのです。

「悪性腫瘍を破壊できる新しい放射線をある医者が発見するんだよ。ところが、その医者は発見した放射線が人を殺す力も持っていることに気づくのさ。そして、自分の発見した放射線の力で世界を支配する独裁者になるんだ。つまり、いたるところにとんでもない災難をまき散らす呪われた救世主になったというわけだ」

私はフォウストカのこの話を聞いてから、人類の運命をその手のうちに握り、自分のやり方でその運命を変えていこうとするこのような医者を題材にしてぜひドラマを書きたいとずっと思っていたのです。

しかし、いまの時代、国民や人類の運命を手のうちに握っていたり、握りたい人はいくらでもいます。ですから、もうひとつのさしせまった動機がなければ、人類の運命を変えていこうとするそんな医者を登場させて、ドラマを書く気にはなりませんでした。そのもうひとつの動機とは、われわれの生きている時代そのものです。

第一次大戦後の人類を特徴づけるものがなにかと言えば、ひとつにはヒューマニズムからの後退があげられます。

人々はヒューマニズムという言葉をあちこちで、軽蔑的といってていいような態度で口にしているのです。しかし、ヒューマニズムという言葉には、人命と人権へのうそ偽りのない敬意、自由と平和への愛、真実と正義を求める努力、さらには、道徳的な公理とでもいえるものが含まれています。これらは、ヨーロッパの伝統的な精神のもとで今日にいたるまで、人類の進化を意味するものと考えられてきたのです。

よく知られているように、いくつかの国と国民のあいだには、これらとはまったく異なる精神が登場してきています。その精神のもとでは、人間ではなく階級、国家、民族あるいは人種があらゆる権利の担い手となり、唯一の、いや無上の尊敬の対象になっているのです。階級、国家、民族あるいは人種といったこれらのものよりも上に立って、その意志と権利を道徳的に拘束できるものはなに一つありません。

国家、民族、体制にはありとあらゆる権限が与えられています。ところが、一人ひとりの人間の自由な精神と良心、生きる権利、人としての自己決定権は、肉体的にも精神的にも、いわゆる集団的支配体制によって完全に従属をしいられているのです。

ところが、この集団的支配体制は、本質的にはなにごとも暴力を使って押し付ける純粋に独裁的な体制そのものなのです。

つまり、今日の世界情勢のなかにあって、政治権力の精神は、倫理的で民主的なヨーロッパの伝統に真正面からただただ戦いをいどんできているのです。この対立は年を追うごとに、ますます悲惨な形を取り、国と国とのもめごとを引き起こしています。しかしこれは同時に各国がかかえる国内問題でもあります。外面的にはこの対立は、今日のヨーロッパで絶えることなく軍事的な緊張が続き、政治上の問題を力で相手を徹底的にたたきつぶすことによって解決しようとする傾向がますます増大していることにはっきりと現れています。

たしかに、いま世界で起こっている対立は、経済学的、あるいは、社会学的な考え方からも説明することができるかもしれません。また、生存競争という生物学の用語を使って説明してもいいかもしれません。ただ、この対立の最もドラマチックな側面は、二つの大きな、まったく相反する理想がぶつかりあっていることなのです。

一方には全人類的なヒューマニズム、民主的自由、世界平和、さらには、一人ひとりの人間の生命と権利に敬意を払い尊重するという、倫理的な理想があります。ところがもう一方には、ダイナミックで反ヒューマニズムな権力の理想があります。国家主義的に支配を強め、さらには国土などを拡大していこうとする理想です。このような反ヒューマニズムの理想にとっては、暴力は歓迎すべき手段であり、人の命は単なる道具にすぎないのです。今日、よく使われる言葉で言えば、これは民主主義の理想と際限のない野望にとりつかれた独裁主義の理想との対立なのです。悲劇がさしせまる現実の中にあって、私に「白い病気」を書くように背中を押したのは、まさしくこの対立なのです。

「白い病気」という架空の病気のかわりに、がんやそれ以外の実際に存在する病気でもよかったのかもしれません。しかし作者は個々のモチーフはもちろんのこと、このドラマが演じられる場所さえもフィクションの世界へと可能なかぎり移しかえるように努力しました。読者や観客が、実際にある病気や実在する国家や体制のことをイメージしなくてもすむように配慮したのです。

その上で、さらに作者はこの白い病気を、いわば白色人種がどこまで没落し衰亡していくかを明確に計ることのできる兆候として、象徴的に感じ取っています。現代の人間にとって白い病気のようなパンデミックは、中世に大流行したとてつもない災難をもたらしたペスト、つまり黒い病気、黒死病が舞いもどってきたようなものです。作者は意識的に、対立というこのドラマのすべてのシチュエーションを、感染すると死をまぬがれることができないパンデミックというモチーフに導いたのです。というのも、病気になり悲惨な状況におちいった人間は、必然的にヒューマニズムの格好の対象になるはずだからです。

白い病気の患者ほど、倫理性の高い、人をいたわる体制に依存している患者はほかにはいません。世界を二分する決定的な見解のちがいが、いわば、白い病気にかかってベッドの上で苦しんでいる人間の頭の上でぶつかりあっているのです。このような対立の中で、白い病気にかかった人間の生死が決まります。権力欲そのものともいえる人たちは、苦しんだり恐れおののいている人間にどこかで出会っても、同情のあまり立ち止まったりはしません。しかし、ヒューマニズムと生命尊重の名において彼らと対決している人たちも苦しんでいる人間へ救いの手を差しのべようとはしません。というのも、この人たちも彼らとの戦いでは無慈悲なおきてを受け入れざるをえないからなのです。

結局は、戦いによってこの対立に決着をつけるしかないとすれば、たとえ平和とかヒューマニズムとかを名乗っていても、人はやはり大量殺戮のなかで敵を殺し、みずからも殺されて死んでいくのです。戦争の世界では、「平和」そのものも、冷徹で、断固とした戦士でなければなりません。ところがこのドラマではまったく逆に、権力そのものを象徴しているともいえる人物が、人間的な助けを懇願する登場人物の一人となるのです。ところが、そうしているあいだに、彼がいましめを解いてしまった大量殺戮のメカニズムはもう止めることもできず、みずからを乗り越えて非情にも、前へ前へとまるでころがるように突き進んでいくのです。

作者である私はまさしくこのような状況の中で、いまわれわれが経験している世界的な対立の持つ絶望的な重みを感じ取ったのです。この対立でぶつかりあっているのは、ただ単に黒と白、悪と善、無法と正義ではありません。どちらにとっても、妥協しないでどうしても守り通さなければならない価値観がぶつかり合っているのです。ところが、この対立の中でおびやかされているのは善と正義のすべて、さらにあらゆる人の命なのです。

結局のところ、正反対の意思を代表する二人を冷淡にも、肉体的に、あるいは精神的に踏みにじって死へと追い込んだのは、偉大さはおろか、思いやりの心さえ欠いた群集なのです。いいですか。これがヒューマニズムが救おうとした人間なのです。そして、これが、強権を握った者たちが、栄えある偉大さへと導こうとした大衆なのです！　ガレーン、ここにきみの「すべての人」がいますよ。元師、ここにあなたの国民がいます。

われわれはみな、いまここに歴史的な対立をしているわけですが、この対立が最終的に上首尾に終わるかどうかはわからないのです。

ただひとつだけはっきりしていることは、この対立で手痛い、きびしい代償を支払うのは人間だということです。戦争が、どのような形で終わりを迎えるにしてもこの「白い病気」は群集の戦争万歳！　元師万歳！　のすさまじい叫び声とわめき声の中で幕が下ります。たしかなのは人間が救われないまま苦難にあい続けるということです。

作者にはこのドラマの悲劇的な終末が解決には結びつかないことがわかっています。しかし、戦いが現実にわれわれの時間と空間のなかで、実際に人間の力がたがいにぶつかり合って起きている以上、この戦いを言葉で解決することはできません。その解決は歴史にゆだねざるをえないのです。

このドラマの終わりに登場するアネッタやクリューク二世のような誠実で理性的な、これからをになう若い人たちを信頼することもできるかもしれません。しかし、最終的な解決は歴史が政治的に、あるいはわれわれの精神生活のうえで、どのように展開していくかにかかっているのです。この歴史にわれわれは単なる観客としてではなく、同じ志を持つ戦士として加わわっています。参加する以上、この戦士たちは世界的に繰り広げられているこのドラマティックな抗争、対立のどちらの側が、チェコスロバキアという小国のあらゆる権利と生命を保証してくれるかをよくわきまえておくべきです。

登場人物

第一幕　宮廷顧問官　シゲリウス

宮廷顧問官　シゲリウス教授
医師　ガレーン
助手1
助手2
教授1
教授2
教授3
教授4
元帥
副官
将軍
保健相
随員の一人
将校

看護婦
新聞記者
一人の新聞記者
新聞記者1
新聞記者2
医師たち、看護人たち、記者たち、随員たち
白い病気の患者1
白い病気の患者2
白い病気の患者3
父
母
娘
息子

第二幕　クリューク男爵
宮廷顧問官　シゲリウス教授
クリューク男爵

医師　ガレーン
元帥
副官
白い病気の患者1
白い病気の患者2
父
母

第三幕　元帥
元帥
その娘
クリューク二世（パヴェル）
宣伝相
副官
医師　ガレーン
息子
群衆の一人

群衆

第一幕　宮廷顧問官　シゲリウス

第一場

包帯姿の白い病気の患者三人

白い病気の患者1　ペストだよ。これはペストにちがいない。今じゃ街中、どの家にもペスト患者がきまって何人かいるよ。おれがとなりの家の男に、あんたにもあごのところに白い斑点ができてますね、と言ったら、やっこさん、なにもできていないよ。なにも感じないもの、と答えたものさ。ところが、今じゃ、このおれと同じように、やつの体からも肉のかけらがぽろぽろ落ちてくる始末だ。これはペストだよ。

白い病気の患者2　絶対にペストじゃない。これは白い病気さ。だれもがこの病気のことを白い病気だなんて呼ぶけど、罰《ばち》当り病とでも呼ぶべきだね。白い病気が自分からやってくるわけがないじゃないか。これは神がわれわれに与えた罰なんだよ。

白い病気の患者3　ああ、キリスト様、ああ、神様――キリスト様、神様――キリスト様、神様――

白い病気の患者1　罰だって？　罰！　いったい、どうしてこのおれに罰《ばち》が当ったか教えてくれよ。
おれの人生はこれまでいいことなんてなにもなかった。つらいことばかりだったよ。そんな貧乏人のおれに罰《ばち》が当たるなんて。ひでえ神様だな。まったく。

白い病気の患者2　あわてるなよ。今にわかるさ。おまえのようにやられるのが皮膚だけのうちはまだいいのさ。だが、こいつみたいに、体の中までやられ始めると、これはただの偶然じゃなくて、きっと罰《ばち》が当ったにちがいない、これにはなにかわけがあるにちがいない、そう自分で言わざるをえなくなるさ。——

白い病気の患者3　イエス様……イエス様、ああ、天にまします神様……

白い病気の患者1　そりゃわけがあるさ。生きている人の数が多くなりすぎたので、半分はくたばらなくちゃいけないってわけだ。のこりの半分のためにね。わかるかい。つまり、お前はパン屋だけど、もう一人のパン屋に席を譲るのさ。そういうおれもただの文無しさ。だが、おれがくたばったらほかの男がおれのかわりにスカンピンになり、すきっ腹を抱えるんだよ。ペストが広まったのはこういうわけさ。

白い病気の患者2　いいかい、もう一度言うけど、これは絶対にペストじゃないぜ。これは白い病気さ。ペストだと皮膚は黒くなる。だから黒死病って言うそうじゃないか。お前は白い病気だから皮膚が白くなって、そう、チョークのように真っ白じゃないか。

白い病気の患者1　白かろうと黒かろうと、どっちでもいいさ。いやな臭いさえしなけりゃね。

白い病気の患者3　キリスト様、神様……私のキリスト様……イエス・キリスト様、私をお憐みください……

白い病気の患者2　だけど、おまえは、おまえはひとりじゃないか。おれのように、女房や子ともたちにまでいやがられるようになってみろ。――かわいそうに、むりもない。あいつらだってこんなおれとはとっても一緒には暮らせないさ！　その女房にも今じゃ、胸に白い斑点ができているんだぜ。――おれの家のとなりには椅子の張り替え屋が住んでいるんだが、そいつも昼となく夜となくめそめそ泣きごとを言ってやがるんだ、昼となく夜となくね――

白い病気の患者3　イエス様――イエス様――イエス様……

白い病気の患者1　うるさい！　お前の泣き声なんぞいつまでも聞いてられるか、このカサっかきめ！

幕

第二場

宮廷顧問官をつとめるシゲリウス教授の執務室

シゲリウス ……きみ、すまないが三分しか時間がないんだよ。患者が待っているんだ！ それで、きみは私からなにが聞きたいんだね？

新聞記者 シゲリウス先生、私どもの新聞では必要な情報を最も信頼の置ける方からじきじきにお聞きして、それを読者に伝えたいと考えておりまして――

シゲリウス ――例の白死病に関する情報だろう？ 困ったことに、この病気についての記事が多すぎるね。しかも、医学的な知識のないずぶの素人が書いたことが見え見えじゃないか。病気のことは医者にまかせておくべきだと思うがね。

病気に関する記事が新聞にのると、読者の多くは新聞に取り上げられている病気の徴候が自分の体に現われていないか、すぐ調べ始めるものさ。

新聞記者 たしかに。ただ、記事は読者を安心させるために書いているのですが――

シゲリウス 安心させる？ 一体どうやって安心させるのかね？ いいかい、きみ、こいつは――厄介きわまりない病気なんだよ。なだれのようなすさまじい勢いで広がっているんだ――もちろん、世界中の医者が必死になってがんばっているんだが。（肩をすくめて）、今のところ、何の成果もないんだ。医学はこの病気に関するかぎり無力なのさ。だから最初の徴候が現われたら、迷わずかかりつけの医者のところへ行くよう、新聞に書いてほしいんだ。いまはこんなことしか言えないんだよ。

新聞記者　診た医者は――

シゲリウス　つけ薬の処方を書くだろうね。金にゆとりのない人たちには過マンガン酸カリを、ゆとりのある人たちにはペルー・バルサムをね。

新聞記者　効くんでしょうか。

シゲリウス　効くことは効くさ。きずが開いたときにでるひどい臭いをおさえるにはね。きずが開けば、この病気の第二期だということになるんだが。

新聞記者　そうすると第三期は？

シゲリウス　モルヒネだよ、きみ。モルヒネ以外の薬はだめだね。さあ、もういいだろう？　つまり、医者の手に負えない、とんでもない病気ってことだよ。

新聞記者　あのう、……とてもうつりやすい病気なのでしょうか？

シゲリウス　（急に学生に講義するように）そう。この病気をうつす病原体はまだわかっていない。わかっているのはただ、この病気がいま、とてつもない速さで広がりつつあるということだけなのだ。それに、予防接種もきかない。――少なくとも若い人にはきかないのだ。それなのに、動物にはぜんぜん感染しない。自分の身を使ってこういうすごい実験を行なったのは、東京のヒロタ博士なのだ。われわれも、きみ、闘っていることは闘っている。しかし、なにしろ相手は正体不明の敵なのだ。これは新聞に書いてもらってもかまわないが、この病院でもこの病原体を突きとめようと、もう三年も研究を続けているのだ。この病気について、研究論文もしっかり発表してきた。われわれの論文は引用数も多いし、評価も高い。（呼び鈴のボタンを押して）

はっきりわかっていることと言えば——残念ながら二分しか時間がないんだね。

看護婦（登場）先生、お呼びですか。

シゲリウス　こちらの記者さんに、うちの病院の発表した論文のリプリント（別冊）を差し上げてくれないか。

看護婦　かしこまりました。

シゲリウス　きみ、記事の中で、これから渡す論文の内容を引用してもかまわないからね。例の白死病に対してうちの病院が必死になって闘っていることを国民が知ればきっと安心するだろうからね。われわれは、もちろんこの病気をレプラだとは思っていないさ。レプラの病変は基本的には皮膚にかぎられているのだが、この病気は完全に内科領域の疾患なのだ。うちの病院の皮膚科の連中は、自分たちにもこの病気の講義をする権利があるなどとえらそうなことを言っているが、まあ、言わせておけばいいさ。この病気は、きみ、疥癬《かいせん》なんかとはまったくくちがうからね。

この病気はレプラではない、まったく別の病気だと書いて国民を安心させてもらうとありがたい。この際、レプラなんてこの病気と何の関係もない、言ってみれば余計ものだからね！

新聞記者　つまり、この病気はレプラよりリスクが高いのでしょうか。

シゲリウス　そりゃあ、リスクはずっと高い。それに、レプラに比べて問題点がいくつもあるのさ。はじめのうち、症状はレプラとほとんどかわりがない。体の皮膚のどこかに白い小さな斑点が出てくるんだ。そこの部分はまるで大理石を触ったときのようにひんやりとしていて、知覚がまったくなくなるんだ。――ラテン語でマクラ・マルモレア（大理石斑《はん》）というやつさ。この病気が白死病とも呼ばれるのはそこからきているんだよ。

この病気はその後、通常のレプラとはまったくちがう独自の進み方をする。われわれはこの病気のことをよくチェン氏病とか、ラテン語を使ってモルブス・チェンギとか呼んでいる。チェン博士は、もちろん内科医なのだが、シャルコー先生の弟子でね。北京の病院で経験した患者を何例かまとめて、世界で初めて専門誌に症例報告したんだよ。だからこの病気に彼の名前がつけられているというわけなのだ。

この症例報告の論文は実に画期的なもので、私はすでに一九二三年、この論文を引用しているんだ。しかし、当時はまだだれもチェン氏病がパンデミックになるなんて思いもよらなかったのだよ。

新聞記者　あの、パンデ……何とおっしゃいましたか？

シゲリウス　パンデミックさ。世界中にナダレのようなすさまじい勢いで広がっている病気のことだ。中国では、きみ、毎年のようにこれまで知られていない興味のある病気が発生している。――なにしろどん底の生活だからね。それでもこのチェン氏病はこれまでにないほどの迅速さできちんと報告されたんだ。そういう意味では、現代の病気と言っていいかもしれない。
　これまでにもう優に五百万人がこの病気で死亡した。現在、この病気にかかっている人が約千二百万人いるのだが、さらに、少なくともこの三倍の人が、体のどこかに豆粒よりも小さい、知覚がにぶった、大理石のような斑点ができているのにも気がつかずに、忙しく走り回っているのだよ。
　――この病気の患者がわが国で見つかってから、まだ三年も経っていないんだが！　なにしろ、ヨーロッパでのこの病気の最初の患者はうちの病院で発見されたのだからね。このことも記事の中で触れてもらってもいいんだが。きみ、このことをわれわれは誇りにしているんだ。なにしろチェン氏病の症状のうちの一つは、シゲリウス・サインと呼ばれているのだからね。
新聞記者　（メモをする）つまり、宮延顧問官で大学教授のシゲリウス博士のお名前がついているというわけですね。
シゲリウス　そのとおり、それでシゲリウス・サインってわけだ。いいかい、われわれは総力をあげてこの病気の原因を突き止めるために研究を続けているんだ。
しかし、今のところはっきりと言えるのは、大体、四十五歳から五十歳以上の人しかチェン氏病にかからないということだけなんだよ。このことには疑問の余地がない。どうやら、老化と呼ばれている組織の通常の変化が、この病気にかかりやすいことの根底にあるようだ。

新聞記者　すごく興味深いお話ですね。

シゲリウス　ほんとうにそうかな？　――ところで、きみはいくつだい？

新聞記者　三十歳ですが。

シゲリウス　なるほど。もし、きみが中年の域に達していたら、……すごく興味深いなんてのんきな気分ではおれないだろうからね。この病気の症状が少しでも出てしまえば、それはもうその患者の今後の見通しがきわめて暗いこと、ラテン語で言えばプログノシス・インファウスティシスマ、つまり、予後不良を意味していることまで、きみも私もしっかりわかっているからね。

つまり、三ケ月から五ケ月で、たいていは敗血症になって死んでしまうというわけだ。私や私の学派、つまり、リリエンタール直系の古典学派はモルブス・チェンギ、つまりラテン語でチェン氏病のことなんだが、このモルブス・チェンギは感染すると考えている。この学派は偉大なリリエンタールがかって活動していた病院にいることを、今日にいたるまでなお誇りとしているんだよ。

実は亡くなったリリエンタールは私の義理の父に当たるんだ。このことも記事の中で触れてもらっても私はかまわないんだがね。

いずれにしても、この病気の病原体はまだわかっていないのだ。ただ、人の体に老化の徴候が現われ始めると、この病気にかかりやすくなるようなんだね。この病気の症状がどのようなものか、どのような経過をたどるか――そんなことはこの際はぶこう。いいよね。きいて楽しい話ではないから。どんな治療法があるかといえば―セダティヴァ・タントム・プラエスクリベレ・オプルテット、つまり、鎮静剤を処方するのが適切、というわけだ。

新聞記者　えーと、どういう意味ですか。

シゲリウス　きみ、これもはぶこう。余計なことだ。医師以外の者には必要ないからね。偉大なリリエンタールが使っていた昔からの処方なんだ。リリエンタールのような偉大な医師はどこを探してももういないね！　――もうほかにききたいことはないかね？　もうあと三分しかここにおれないからね。

新聞記者　よろしければお教えください。この病気にかからないですむ方法はあるのでしょうか？　うちの新聞の読者はそのことに一番関心がある、と思うのです――

シゲリウス　何だって？　何を言い出すんだ！　（椅子からとびあがるように）予防する？　この病気を予防するなんて、きみ、とんでもない――全く不可能だよ！　この病気にかかったら、一人残らずこの世からいなくなるのさ！　四十歳を越えていたら、みんなあぶないいんだよ。——まだ三十歳のきみみたいな青二才にはぴんとこないだろう！　しかし、いまが人生のピークのわれわれは——

　私のそばまで来てごらん！　私の体にはどこにもなにもできてないかね？　私の顔のどこかに白い斑点が出ていないか？　なに？　まだ出てないって？　こんな調子で、私は毎日、それこそ一日に十回も鏡をのぞきこむ始末さ。

　ところで、きみの新聞の読者は、生身《なまみ》の体が腐ってくずれていくのを防ぐにはどうすればよいか、きっとそのことを知りたがっていると思うんだが！　だって、きみ、私だって教えてもらいたいくらいだ。（腰をおろして、両手で頭を抱えこんで）神様、医学なんて、何の力もないんですね！

新聞記者　それでは、最後に、読者が元気づけられるお言葉を先生からいただければ——

シゲリウス　うーん。書いてくれ。……いまのところあきらめるほかに方法はないんだ。……そう書いてくれ。

電話のベルが鳴る

シゲリウス　（受話器を取って）もしもし……何だって？　私はだれとも会わないと言ってあるだろう？　医者だって？　その医者の名前は？　——そう、ドクトル・ガレーン。なにか紹介状を持って来ているかい？　持って来ていないって？　じゃ一体、面会したい理由は何なんだろう？　――なに、医学のためだって？　それなら第二助手ですむことじゃないか。医学のためなんていうやつと会う時間はないね。――なんだって、今日でもう五度目だって。そうか、それなら会おう。こちらへ通してくれたまえ。だけどいいかい、私には三分しか話を聞く時間がない、と言っておいてくれ。（受話器を置いて、椅子から立ち上る）きみ、わかるだろう。こうやって、医学の仕事に集中しなければならないってわけだ！

新聞記者　先生、貴重なお時間を割いていただいて大変恐縮しております―

シゲリウス　いやだいじょうぶさ。きみ、気にしなくてもいいよ。われわれ医療者と実社会はおたがいに協力し合わなければならないからね。なにかまた必要なことがあれば、遠慮はいらない。いつでも言ってくれればいいよ。（手を差し出す）

新聞記者　先生、そうまで言っていただいて感激です。大変ありがとうございました！（最敬礼をしてから退場）

シゲリウス　それでは！（デスクの前に腰をおろす）

ノックの音

シゲリウス　（ペンをとってなにか書きものをする。ちょっと間をおいてから）どうぞ！

ドクトル・ガレーン登場。ドアのところでもじもじしながら立っている

シゲリウス　（書き続け顔も上げない。さらに間を置いてから）　待たせるじゃないか、きみ。

ガレーン　（口ごもって）　すみません。書きもののおじゃまをしてはいけないと思ったものですから……私は医師のガレーンです……

シゲリウス　（あいかわらず書くのをやめずに）　名前はさっき聞きましたよ。ドクトル・ガレーン。どうぞ。それで用件は？……

ガレーン　私は……私は、先生、保険の医者でして……つまり貧しい人たちを診ているものですから……多くの症例に接する機会がございます……と申しますのも——貧しい人たちのあいだでは……手に負えない、それこそ数多い病気が蔓延しており……

シゲリウス　まんえん？　何のことだい？

ガレーン　あの。つまり、広がっているのですが。

シゲリウス　なるほど！　きみ、医者はわかりにくい言葉は使わない方がいい。

ガレーン　すみません、気をつけます。とくに最近……例の白死病がすごい勢いで広がっておりますので——

シゲリウス　きみ、モルブス・チェンギだろ。医学にたずさわる者は、不正確であいまいな言

い方はしないほうがいい。
ガレーン　だれでもこの悲惨なありさまを見ますと……つまり、生きたまま、白死病患者の体が……家族の見ている前でくずれ……おそろしい悪臭を放つ、つまり……
シゲリウス　きみ、そのすさまじい悪臭は薬を使って絶つしかないよ。
ガレーン　私もそう思います。でも、人ならだれでもなんとか患者たちを救えないものかと思うはずです。私のところには患者が百人います……教授、その患者のだれもがみなおそろしい症状です。患者が寝ているベッドサイドに――なにもできずに――立っていると絶望的な気持になって――
シゲリウス　いや、きみ、それはだめだよ。医師はどんな時でも絶望してはならないんだ。
ガレーン　でも教授、あのようなひどい状況を実際に目の前で見てしまいますと！　これはなにかしなければ……なにもできずにベッドサイドに立っていないで、治療法をなにか見つけなければならない、そう自分に言って聞かせたのです。
　そこでまず、私はこの病気に関するあらゆる文献を集めました。ところが、先生、残念ながら……どの文献を見ても……まったくなかったのです。なに一つ……
シゲリウス　なに一つって何のことだい？
ガレーン　正しい治療法です。
シゲリウス　（ペンを置いて）まさか、きみが正しい治療法を知っているわけじゃないだろ？

ガレーン　いや、私にはこれが正しい治療法だと考えている方法があるのです。
シゲリウス　なるほど、知っているって？　つまり、チェン氏病について、きみは自分で考え出した理論があるとでも言うのかね？
ガレーン　ええ。私自身の理論があるのです。
シゲリウス　いやもうそれで十分だ、ガレーン先生。病気で適切な治療法がまったくわからないときには、やむをえない。その病気がなぜ起きるのか、少なくともその理論を考え出そうとする。いつもそうやっているのだが。ただ、町の先生は、使うのは安全だとわかっている薬にかぎった方がいい、そう私は思っている。

ところがきみは、患者を使ってあやしげな自分の思い付きを試そうとしている。それできみの患者たちはとんでもない目にあうのではないかな。そういうことは、きみ、ここのような大病院でしかやってはいけないことだよ。
ガレーン　ですからそのために私は――
シゲリウス　ガレーン先生、私は、まだ話の途中なのだが。聞いていると思うが、残念ながらきみにさける時間は三分しかないんだ。チェン氏病に関しては、消臭薬をせっせと使うことだね。

――そしてモルヒネだ、モルヒネを中心に使うべきなんだよ。結局のところ、患者のつらさをできるだけ減らすのが医者の使命なんだよ。――少なくとも自費で払える患者にはね。

私の言いたいのはこれだけです。それでは、これでよろしいですかね。（再びペンをとる）
ガレーン　でも、教授、私は……
シゲリウス　まだなにかご用ですか？
ガレーン　あの、つまり私は、白死病を治せるのです。
シゲリウス（なにやら書き続けながら）私のところへ来てそんなことを言うのは、たぶんきみが十二人目だな。その中に医者も何人かはいたがね。
ガレーン　でも私は、自分の発見した治療法を実際にこれまで数百人の患者に使ってみたのですが——効果がたしかにあるようなのです——
シゲリウス　有効例は何パーセントかね？
ガレーン　約六〇パーセントです。二〇パーセントについてはまだ効いたとも効いてないともいえません——
シゲリウス（ペンを置いて）一〇〇パーセントなどときみが言い出したら、気ちがいかいかさま師にちがいないと考えて、きみを外へつまみ出させたと思うが。さて、どうしたものか、きみはこの私になにがしてほしいんだね？
——いいかね、きみ、私にはわかるのだよ、チェン氏病の治療薬を発見することが、どれほど人を引きつけるすごいことか。治療薬を発見できれば、すばらしい栄誉を得ることができ、すごい数の患者が押しかけてくる。大学教授の椅子にだってつけるんだよ。ノーベル賞も夢ではない。
パストゥールやコッホ、さらにはリリエンタール以上の存在になれるというわけだ。頭の中が混乱してわけがわからなくなるにちがいない。ただ、これまではみなさ・ん・ざ・ん・な結果だったからね――

ガレーン　先生、私は自分の発見した治療法が実際に効果があるのか、先生の病院で試してみたいのです。

シゲリウス　私の病院で試してみたい？　ばかげたことを言うなよ。――きみは、たしか外国の出身だよね？

ガレーン　ええ、私はペルガモ生まれのギリシャ人です。

シゲリウス　やはりそうですか。このリリエンタール記念国立病院で、私が外国人に勝手なまねをさせるわけにはいかないのだよ！

ガレーン　しかし、私は……子どものころにこの国の市民権を取っていますが……

シゲリウス　たしかにそうだね。でも、出身が問題なんだよ！　出身がね！

ガレーン　リリエンタールも……もともとは外国人でした……

シゲリウス　きみ、念のため言っておくが、宮廷の顧問官をつとめ、正教授だったリリエンタール博士は、私の義理の父だったのだ。それに時代がちがうよ。それくらい、きみにもわかってほしいね。

——それだけじゃない、ガレーン先生、偉大なリリエンタールは、自分の研究所で——経歴すらわからない……保険医などに仕事をさせるわけがない、と私は思うね。いや、これは失礼！

ガレーン　いや、先生。リリエンタールは私なら研究させて下さったと思います。私は彼の助手をしていたことがあるのです——

シゲリウス　（椅子からとび上って）リリエンタールの助手をしていたって！　きみが！　なぜお会いしたときにすぐ、そのことを言ってくれなかったのですか？　さあ、お座りください——ガレーン先生、いやまいりましたね。うちのおやじの助手だったのですか！　でも不思議ですね、助手ならば、おやじはきみのことを何度も私に話したことがあるはずなのにどうしても記憶にないのです！

ガレーン　（椅子の端に腰をおろして）つまり、先生は……私のことをいつも「坊ちゃん」先生と呼んでいましたから。

シゲリウス　それでわかりましたよ。そうですか、あなたがあの「坊ちゃん」先生ですか——リリエンタールは「坊ちゃんは私の最上の弟子だ」といつも口癖のように言っていましたよ。あなたがやめるときには「残念だ、坊ちゃん先生が辞めるなんて！」となげいていました。——ところできみ、どうしてリリエンタールのところに残らなかったのですか？

ガレーン　先生、それにはいろいろわけがありまして。……つまり……結婚したかったのです……でも、助手の給料ではとても家族を養えませんから――

シゲリウス　そいつはまずいことをしたね。いつもうちの若い連中に言っているのだが、医学に打ち込もうと思うなら、結婚してはいけない。どうしても結婚したいのなら金持の家の娘をもらえ、とね。医学の研究のためには、私生活を犠牲にしなくてはだめですからね。

――タバコはいかがですか？　ガレーン先生。

ガレーン　ありがとうございます。でも私は吸いません。――アンギーナ　ペクトーリス、つまり狭心症があるもんですから……

シゲリウス　そうか。でも、それほどひどくはないですよ。きっと。よろしければ、私がいま診てあげますが――

ガレーン　ありがとうございます、でも……今はそんなことより、ぜひ教授にお願いしたいことがありまして。先生の病院で……もう治る見込みのない末期だと考えられている白死病の患者の何人かに……私の発見した治療法で実際に治療をおこなわせていただけないでしょうか。

シゲリウス　ガレーン先生。白死病の患者は、診断されたときからもう全員、治る見込みのない末期なのだよ。だから、きみのたのみをかなえるのは、残念だがむずかしいと思うよ。困難なのだよ……うちの連中はきみにいい顔をしないと思うんだ。しかし、おやじが自分の最上の弟子だと言っていた先生のたってのたのみですからね。

——そう、こうしてはどうでしょう。つまり、発見した治療法のポイントを先生に話していただく。そのうえで、私たちは先生の治療法も含めて慎重に検討し、必要ならば臨床実験をおこなうのです。じゃまが入っても困りますから、ひとつ手はずだけは整えておきましょう。（電話に手をのばそうとする）

ガレーン　申し訳ありません、先生。しかし私は……病院で臨床実験が行なわれるまでは……どなたにも、白死病の治療法をお話ししないことにしているのです。すみません、どうしてもお話しするわけには行かないのです。

シゲリウス　この私にもかね？

ガレーン　そうです。先生にもお話できないのです。本当にどなたにもお話できないのです。

シゲリウス　本気でそう思っているのですね？

ガレーン　そうです。冗談で申しているのではありません。

シゲリウス　そういうことなら、どうしようもないね。ガレーン先生、それに、きみにはすまないが、よくよく考えてみれば、さっきの私の提案はこの病院の規則に反しているしね——それから何と言ったらいいか——

ガレーン　学者としての責任にも反する、でしょう？　わかっています。でも私にも、私なりの理由があるのです……

シゲリウス　どんな理由ですか？

ガレーン　教授、まことに申し訳ありませんが、今は理由を申し上げるわけにはいかないのです。
シゲリウス　そうですか、それではやむをえませんね。この件はこれで終わりにしましょう。よろしいですよね？　でも、坊ちゃん先生、こうしてお会いすることができてよかったと私は思っています。
ガレーン　いいえ、困ります。だめですよ。先生、話をこれで終わりにしてはだめです。私にこの病院で私の発見した治療法で実際に治療をおこなわせてください。ぜひおねがいします！
シゲリウス　なぜそうまで私がしなければならないのだね？
ガレーン　教授。私の薬は本当に効くのです！　まちがいありません。いいですか、私には一例も再発した患者がいないのです……ここに手紙があります。仲間の先生たちからのものです……先生たちは貧しいこの地域のいたるところから、自分たちが診ていた白死病の患者を私のところへ送って来るのです……この地域のことは世間にはまだ知られていませんが。先生、ぜひ手紙に目を通してください――
シゲリウス　興味ないね。
ガレーン　そうですか。とても残念です……それでは、失礼しなければなりませんね？
シゲリウス　（立ち上がる）そうだね。残念だけどもね。
ガレーン　（ドアのところで帰るのをためらう）なにしろおそろしい病気なんです……もしかし

て、先生ご自身だって……

シゲリウス　何でしょうか？

ガレーン　いや、別に。ただ……先生ご自身もそのうちにいつか私の薬が必要になるのではないか、ふとそんな気がしたものですから。

シゲリウス　ガレーン君、いくらなんでもそれは言いすぎだよ！　（部屋の中を歩き回って）いやな病気だ、まったくぞっとするな。私だって死んでもいないのに自分の体がくずれてばらばらになりたくないさ。

ガレーン　そうなっても、消臭剤を使えばいいのではありませんか。

シゲリウス　なんてこった！　しかたがない。手紙を見よう！

ガレーン　どうぞ。――

シゲリウス　（手紙を読む）ふむ（咳をして）ストラデラ先生か。私の教え子だよね？　あのとても背の高い？

ガレーン　先生、おっしゃるとおりです。ストラデラ先生はとても背の高い人です。

シゲリウス　（手紙を読み続けて）いや！　すごいじゃないか（首を振る）――まったく！　きみに手紙をよこしたのは実際、開業医ばかりだというのに、君の薬を使って信じられないほどすばらしい治療成績をあげているね！

ガレーン先生、そうだ、これはいいぞ。今思いついたのだが、ひとつ、どうだろう。きみの治療法を、私自身でうちの病院の患者で何例かさらに試してみてはどうかと思うんだがね。きみにとっても、そう悪くない話だと思うんだが？

ガレーン　ええ、でも……。先生にそう言っていただくのは、とても名誉なことです。しかし……

シゲリウス　つまり自分自身でやりたいというわけですね？

ガレーン　ええ、私は……できればこの病院で……自分でやってみたいのです。

シゲリウス　そして、その結果を発表するというわけか？

ガレーン　ええ、そのつもりです。ある条件をクリアーさえすれば……

シゲリウス　どんな条件ですか？

ガレーン　――教授、それはまだお話できないのです。

シゲリウス（椅子に腰をおろして）よくわかった。見えたぞ。きみは、自分の治療法がまちがいのないものだと証明するのに私の病院を利用しようってわけだ。それがすんだら、その治療法の使用権をひとり占めする、おおよそそんなつもりじゃないのかね？

ガレーン　ええ、つまり……

シゲリウス　ちょっと待ってくれ。わからないのかい、ガレーン先生。このリリエンタール記念病院でそんなことをしようとするなんてずうずうしいにもほどがある。まったく！　きみをこの手で階段から突き落したいくらいだ。もちろん私だって、医者ならだれでも自分の持っている技量を生かして、金をかせぎたいと思っていることぐらいわかっているさ。
しかしだよ、治療法を自分だけのものにして金もうけの道具に使うなんて、とてもりっぱな医者のやることじゃないね。にせ医者やいんちき医者、くわせものの医者がやることだよ。第一、この病気で苦しんでいる患者に対してあまりにもひどい仕打ちだし、それに――

ガレーン 先生、私は――

シゲリウス ちょっと待ちたまえ。それに、こういうことをするのは医者同士の道義にもとると思うがね。医者はだれだって、きみ、自分の患者の病気を治したいんだ。暮らしていけるのも彼らのおかげだからね。もっともな話だと思わないかい？ それなのに、きみは自分の発見した治療法で、個人的に金もうけをしようとしている。残念ながら私はそんなことはできない。

私は、医学者、あるいは医師が人類に対して負っている義務は何なのかを、いつも意識している。ガレーン先生、立場がおたがいまったくちがうね。ちょっと失礼。(受話器を取る)

第一助手に私の部屋にくるよう伝えてくれないか。そう、すぐにね。(電話を置く) 医者のモラルがここまで低下しているとは、なげかわしいかぎりだね！ どんな病気でも治せるなどと吹聴する、奇跡が売り物の医者が、次から次に現われては、あやしげな秘法を使って大もうけをしている。しかしさすがに、治療だけでなく研究もおこなっている病院を舞台に自分の治療法を宣伝しようなんて、そんなずうずうしい医者はこれまでいなかったんだが。

ノックの音

シゲリウス　どうぞ！

助手１　（登場）お呼びでしょうか。

シゲリウス　こちらへ来たまえ。チェン氏病の患者はどの病室に入院しているのかな？

助手１　教授、ほとんどどの病室にもいます。一号室、四号室、五号室……

シゲリウス　そのうち施療《せりょう》の患者はどの病室かね――？

助手１　白死病の施療の患者は十三号室にいます。

シゲリウス　担当医はだれかね――？

助手１　第二助手です。

シゲリウス　わかった。それじゃ、第二助手に君のほうから伝えてくれ。きょうから十三号室の患者の担当医はここにおられるガレーン先生にかわるとね。つまり、今後十三号室での医療行為は、薬の処方も含めて、すべてガレーン先生が行なうことになる。

助手１　承知しました、しかし教授―

シゲリウス　何だい？　なにか言っておきたいことでもあるのかね？

助手１　いえ、特には。

シゲリウス　よろしい。私の方針に、きみがなにか賛成できない理由でもあるのかと思ったよ。いいかい、第二助手には、君のほうから言っておくんだ。ガレーン先生が十三号室の患者にどのような方法でどんな治療をしても、異議を唱えてはならないとね。これは私の考えだ。
助手1　承知しました、教授。
シゲリウス　では行ってよろしい。

助手1退場

ガレーン　先生、ありがとうございます――なんとお礼を申し上げればよいか――
シゲリウス 礼なんて必要ないさ。ガレーン先生。ただ医学的な関心からやっただけのことだからね。私は医学のためなら、どんなことでも譲歩して受け入れることができるんだ。たとえ自分が個人的に徹底的にいやだと思うことでもね。なんならきみ、いますぐ十三号室を見てきたら。（受話器をとる）婦長、十三号室にガレーン先生を案内してくれたまえ。――（受話器を置く）ガレーン先生、治療にはどれぐらいの日数が必要になりますかね？
ガレーン　そうですね、……六週間もあれば……十分です。
シゲリウス　六週間、たったの六週間ですか？　ガレーン先生、魔法でも使うつもりですか？　それではこれでもういいかな。

ガレーン　（ドアまで引き下がって）先生、本当にありがとうございました……

シゲリウス　成功をいのるよ！　（ペンをとる）

ガレーン　（部屋からおずおずと、ほっとしたようすで出てくる）

シゲリウス　（ペンをデスクの上へ投げだして）どれだけ金をかせげば気がすむんだ！　まったく、あわれなものだ！　（立ち上って、鏡のところへ行き、注意ぶかく自分の顔を見つめる）出ていない、今のところなにも出ていない。

幕

第三場

夜、電燈の明かりのもとで一家が居間に集っている

父 （新聞を読んでいる）また例の病気の記事が載っている！　もういいかげんにしてほしいね！　それでなくても、ほかに心配ごとが山のようにあるのだから――

母 四階に住んでいる女の方はとても具合が悪いそうよ。もうだれもあの人のところへ行ってはいけないそうなの……最近、すごい臭いが階段のあたりでしませんか？

父 いや別に。ほら、新聞に宮廷の顧問もつとめるシゲリウス教授とのインタビュー記事が載っている。シゲリウス教授は世界的にも名の通ったこの道の権威だ。だからおれはシゲリウス先生の言うことを信用しているんだよ。ほら、私がいつも言っていることと同じことを言っているじゃないか。

母 つまりどんなことよ？

父 いまおきているばかげた騒ぎのことさ。白い病気のね。患者が少しでも出ると、新聞はすぐさまセンセーショナルにとりあげるだろ。われわれだってだれかがカゼをひいて寝こむと、すぐ、あいつは白い病気だなんて言いふらす始末だからね。

母 私の妹も手紙で、まわりは白い病気の患者でいっぱいだって書いてきたわ。

父　まったくのナンセンスだ。もうみんながパニックになっている。――なるほど、こいつはおもしろい。シゲリウスは、白い病気は中国からはじまったと言っているよ。おれがいつも言っているじゃないか。中国がヨーロッパの植民地になって、なにもかもがしっかりきちんとおこなわれるようになれば、あそこの騒ぎもおさまるってね。なにごともきちんとおこなわれずに、混乱状態が続くのは、こういう遅れた国々に対して、いつまでたっても何の助けの手もさしのべられないからだよ。なにしろだれもが貧しくて、飢えているんだから、衛生状態は最悪だ。これじゃ白い病気だって発生するし、はやるよ。――シゲリウスは、インタビューのなかで、白い病気は伝染するとも言っている。だったら、なにか手を打たなければいけないね。

母　どんな手を打てばいいと言うの?

父　白い病気の患者を隔離して、ほかの人と接触しないようにするんだ。白い病気にかかっていることがわかった者は、すべて隔離しないとね！　だったら、母さん、四階のあのばあさんが死ぬまでこのままにしておくのも、恐ろしいね！　だれもこわがって、このアパートに寄りつかなくなってしまうな。……もう階段には、ひどい悪臭が立ち込めているし……

母　あの部屋にはあの人以外だれもいないんですよ。せめてスープだけでも持って行ってあげないと。

父　ばかを言うな！　あの病気はお前、うつるんだぜ！　いいかい、お前、そんなやさしい気

でいると、あの病気をうちに持ち込むことになるんだぞ！　廊下も消毒薬を使ってなんとか
消毒しなくてはね。
母　どんな消毒薬を使うの？
父　そうだな――なんてバカなやつなんだ！
母　だれのこと？
父　この記事を書いた新聞記者だよ！　こんなことを書いて――よく検閲に引っかからずにすんだもんだな！　こんな記事をかってに書かせるなんて、こんなろくでもない記事をね！　編集局宛にに手紙を出してやるよ、こんを記事を得意げに書いているようではどうにもならないとね。まったくどうしようもないバカだ！
母　一体なにを書いたというの！
父　この病気は防ぎようがないとか……五十歳前後の人間のあいだで爆発的に広がる、と書いてるんだよ……
母　ちょっと見せて！
父　（新聞をテーブルの上に放り出してから、部屋中をせかせかと歩きまわる）ばかやろう！　こんな記事がよく書けたもんだ。こんな新聞はもう二度と買わないぞ！　今に見ていろ――おもいしらせてやる……
母　（新聞を読んで）でもお父さん、この記事は宮廷顧問をつとめるシゲリウス教授のおっしゃ

たことをそのまま書いただけなんじゃないんですか！

父　ナンセンスだよ！　現代の医学と文明の水準からしたって、まったくありえないことを書いてやがるんだ。いまは中世じゃないんだぞ。そんな伝染病がはやるなんて、ばかばかしすぎる。五十歳そこそこでこの世からおさらばだなんて。
うちの会社でこの病気にかかったやつが一人いるんだが、あいつはまだ四十五になったばかりだ。五十前後の人間ばかりがこの病気にかかるなんて、おかしなことだ。不公平きわまりないと言いたくもなるね——なぜなんだ。いったい、どうしてなんだ——

娘　（それまでソファーにすわって小説を読んでいた）なぜって？　お父さん！　きまってるじゃない。人はいつかは若い者に席を譲らなくてはいけないのよ。そうでしょう？　そうじゃないと、後ろがつかえてしまって、身動きが取れなくなるわ。

父　なんだって！　よくそんなことが言えるね！　お母さん、聞いたかい？　つまりおまえは、おれたち両親がさんざん苦労してお前たちを育ててあげたのに、今じゃおれたちはお前たちの邪魔をし、席をふさいでいる、そう言いたいんだな？
おまえら、若い者のすわる席がしっかり確保できるように、おれたちはさっさと白い病気にかかってくたばっちまえ、そういうわけだな？　たいしたご意見だよ。まったく！

母　でもお父さん、この子はそんなつもりでなんか言っていませんよ！

父　いや、言ったよ！　おれもお母さんも、五十になったらいなくなればいい、そうおまえは思っているんだろう？

娘　お父さんたら、すぐ個人的な問題に話をすりかえてしまうんだから――

父　なにを言っているんだ？　人は五十を境にさっさとくたばるべきだ、とお前も思っているんだから、ほかに解釈のしようがないじゃないか！

娘　お父さん、私はあくまで一般論として言ったのよ。だっていまのままでは、若者は自分たちの居場所をどこにも見つけられないもの。ただただこの世の中のどこにも居場所がないのよ――この辺でなにかが起きないかぎり、私たち若者がまともに生活ができ、家庭を築くなんてことはとうていありえないわ！

母　お父さん、この子の言うことも一理あると思うわ！

父　驚いたね、一理あるだと！　それじゃあ、おれたちは、一番元気なこの年でお前たちのためにこの世からおさらばしなければならいというわけか、そうだろ！

息子が登場

息子　ただいま。いったいみんなどうしたの？

母　なんでもないわ。お父さんがちょっと腹をたてていらいらしただけよ……新聞で例の病気の記事を読んでね……

息子　それで？　なにかいらいらさせるようなことが出ていたの？
娘　私、そろそろなにか起きないと、これからの若い世代が活動する場所ができない、と言っただけなのよ。
息子　お父さん、そんなことでいらいらして興奮したの？　おどろいたな。そんなことだれでも言ってるよ。
父　お前たち若い者だけじゃないか、そんなこと言っているのは。確かにお前たち若い者には、なにかおきた方がありがたいからな！
息子　実にそうなんですよ、お父さん。この白い病気の大流行がなかったら、ぼくたち若者はとんでもないことになったんですよ。姉さんだって結婚できないし、ぼくだって――そう、ぼくも必死になって国家試験にがんばらなくっちゃ。
父　いまが一番大事なときなんだぞ！　そんなときにぐずぐずしていてどうなる！
息子　どうなるって？　国家試験が通っても、どうにもならないんだよ。これから先、少しはよくなると思うけど。
父　五十前後の人間がくたばってしまえば、ってわけか？
息子　そう、そのとおりですよ。白い病気の流行がもうしばらく続いてくれればいいんだけど！

幕

第四場

十二号室と十三号室の前の廊下

シゲリウス （教授たちの一団を先導しながら）先生方、こちらです。パリシ・シェル・コンフレール。ヒア・ア・ウイ・ジェントルメン。イッヒ・ビッテ・マイネ・フェアエールテン・ヘレン・コレーゲン・ヘラインツトレッテン（訳注、それぞれフランス語、英語、ドイツ語で同じ意味のことを言う）。（一同を十三号室へと案内する）

助手1 うちのご老体、どうかしちゃったんじゃないか。あっちでもこっちでも、一日中ガレーン、ガレーンって言い通しなんだから。そのうえ今日は、世界中からこの道の権威を病室にまでつれて来て、例の奇蹟を見せようというんだからね。

でも、再発でもしたら、とんだ恥っさらしだよな！　ここの十三号室に入院している患者たちだって、まちがいなくまた白い斑点がでてくるさ。誓ってもいいぜ。

助手2 どうしてそんなに自信たっぷりに断言できるんですか？

助手1 きみ、なり立ての医者じゃあるまいし、そう簡単にはだまされないさ。一言でいえば、医学には限界があるんだよ。それを認めなくちゃ。白死病の患者を治せると信じるなんて、うちの教授はちと、頭がぼけたんじゃないかな。

おれはこの病院に来てもう八年にもなるんだ。そこへちょっとした診療所が見つかったものだから、開業しようと思っているんだ。白死病で大変なことになっている今こそ、絶好のチャンスだよ。診療所でチェン氏病の治療に当るつもりだ。

助手2　ガレーンの治療法を使うんですか。

助手1　いや、リリエンタール記念病院の治療法を使う。八年間もこの病院でただ無駄に過ごしてきたわけではないからね。おれの診療所の治療成績はなかなかいいと今に評判になるさ——

——

助手2　ガレーンは、自分の発明した治療法を秘密にしていますよね！

助手1　いくら秘密にしようとやつの勝手さ！　おれはガレーンとはこれまで口をきいたこともないけど、十三号室の看護婦の話だと、やつが自分の白死病の患者たちに、マスタードのような何か黄色い色の液体を注射しているそうだ。そこでおれは、白死病の患者に投与している体力回復剤と鎮静剤を調合して、それに黄色い着色剤を加えたんだよ。できばえは上々だ。そいつを自分でもためしてみたが、不快な気分もしないし副作用がまったくないんだ。患者もしばらくは、つらさを忘れられるだろうしね。

そこで、こいつで始めることにした。（十三号室のドアのところで中の話にきき耳をたてながら）ああ、うちのご老体、なにか一丁前の話をしてるぜ。「私どもの治療法の公開にあたっては、今しばらくの時間が必要です——」だって。たっしゃな口だな！　治療法のことなんか、おれ同様になにも知らないくせに。
　あの中国から来た医者には英語で話をしている。やるもんだ。たしかに語学はたっしゃだからな。まあ、医学者として今の地位におれるのは、リリエンタールの娘と結婚したおかげだからね！　ちくしょう、こうなったらせめておれの開業が軌道に乗るまでは、ガレーンのやつが治療法を公開しないでほしいと願うだけだよ！
助手2　そうなったら、患者はみなガレーンのところに行ってしまいますからね――
助手1　おれは、きみ、そんな心配はしていないよ。ガレーンはうちのご老体と、はっきり約束したんだよ。ここの病院での治験がおわるまでは、自分の患者にその治療法を使わないとね。そのあいだに、おれは白死病でひともうけできるというわけさ。――
助手2　でもガレーンは、その約束を最後まで守るでしょうか、まるで――まるで――？
助手1　（肩をすくめて）そう、まるでバカみたいにね！　聞いたところでは、郊外にあった粗末なクリニックをすっかりたたんでしまい、診療も全然やっていないそうだ――十三号室担当の看護婦が、食べるものもろくにないのではないかと言っていたよ。
　パン切れをポケットにいくつか入れているだけだそうだ――彼女が患者用の昼食をガレーンのところへ持って行ってあげようとしたところ、給食の事務のやつにえらくおこられたそうだ。ガレーン先生の名前が給食リストに載っていない以上、出すわけにはいかないと言ってね。立場上の話からだと、たしかに理屈は通っているよ。

助手2　私の母の……首に白い斑点が出てきたんです。ガレーン先生に母を診てくれるようお願いしたのですが、シゲリウス先生との約束があるからだめだ、と言うのです。
助手1　いやなやつだな！　いかにもあいつらしいね、仲間の医者の頼みもさけないなんて！
助手2　そこでうちの教授のところへ行って頼んだのです。この病院の医師の母親のことだから、この件だけは例外として認めるようにガレーンに口を利いてくれるようにとね——
助手1　それで、教授はなんと言ったんだい？
助手2　「きみ、すまんがね。うちの病院では例外を認めるわけにはいかないんだよ」ということでした。
助手1　いかにもうちの教授なら言いそうだね。なにしろ老いの一徹ってやつだからな。でもガレーンはきみの頼みをきけたはずだよね。医者同士の固い約束なんて、破ったっていいじゃないか。けちなやつだな！
助手2　これが母のことでなかったら……なにしろ母はぼくに医学部を卒業させようと、とことんきりつめた生活をしていましたから……彼なら母の病気を治してくれる、と思うんですが！
助手1　きみ、彼ってガレーンのことかい？　バカなことを言うなよ！
助手2　でもガレーン先生の治療成績は抜群なんですよ。まるで奇蹟のようなんです！

十三号室から教授たちとシゲリウスが出てくる

教授1　アイ・コングラチュレート・ユー、プロフェッサー！　スプレンディッド、スプレンディッド！（訳注、英語、「教授、おめでとう！　すばらしい、実にすばらしい！」）

教授2　ヴィルクリッヒ・ユーバーラシェンドーヤー、エス・イスト・エルスタウンリッヒ！（訳注、ドイツ語、「まったく驚きました！　すばらしい！」）

教授3　メ・フェリシタシオン、モナミ、セタン・ミラークル（訳注、フランス語、「おめでとう、先生、これは奇蹟ですね！」）

教授たちは、話をしながら廊下を先へ進む

教授4　シゲリウス先生、ちょっと。すばらしいご成功、おめでとうございます。

シゲリウス　先生、ありがとう。でもこの成功はリリエンタール記念病院のものです。

教授4　ところで、あの人はだれですか――

シゲリウス　十三号室にいた男ですか？　ああ、あれは医師で、ええと名前は――たしかガレーンだったと思いますが。

教授4　先生の助手ですか？

シゲリウス　とんでもない！　チェン氏病に関心があって、……ここへときどきやって来るようです。あの男もリリエンタールの弟子の一人なのです。
教授4　いや、すごい成功ですね。――実はちょっと先生にお願いが……私の患者の一人が……白死病……この患者は大物でして。つまり……（シゲリウスの耳にささやく）
シゲリウス（上ずった声で）お気の毒に！
教授4　先生のところへご紹介して差しつかえないでしょうか？
シゲリウス　ええ、もちろん、ええ、もちろんですとも！　その患者の方に、私のところへお出でになるようにおっしゃって下さい。実を言えば、まだ治験の患者以外には、私どもの治療法は行なっていないのです――
教授4　先生、もちろん、それはわかっています。でも――
シゲリウス　でも先生のご依頼ですから――
教授4　なにしろそういう患者なもので――。いや、ありがたい！
シゲリウス　先生、喜んでお引受けしますよ。

教授たちのあとから二人も退場

助手1　きみ、聞いたかい？　こいつは大金が転がりこむぞ！

助手2　ぼくの母には、治療をにべもなくことわったのに。

助手1　きみ、金とコネのちがいだよ。ちくしょう、おれの患者ならばなあ！

　ガレーンが十三号室から顔だけ出して

ガレーン　もうだれもいませんかね？

助手2　先生、なにかご用ですか？

ガレーン　いいえ、別に。ありがとう。

助手1　きみ、もういいよ！　ガレーン先生は一人になりたいみたいだよ。

　二人とも退場。ガレーンはあたりを見て自分しかいないとわかると、ポケットからパンをとり出し、ドアによりかかってかじりはじめる。

　シゲリウスがもどってくる

シゲリウス　ガレーン先生、まだここに残ってくれていて、ちょうどよかった。心からきみにお祝いを言わなくてはね。われわれはすばらしい成功をおさめたのだよ。大成功をね！

ガレーン　（あわててパンを呑みこみ）教授、そう言うのはまだ早すぎます……もうしばらく治療の結果を見る必要があります。……

シゲリウス　それは、そうだ。坊ちゃん先生、もちろん、そうだよ！　でも治療成績はやはり目をみはるものがあるよ――忘れないうちに言っておくが、きみにプライベートな患者を一人診てもらうことになるからね。

ガレーン　でも先生。私は……いま、プライベートの診療は行なっておりませんが――

シゲリウス　もちろん承知していますよ、ガレーン先生。私もそれはすばらしいと思いますよ。医学の研究だけに集中できればね。ただ、この患者は特別でほかの患者とはちがうんだ。君のために選んだんだよ。なにしろとてつもなくすごい患者なんだ。

ガレーン　でも先生、私は先生と固く約束しましたよね――私の治療法はここ、十三号室以外では使わないと――

シゲリウス　たしかにそのとおりだ。ただ、この患者にかぎってはその約束はなしにしよう。

ガレーン　でも私は――先生との約束は決して破らないつもりなんですが。

シゲリウス　どういうつもりで言っているのかね？

ガレーン　つまり、ここでいまおこなっている治験が終了するまで、個人的には治療しないということです――

シゲリウス　ガレーン先生、あえて言っておくが、私は個人的にもう約束してしまったのだ。

ガレーン　先生、まことに残念ですが、私は――
シゲリウス　この病院の責任者は私のはずだが。だから、いいね。だれがなにをするかは私が決める。
ガレーン　先生が、その患者をご自身のプライベートな患者として十三号室にお入れになるのでしたら、もちろん――それは当然――
シゲリウス　どこへ入れるって？
ガレーン　十三号室のフロアーです。十三号室は満床で空きベッドがないのです。
シゲリウス　ガレーン先生、そんなこと問題外だよ！　その患者は、この病院へ入院させるのをはばかるほどの人物なのだ！　すごい金持でね――十三号室の患者たちと相部屋だなんて、そんなことになるのなら、死んだほうがましだと思われるにちがいない――きみ、そんなこと無理に決まっているじゃないか！　坊ちゃん先生、頼むから、そんなバカなことは言わないでほしいね！
ガレーン　シゲリウス先生、治療は十三号室でしかおこないません。固く先生と約束しましたので――よろしければ、患者のところへ行きたいのですが――教授のみなさんとの対応に時間をとられてしまいましたので――
シゲリウス　どこへなりと、とっとと行けばいいさ、先生は――先生は――
ガレーン　ありがとうございます。助かります。（さっさと十三号室へ入る）

シゲリウス　バカ野郎！　まったく、このおれをとんでもない目にあわせようというんだな！

助手1がシゲリウスに近寄る

助手1　（咳ばらいをして）教授、失礼だとは思いながら、ついガレーン先生とのお話のお言葉のいくつかが耳に聞こえてしまいました——ガレーン先生のようなふるまいはこれまでなかったことです！

そこで、なにか先生のお役に立てたらと考えたあげく思いついたのですが……私の処方でつくった注射液があるのです。注射液の色はガレーン先生の使っているのとそっくりで、だれにも見分けられません。

シゲリウス　うん、それで。その注射液を使ってどうするつもりなんだ？

助手1　ガレーン先生の使っている本物の注射液の代わりに——使ってみてはどうでしょう。害のないことは確かです。

シゲリウス　きみのその注射薬は白死病には効くのかね？

助手1　その注射液の中には、先生自身の処方された体力回復剤も入っておりますので、患者の具合はとりあえずはよくなります——

シゲリウス　しかし、病気の進行は止められないだろう？

助手1　教授、ガレーン先生の注射薬で症状の改善の見られないケースもいくつかありますから。

シゲリウス　――それはそうだが。しかし、シゲリウス教授ともあろう者が、まさかそんなことをするわけには。

助手1　それはもちろん、その通りですが……でも先生、まさか、大事な患者をみすみすおことわりはできない、と思いますが――

シゲリウス　それもそうだな。（机の上から処方箋を一枚とり、いかにも軽蔑したといった感じで、冷ややかになにか書く）きみ、きみは医学の研究なんてつまらないと思っているのじゃないか？　自分でクリニックでも開業するつもりじゃないのかい？

助手1　実はお察しの通りでして――

シゲリウス　それがいいよ。（一枚の処方箋を渡しながら）これを持って私の友人のこの先生を訪ねるといい。きみを……ある患者のところへ連れて行ってくれるから。いいかい？

助手1　（しっかり頭を下げて）シゲリウス先生、まことにありがとうございます！

シゲリウス　うまくいくといいんだがね！　（足早に退場する）

助手1　（自分の両手を握って握手して）おめでとう！　……この私におめでとう！　そしてシゲリウス先生にもおめでとう！　これでお互いにうまくいくぞ！

幕

第五場

同じ廊下。部外者が立ち入らないように、白衣を着た看護人たちが見張っている。しかし、看護人たちはその態度から軍人だとわかる。

将校　（時計を見る）

助手2　（息を切らして駆けこんでくる）将校殿、元帥閣下の車が出発したという電話連絡がただいま入りました。

将校　では、もう一度確認する。病室はすべて――

助手2　午前九時から閉鎖されています。病院の職員はみな下のホールに集めました。保健相ももうそこまで来られています。私も急がなくては――（退場）

将校　気をつけ！　（看護人の白衣を着た男たちは「気をつけ」の姿勢をとる）では、最後にもう一度言っておく。元帥閣下の随員以外は、だれ一人ここから先に入れてはならない！　――では「休め！」

車のクラクションの音

将校　もう来られた！　気をつけ！　（舞台の袖に引っこむ）

静寂。どこか下の方から歓迎の声が聞こえてくる。私服の男が二人、急いで廊下を通り過ぎる。二人に看護人の白衣を着た男たちは敬礼する。

元帥登場。その一方にはシゲリウス、もう一方には保健相。二人のあとから随員たち、将校たち、医師たち。

シゲリウス　ここは十二号室でございます。やはり、チェン氏病の患者が入院しています。十二号室の患者は「対照」の患者でして、つまり——十三号室の患者との結果を比較するために、私どもの新しい治療法は行なっておりません。

元帥　わかった。では中を見せてもらおう。

シゲリウス　元帥閣下、そのまえにこのことだけは申しあげておくことをお許しください。この病気は伝染します。そのうえ患者たちは見るのもおそろしい様子です——あらゆる措置

を講じましたが、それでもなお耐えられない悪臭が残っております。

元帥　われわれ軍人と医者は、あらゆることに耐えなければならないのだ。さあ行くぞ！（十二号室に入る。随員その後に続く）

十二号室からはシゲリウスの声以外何も聞こえず、しばしの静寂が続く。まもなく将軍が助手2に支えられて、よろめくようにして部屋から出てくる。

将軍（うめくように）　これはたまらん！　ひどすぎるぜ！

ほかの随員たちも十二号室からわれさきに出てくる

保健相　ああおそろしい！　窓をあけてくれ！

副官（ハンカチを鼻に当てながら）けしからん！　こんなところへ連れてくるなんて！

随員の一人　ああ、キリスト様、イエス様！　イエス・キリスト様！

将軍　元帥閣下はよくもまあ、がまんできますね！

保健相　いやあ、みなさん。私はあやうく失神するところでしたよ――

副官　元帥閣下をこんな所へお連れするなんて！　バカどもめ！　いまに見ておれ――

随員の一人　みなさん、見ましたね……見ましたね……見ましたね……

将軍　すまんが、その話はもうやめてくれないか！　いやはや、あんなのは一生に一度だけ見ればたくさんだ。私も軍人としてひどい戦場でのありさまをあれこれと見てきたが――

助手2　オーデコロンを取ってきます！

保健相　いつも持っていなくちゃだめだ！

助手2走り去る

副官　気をつけ！

随員たち、ドアのうしろに下がる。そこへ、元帥、そのあとからシゲリウスと医師たちが十二号室から出てくる。

元帥　（立ちどまって）諸君はみな耐えきれなかったようだな。――さあ次だ。

シゲリウス　ご覧になりますと、十三号室はまったく別のようすなのがわかります。十三号室では私どもの新治療法を使って治療しております。元帥閣下、ご覧になれば、おわかりいただけます――

元帥、十三号室に入る。続いてシゲリウスと医師たちも入る。随員たちは入るのをためらい、ドアごしにこわごわ中をのぞく。それから一人ずつ中に入る。静寂。シゲリウスの小声で話す声だけがかすかに聞こえてくる。

舞台裏の声　止まれ！

もう一人の声　通して下さい、私はあそこへ行かなければ――

将校　（舞台の袖から出てきながら）どうした？　こいつは何者だ？

看護人の白衣を着た男が二人、ガレーン医師の両腕をつかんで引っぱってくる。

将校　こいつを通したのはだれだ？　――おい、何の用だ？

ガレーン　私を患者たちのところへ行かせて下さい！

助手2がオーデコロンの瓶を持って帰ってくる

将校　この男を知っていますか。

助手2　ガレーン先生です。

将校　ここになにか用があるのですか。
助手2　はい、つまり、十三号室で仕事をしているのです。
将校　これは先生、失礼しました。―手をはなしてあげたまえ！　どうしてほかの先生のように九時前に来なかったのです？
ガレーン　（腕をさすりながら）つまり、その、間に合わなかったのです……自分の患者を治療する薬をつくっていたものですから――
助手2　（小声で）ガレーン先生はつまり呼ばれなかったのです。
将校　なるほど。では先生、私とここにいて下さい。元帥閣下が部屋から出てこられるまでは、中に入っては困ります。
ガレーン　でも私は……
将校　どうか私といっしょにおいで下さい！　（ガレーンを舞台の袖のうしろに連れて行く）
十三号室から元帥、シゲリウス、さらに随員、医師たちも出てくる
元帥　シゲリウス先生、おめでとう。これはまさに奇蹟だ。
保健相　（あらかじめ紙に書いてあったものを読みあげる）敬愛する元帥閣下、保健省の一同に代わりまして――

元帥　保健相、ありがとう。（シゲリウスの方を向く）

シゲリウス　元帥閣下、私たちリリエンタール記念病院に対し、そのような高い評価をいただきまして――なんとお礼を申しあげればよいか、言葉もございません――しかし、この研究に従事しております私たち一同は、私たちの功績が元帥閣下のご功績に比べてどれほどとるにたらぬ、貧弱なものであるかを、よく存じております。

これまでこの国では無政府状態がはびこり、自由の名の下で何でもやりたい放題にできる風習が蔓延し、汚職があとをたたず、社会の腐敗がすすんでいました。元帥閣下は、この国全体の組織をこのようにほとんど瀕死の状態にまで弱めていた、たちの悪い腫れ物を駆逐されたのです。――

同感だとつぶやく声　そのとおりだ！　ブラヴォー！

シゲリウス　ですから、私は一人の医師として、このいただいた貴重な機会を用いて、最良の医師とも呼ぶべき元帥閣下に対し、深々と頭を下げさせていただく次第です。

元帥閣下は、私たち国民のあいだに広がっていたアナキーな災厄から私たちすべてを助け出し、ときには外科療法もまじえながら、根治的な治療を用いて治して下さいました。（元帥の前で深々と頭を下げる）

同感だとざわめく声　　　　ブラヴォー！　ブラヴォー！

元帥　（手を差しのべて）ありがとう、シゲリウス先生。きみはすばらしい仕事をしてくれたよ。それではここでおいとまする！

シゲリウス　元帥閣下、心から感謝申し上げます！

元帥はシゲリウス、随員、医師らをしたがえて退場

将校　（舞台の袖から登場）これで無事終わったな。気をつけ！　二列縦隊で、一行の後尾につけ！　（看護人の白衣を着た男たちは行列のあとを追って退場）

ガレーン　もう入っていいでしょうか？

将校　先生、元帥閣下のお姿が見えなくなるまで、もう少しお待ち下さい。（一二号室の前に行き、中をちょっとのぞきこむが、すぐさまドアを閉める）こいつはひどい！　先生たちはこの中に入って行くのですか？

ガレーン　はあ？　それは、もちろん入って行きます。

将校　こんなひどいところにねえ。先生。いや、まったくすごい人だな。やはり英雄だ。

ガレーン　だれのことですか？
将校　元帥閣下ですよ。あの部屋の中で二分間じっとがまんされた。私は時計で時間を計っていたのです。

車のクラクション

将校　もうお帰りになりました。先生、中へ入ってけっこうです。しばらくとはいえ身柄を拘束し、申し訳ありませんでした。
ガレーン　いえ、だいじょうぶです。とてもおもしろかったですよ——（そっと十三号室に入る）

助手2、舞台に駆け込んでくる

助手2　急がなくちゃ。新聞記者のみなさんはどこにいるんだろう。（舞台を走り抜ける）
将校　（時計を見る）おや、意外と短い時間ですんだな。（退場）
助手2の声　ここです、みなさん。ここですよ。シゲリウス教授はすぐに見えますから。

新聞記者の一団、助手2と共に登場

助手2　――みなさん、ここが十二号室です。私どもの病院でおこなっている新しい治療を受けないと、白死病という病気でどんなことになるのか見ることができます。私としては、中に入ることをみなさんにお勧めできませんが……

新聞記者の一団　（十二号室に入りかけるが、ぎょっとして後ずさりする）なんだこれは？　――さがれ！　――前へ押すな！　――これはひどい！　――ぞっとするな！

一人の新聞記者　あの……あの人たちはもう助からないでしょうね？

助手2　ええ、もう無理ですね。でもこちらの十三号室では、数週間おこなった私どもの治療法がどのようなすばらしい成果を上げたか、ご自分の眼で確かめることができます。さあどうぞ、中にお入り下さい。こわがらなくてもだいじょうぶですよ――

新聞記者の一団おそるおそる十三号室に入る。続いてみな入る

シゲリウス、すっかり有頂天になってもどってくる

助手2　教授、記者のみなさんは、いま十三号室に入ったところです……

シゲリウス　もういい加減にしてほしいね！　感激にひたっているのに……わかったよ、すぐ

行く。

助手2　（十三号室の部屋に向かって）みなさん。シゲリウス教授がもどってこられました。

新聞記者の一団　（廊下に出てくる）信じられない、これは奇蹟だ！　――すごすぎる！　――すばらしい！

助手2　教授からみなさんにお話があります……どうかお集り下さい。

シゲリウス　みなさん、申し訳ありません。まだとても興奮しているものですから……われわれの元帥閣下が強い意志を持って、あの悲惨きわまる人たちのベッドの上に身をかがめられて、同情の念を示されたさまを、直接目の当たりにしたばかりですので――ほんの短い時間でしたが、生涯忘れられない光景でした！

新聞記者1　それで教授は元帥閣下からどのようなお言葉をいただいたのですか？

シゲリウス　はい、元帥閣下ははじめはお世辞を言っていただいているのかと思うほど、ほめてくださいました。

助手2　さしでがましいとは思いますが、教授に代わって申しあげます。元帥閣下は、おめでとう、親愛なるシゲリウス。これは奇蹟だ。すごい成果だよ。このように言われたのです。

シゲリウス　そうなんです。元帥閣下は私の功績を過大と思えるほど、とても高く評価して下さいました。いわゆる白死病に対して確実に効果のある治療法が発見されたいま、白死病が中世の黒死病よりもおそろしい、人類の歴史上、最もおそるべき病気だったと記者のみなさんが記事にしていただいてもかまいません。
いまでは、もう白死病がどれほどおそろしい病気だったか、隠す必要はないのです。みなさん、私はこの成功の栄冠をわが国民が獲得したことを誇りに思っているのです。そしてこの成功が、私の偉大な教師であり先達でもあるリリエンタールの名を冠したこの病院で勝ちとられたものであることも、誇りに思っています。

ガレーン　（疲れた様子で、十三号室のドアのところに立っている）

シゲリウス　ガレーン先生、こちらへ！　みなさん、この先生も白死病に対してともに闘い、功績をあげた仲間の一人なのです。医学の研究では個々人の業績は問題ではないのです。
私たちは人のために働いているのですから――さあ、坊っちゃん先生、恥ずかしがらずにこちらへどうぞ。私たちは――ほやほやの看護婦にいたるまで、それぞれ、義務をはたしたのです。この偉大な日に、これまで献身的に働いてくれた仲間のみなさんに対して、私は心からの感謝の意を表わしたいと存じます――

新聞記者1　教授、先生の治療法が実際どのようなものなのか、教えていただけますか？

シゲリウス　私の、私個人の治療法ではありません。リリエンタール記念病院の治療法なのです。私どもの治療法については、――いずれ学会で発表します。治療は実際は専門の医師の手でおこなうことになるわけで、記者のみなさんには、ここで見たことを社会に知らせていただきたいのです。これまでで最も死亡率の高い病気を治す薬が発見された、とだけ書いていただく、それで十分です。

ただ、記者のみなさんが、この喜ばしい日をいつまでも記憶にとどめたいと思われるのでしたらわが国の最高指導者で——偉大な司令官でもあり——その上、すばらしい英雄でもある、元帥閣下のことをお書き下さい。閣下は感染の危険をものともしないで、白死病患者たちの中へ入って行かれたのです——こういうことは並みの人間ではとうていできません！

私は感激のあまり言葉も出ませんでした——みなさん、患者が待っているのでこれで失礼します。なにか必要があれば、いつでもお役に立ちたいと思っていますのでどうぞ。（急いで退場）

新聞記者1　これで終りというわけなの？

ガレーン　（前に進み出て）みなさん、すみません……すぐ終わりますから……私はガレーンといいます。貧しい者をみている医者です。私はみなさんに伝えていただきたいことがあるのです——

新聞記者　伝えるって、一体だれに？

ガレーン　だれにって、世界中の王様や支配者に……私が願っていることを書いて伝えていただきたいのです……みなさん、私は軍医として戦争に行きました……ですから私は、もう二度と戦争が起こってほしくないのです。このことを記事に書いて、どうかあの人たちに伝えて下さい！

新聞記者　彼らが聞く耳をもっているとでも思っているのですか。

ガレーン　ええ、つまり……このことも書いてもらいたいのですが、もし彼らが私の願いを聞かずに、また、戦争を起こそうとすれば、彼らは白死病でこの世から姿を消すことになるのです……チェン氏病の治療薬は、私が発明した薬なのです。私は……彼らが今後もう二度と殺し合いをしない、と約束するまで、たとえ彼らが白死病にかかっても、この治療薬での治療をことわります！

みなさん、お願いです。白死病の治療薬を発明したガレーン医師がそう言っていると、王様や支配者に伝えてください！　本当に私以外……まだだれも、私が発明した新しい治療法を知らないのです。信じられなければ、この病院のだれでもいいですから聞いてみてください。私だけがこの病気を治せるのです。私だけが……

彼らに伝えて下さい、「みなさんは、年をとっておられる……支配者はみな、年をとっているのです。ですから、このままでは必ず白死病にかかり……ここに入院している患者のように、生きたままで体が腐っていきますよ」と。これはだれ一人として、それこそだれ一人まぬがれることができない……このことも伝えてください。

新聞記者2　つまり、人びとが白死病で死んでいくのを見すごそうというわけですか？

ガレーン　あなたたちこそ彼らがおたがいに殺し合うのを、見ないふりしているじゃありませんか。一体、なぜなのです……？　人びとが弾丸や毒ガスを使って殺し合いをしてもいいのなら……なぜ私たち医者だけが人の命を救わなければならないのでしょうか？　一人の子どもの命を救ったり……カリエスを治すのに、どれほどのエネルギーが必要なのかわかっても……まだ、戦争だなんてなぜ言うのです？

私は医者として……銃で人を射ったり、イペリット・ガスを使うことに反対しなければなりません。戦争が人間にどんなにめちゃくちゃなことをやらせるか、私はこの眼で見てきました……いいですか、一人の医者としてただ——私は政治家ではないのです。しかし医者として私は……一人ひとりの人の命を守るために、闘わないわけにはいかないのですよ。これはもう医者のつとめですよ、戦争をなくすのは！

新聞記者　戦争をなくすって、一体どうやってなくすつもりなのですか？

ガレーン　どうやってですか？　簡単です……彼らが戦争という名の暴力行為をやめればよいのです。それに対して私は、自分の発明した白死病の治療薬を提供する、ただそれだけのことです。

助手２　駆け足で退場

新聞記者　でも世界中の政府に戦争をやめさせるとなると、なにか目算があるのですか？

ガレーン　そう、どうやって戦争をやめさせるか——それがむずかしい、そう言いたいのですよね。たしかに、私など相手にしないことは、私にもわかっています。しかし、もしみなさんが新聞に書いてくれれば——つまり、政府が戦争をもう決してやらないと……誓わない……かぎり……どの国の国民も私が発明した薬を手に入れることができない、どうかぜひそう書いていただきたいのです。

新聞記者　攻撃されて防衛しなければならない場合でも、戦ってはいけないのですか？

ガレーン　防衛ですか……そりゃあ、どこかの国がわが国に攻めてきた時には、私だって戦いますよ……銃を敵に向けるでしょう……しかし、どうして攻撃用の兵器を廃棄できないのですか……どうしてどの国も軍備を制限できないのですか——

新聞記者2　そんなのまったく問題外ですよ。今のような緊張関係の中で、どの国も軍縮なんてやりませんよ。

ガレーン　どの国も？　つまり、……自国の国民がおそろしい状態で死んでいくのを手をこまねいて見ていようというわけですね。そうですか。わざわざ多くの国民に苦しい思いをさせよう、そういうことですね？

いったい、国民が……黙っている、……とでも思っているのですか？　国民がそれでもまだがまんし続けるとでも思っているのですか？　権力者だって、体が生きたままでくずれていくのですよ……こわいにちがいありません……こわくない人なんていません……

新聞記者　確かにそういう考え方もありますね。でも、まず国民にそのことをどうやって訴えるかですね。
ガレーン　そうです。ですから新聞を通じて読者に伝えてほしいのです。薬はもうできている、だからこわがる必要はない。――自国の支配者に永遠の平和を誓わせ……すべての国と恒久の平和条約を結ばせなさい……そうすれば白死病はなくなると伝えてください。お願いします。
新聞記者　すべての国の政府が先生の提案を拒否した場合には、どうしますか。
ガレーン　それはとても残念ですね……。その場合には私の発明した治療薬を提供できません。それはむりですね。
新聞記者　そうなるとその薬で、一体どうするのです？
ガレーン　どうするですって？　この私が？　私は医者です……ですから治療しないではおれないのです。私の診療所に通っている貧乏人の患者を治療することになるでしょうね。
新聞記者　なぜ貧乏人の患者だけを治療するのですか？
ガレーン　なぜって、貧乏人の患者がたくさんいるからですよ。おそらく膨大な数の患者を治療することになります！　そうすれば、白死病を治せることがとても多くの患者で……少なくともはっきりわかるわけです。
新聞記者　金持ちは治療を受けられないのですか。

ガレーン　残念ですが……そのとおりです。金持ちは……お金持ちには力があります。権力者と金持ちがその気になりさえすれば、つまり、本気で平和を望めば――、彼らはほかの人たちより多くのことができるのです。ちがいますか？

新聞記者　でもそれでは、金持ちに対して――いささか公平さを欠く、と思いませんか。

ガレーン　思いますよ。おっしゃっていることはわかります。でも、それならあの人たちが貧しいことも、不公平でないとは言えないでしょう。病気で死ぬのはいつも貧乏人の方が多いじゃありませんか。死ななくてもいい人が死んでいるのです。死ななくてもいい人たちがね！

人にはだれでも生きる権利があるはずです。軍艦を建造するお金があったら、病院を建てるのに使ってほしい、と思いますけどね。

シゲリウス　第2助手と共にあわてた様子で登場

シゲリウス　みなさん、ガレーン先生は神経がまいってしまっているのです。ですから、大変恐縮ですがお引き取りください。

新聞記者　でもまだ聞きたいことが残っているのですが――

シゲリウス　いいですか、みなさん。そこのドアの向うには白死病の患者がいるのです。病気がうつる前にここを離れるべきですよ。きみ、新聞記者のみなさんを出口までお連れしてくれないか。

新聞記者の一団、退場

シゲリウス　ガレーン、気でも狂ったのか！　よりによって、私のこの病院で国の転覆を図るようなそういうくだらない話を記者にするのを見のがすわけにはいかないぞ――しかも元帥閣下が来られたその日にだ！　いいか、記者たちを扇動したかどで、きみをこの場で逮捕しなければならないところだ。幸い私は医者だから、きみを大目に見れるが。きみはたぶん、働きすぎなんだよ。坊っちゃん先生、ちょっと私といっしょに来てくれないか！

ガレーン　なにかご用でも？

シゲリウス　私にきみの治療薬の化学式と、薬の正確な使用法を教えてくれればいいんだ。そうすればきみも休めるしね。きみには休息が必要だよ。

ガレーン　教授、私の条件はすでに先生に申し上げたとおりです……その条件がかなえられませんと……

シゲリウス　条件って、一体、どうしてほしいのだ？

ガレーン　申しわけありません。ですが教授……条件がかなえられないかぎり、私の治療薬を提供できないのです。

シゲリウス　ガレーン、気でも狂ったのか、それとも国を売る気か！　私はきみが当然医者としてやるべきことをするのを断固として要求する。きみは医者の義務として患者を助けなければならないのだ。これはきみの医者としての義務なのだ。ほかのことは一切、きみには関係がないんだ。

ガレーン　私は医師として、人がたがいに殺し合うのをやめてほしいだけなのです——

シゲリウス　いずれにしても、私の病院で、勝手なことを言ってもらっては困る！　われわれはヒューマニズムのために医師として仕事をしているわけでは決してないのだ。医学と——わが国家のために仕事をしているのだよ、先生。この病院が国立だということを忘れては困る。

ガレーン　でも教授、一体なぜ私たちの国は、永遠に平和でおれないのですか？

シゲリウス　なぜって、きみ、そんなことはできないし、してはならないからだよ。ガレーン先生は外国の出身だから、この国の国民がどのような使命を持ち、将来どうなるかなど、つきつめてしっかり考えたこともないだろう。だが、もうバカなことを言っている場合じゃない！

ガレーン先生、これは私の最後通告だと受けてもらっていい。きみの治療法に使う薬の化学式を、病院長の私に教えるのだ。

ガレーン　先生、とても残念ですが、……それはできません。申し訳ありません。

シゲリウス　――――出て行け！　もう二度と私の病院に足を踏み入れるなよ！
ガレーン　……申し訳ありません、教授。たいへん残念ですが――
シゲリウス　私も残念だ。きみは私がチェン氏病で死んでいく患者たちのことなんか少しも気の毒に思っていない、そう思っているだろう？　ところが、それどころじゃない。いまいましいことに、とんでもないことになって途方にくれている自分の姿が見えるんだ。まったく！　私はここでいまさっき、白死病を薬で治すことができるようになったとはなばなしく発表してしまったばかりだ。
　だがもう、すべておわりだ――医学者としての私の名誉ももうおしまいだ。坊っちゃん先生、自分がどんな恥っさらしになってしまったかが――おれには痛いほどわかるよ。
　ガレーン先生、……きみは白死病の自分の治療法をネタにしてユートピアめいた妄想を実現しようとしている。だが、おれはそんなゆすりに屈服するよりも、自分の敗北をすなおに受け入れるよ！　私は、きみの平和主義の細菌がここで……ほんの一瞬でも……まき散らされるのをがまんするよりも、白死病で世界中の人間が死んでしまう方がいいんだ！
ガレーン　先生、それだけは……医者として口にしてはいけませんよ！
シゲリウス　私は、きみ、ただの医者じゃない。私は、幸い国家にも奉仕しているのだよ。――さ、ここから出て行くんだ！

幕

第二幕　クリューク男爵

第一場

夜、電燈の下に家族が集っている

父　（新聞を読んでいる）お母さん、見てごらん。白い病気の治る薬がもうできたそうだ。ほら、ここにその記事が載っているよ。

母　ありがたいことね！

父　私もそう思うよ。前にも言ったろう。こんなに文明が進んだいまの時代に、あんなに大勢の人がつぎつぎとむざむざと死ぬのをいつまでも手をこまねいているなんて、ありえないことだと思っていたよ！

　人が五十歳になるかならないかで死ななくちゃならないなんて、あってたまるもんか。お母さん、私はこのごろまた生きているのが楽しいんだよ。白い病気がこわくてたまらないはずなのにね。――これまでにうちの会社じゃもう三十人以上、死んだよ。まだみんな五十歳前後だというのに。――

母　みなさんお気の毒にね！

父　ところがけさ、クリューク男爵に呼ばれてね。行ってみると、『きみ、会計部長が死んだので、しばらく代理を務めてくれないか、二週間以内に――部長に任命するから』、とおっしゃるのだ。

実はきみには正式に任命されてから話して、おどろかすつもりだったんだよ。でも、きょう、白い病気を治す薬ができたという記事を読んで、ついうれしくなってこうして今言ってしまったってわけだ。お前、どう思う？

母　もちろんうれしいわ――あなたにとってとてもいいことですもの。

父　母さんにとってもいいはずだよ。考えてもみてごらん、会計部長になれば、年に一万二千コルナ、収入が増えるはずだ！　それはそうと、お前の誕生日の祝いのプレゼントに私が買ってきたワインのボトルがまだあるんじゃないかな？

母　（立ち上がって）子供たちの帰りを待たなくてもいいの？

父　かまうものか！　娘は好きな男とどこかへ行っているし、息子はあす国家試験だしな。ワインを持ってきて二人で始めよう！

母　じゃあ今持って来ますわ。（退場）

父　（新聞を読みながら）――なに、中世の黒死病以上にこわい病気だって。だが今はもう中世じゃないぞ！　人間が黒死病みたいにころころ死ぬわけがない。――（さらに読み続ける）

なるほど――さすがはわが元帥だ、正に英雄だね！　私なんか、とてもじゃないが、白い病気の患者のいる病室に入ってなんか行けないのに。私には絶対無理だね。（読んでいた新聞を投げ棄てて立ち上がり、手をさすりながら、部屋の中を行ったり来たりする）このおれが、会計部長になる！　そうすると、部下がおれにばかていねいにあいさつするってわけだ。部長！　昨晩はよくお休みになれましたでしょうか？　とまあ、こう来るってわけか。責任重大だな。――

母　（ワインのボトルとワイングラスを一つ持って登場）

父　グラスは一つだけかい？　お前もいっしょに飲まないのかい？

母　ええ、私は――ご自分だけでお飲みになって。

父　それじゃお母さん、お前の健康のために乾杯。（ワインを飲んで）私にキスしてくれないのかい？

母　ええ、私のことはかまわないで！

父　（自分でワインをグラスについで）クリューク社の会計部長か――母さん、何百万、何千万、何億という数字の金が私の手元に毎日集ってくるんだ！　これだけのことが青二才にできるわけがないだろ。五十歳以上の人間は要らないなんて、ふざけないでほしいね！　要らなくなった人間がどんなにすごい仕事ができるか、このおれが見せてやる！　（さらに飲む）

三十年前、おれがクリューク社に入社した時、だれもおれが会計部長にまで出世するなんて思わなかったさ。会計部長にまでなるなんて、お母さん、これは大変な出世だよ。まじめに勤めるどころか、それこそ身を粉にして働いてきたからね。

クリューク男爵は、私に向って親しげに「きみ」と言ってくれるんだ。ところがかえって若い連中には「何々さん」と「さん」づけで呼ぶんだよ。『きみ、しばらく会計のトップをつとめてくれないか』、『お引き受けいたします、男爵』、とまあ、こんな調子なんだよ。——この会計のトップというポストはおれの五人の同僚も虎視たんたんとねらっていたんだがね。でも、五人とも死んでしまったんだ。みなあの白い病気でね。言っちゃ何だが——

母　何なの？

父　いや、何でもない。ちょっと頭に浮んだだけさ。これで娘も結婚できるし娘の相手も職を見つけられるし——息子が国家試験に通って、公務員になれば、もうこれ以上言うことないね。——お母さんには言えるんだが、正直、白い病気さまさま、ってとこだよ！

母　まあ、なんてことを！　よくまあ、そんなこと、口に出して言えますわね！

父　だってこれは本当のことだからね！　私たちだけじゃない、ほかにも白い病気のおかげをこうむっている人がたくさんいる。母さん、人は運命に感謝しなくてはね。白い病気がなければ、たぶん、さきの見通しは今ほど明るくなかったと思うよ。そうなんだよ。それに治療薬もできたし、—もうなにもこわがることはないよ。でもまだこの記事を終りまで読みおえていなかったたな。

（また、新聞を手にとって）そうら、いつも言っているとおりだ。シゲリウス教授は白い病気の権威なんだよ。白い病気の治療薬はそのシゲリウス教授の病院で発見されたんだね。われわれの元帥閣下も病院に行かれそうだ。——この記事は終りまで読まなくちゃいけない。瞬間見えただけでも、元帥の態度はとてもただの人とは思えなかった、と書いてある。その通りだと思うね。元帥が道路を車で通りすぎた時、その姿をたまたま見たことがあるんだが。あっという間にお姿は見えなくなってしまったが、——母さん、偉大な人だよ。とてつもなくすごい軍人だ。

母　戦争が始まるのかしら？

父　もちろん、始まるさ。だってお母さん、あんなにすばらしい司令官がこの国にいるのに、戦争をしないなんてばかげているよ。うちのクリューク・コンツェルンの工場は、今、一日三交代でフル操業しているが、これまでは弾薬ばかりつくっていたんだ。——それが、これはだれにも絶対言うなよ。新式の毒ガスの製造を開始したんだ——すごく高性能だそうだよ。クリューク男爵は、工場をさらに六つもつくっている。こういう時にクリューク・コンツェルンの会計部長になるなんて、よほどおれの信用は高いんだな。ただ、愛国者の義務感といったものがなかったら、おれはこの役を引き受けなかったと思うんだ。まあ、そんなことさ。

母　私は……うちの息子が戦争に行かなくてすめばそれでいいのよ。

父　でも、母さん。国民としての義務はあいつもちゃんと果たさなくてはいけないと思うよ。――（飲み続ける）もっともあいつは、軍隊づとめには体が弱すぎる。母さん、よけいな心配はしないほうがいい。戦争がおきても、一週間も続きはしないよ。敵は、戦争が始まったと気づいたときには、もうこっぱみじんさ。お母さん、今はそういう時代なんだ。だが、記事の続きを読まなくては。

しばらく沈黙

父　（新聞を投げ棄てる）くそ、とんでもないやつだ！　なんでこんなことを勝手に言わしておくんだ。――しかもそれを新聞が載せてやがる！　こんな奴、私ならさっさととっ捕まえて、射ち殺してやる！　裏切り者だからな。
母　お父さん、一体だれのことなの？
父　読んでごらんよ、ここに書いてあるから。――ドクトル・ガレーンとかいう奴が、あの病気の治療薬を発見したそうだ。それはいいが、永遠の平和条約を結ばないかぎり、どこの国にもその治療薬を提供しない、と言っているそうなんだよ――
母　そのどこが悪いんですか？
父　お前、言っとくけど、そんなバカな質問がよくできるね！　いまどき、そんな条約を結べる国なんてあるわけがない！　そんなことをすれば、これまで軍備に使った何十億もの金がむだになってしまう。永遠の平和だと！　もうそれだけで明らかに犯罪だな！　そんなことになれば、クリューク・コンツェルンのすべての工場は閉鎖に追いこまれる。二十万人もの人間が失業して街の通りに放りだされるんだよ！

それなのにお前は、そのどこが悪いのかなんておれに聞いてくるんだからね！　やつを刑務所にたたき込まなくちゃ！　なぜって、いまどき、平和だなんて口ばしって人をあおるのは、犯罪だからね！　世界中があいつ一人のせいで、軍備を縮小、撤廃しなければならないなんて、そんなことを要求する権利があんなやつのどこにあるんだ！

母　でもあの病気の治療薬を発見した方でしょ……

父　それがまた問題なのだ！　言っておくが、あいつは医者じゃない。どこかの外国から金をもらっているスパイか、扇動者だよ。——あいつを監視する必要がある！　問答無用で監獄にぶちこんで、すっかり白状させるんだ。ほかにとる手はないからな！

母　でも、あの病気の治療薬を発見したのがなら本当なら——（新聞を手にとる）

父　なおさらまずいね！　発見した本人なら、昔の拷問の道具を使ってあのろくでなしの親指をぎゅうときつく締めつけて、とことん悲鳴を上げさせてやるんだが。いまじゃ、薬を使って口を割らせるのもたやすいからね！

まったく、あの悪党の唱える、平和がどうのこうのというなにかばかげたユートピアみたいな話のために、われわれが白い病気でくたばるなんて、そんなこと許せるわけがないだろう。まったくけっこうなヒューマニズムじゃないか！

母　（新聞を読み終えて）その先生は、戦争で人が殺しあうのを止めさせたい、と言っているだけよ――

父　ならず者めが！　国家の栄誉はどうでもいいというのか？　――わが国が――もっと広い領土を必要としているのに、領土の一部をよろこんで差し出すなんて考えられないね。戦争に反対だと騒ぐ者は、わが国の一番大切な国益に反対していることになるんだよ。わかったかい？

母　お父さん、さっぱりわからないわ。私はね、私たちだれものために……戦争なんてない方がいいわ。

父　お母さん、私はお前と口喧嘩なんてしたくないんだけどね。――でも、あの白い病気と平和がずっと続くのと、……どちらか一つを選ばなければならないとしよう。そうなったら、はっきり言わせてもらえば、私なら白い病気の方を選ぶね。わかったかい。

母　――お父さんはそう考えているわけね。

父　どうしたんだ？　お前、なにかおかしいぞ。――スカーフなんて首に巻いて。寒いのかい？

母　別に。

父　それなら取れよ。それともかぜでもひいているのかい？　見せてごらん！　（スカーフをと

る）

母　（無言で立ち上る）

父　ああ。母さん――お前、首に白い斑点ができてるじゃないか！

幕

第二場

ガレーン医師のクリニックの前で、白い病気の患者たちが列を作っている。列の一番うしろに「父」と「母」。

白い病気の患者1　（第一幕の）見てくれ。おれの首のところ。

白い病気の患者2　（第一幕の）ずいぶんよくなっているね。

白い病気の患者1　おれもそう思っているんだ。ほぼ治っている、いい具合だ、と先生も言ってくれたよ。

白い病気の患者2　このまえ診てもらったときに、おれにも言ってくれたんだ。ずいぶん小さくなって、ほとんど消えかかっているってね。

白い病気の患者1　おたがいよかったなあ！

白い病気の患者2　最初、おれのことを診てくれなかったんだ。先生は言うんだ。「私は貧乏人しか診ません。でもパン屋は貧乏人には入りません」ってね。でもおれは先生に言い返してやったんだ。「先生、白い病気にかかっているパン屋にだれがパンを買いに来てくれますか。私は、そこいらのこじきよりずっと貧乏ですけど」それで先生もやっと納得してくれて、診てもらえるようになったんだ。

父と母、二人で中へ入る

父　ほら、お母さん、あの男も結局診てもらえたじゃないか。パン屋なのに。

母　でも、私こわいわ。——

父　おれは先生の前にまず膝まづいて、こう言うつもりだ。「先生、どうか切にお願いいたします。まだひとり立ちできていない子供が二人もいるのです。——まじめに働いたおかげでいままでよりいいポストにつけたのが、そんなにいけないことなのですか。私たちはこれまでずっとぜいたくな暮らしはしていません」とね。こう言えば先生も、診ませんなんてひどいことは言えっこないよ。

母 でも、よほどの貧乏人でないと治療しないそうよ！

父 お前を診ないなんてありえないよ！　そんなことになったら、おれが文句のひとつも言ってやるよ。

母 お願い、かんしゃくを起こして、先生に失礼なことだけはしないようにね。

父 しないさ。でも、それは人としての義務にそむくことだと言ってやるさ！　そして、こうも言うつもりだ。「先生、お金はいくらかかってもいいのです。妻の命にかかわることですから」ってね――

ガレーン登場

ガレーン どうされましたか。

父 先生……すみません……家内を連れてまいりました……

ガレーン ご主人のお仕事は？

父 私は……会計部長をしています……勤め先はクリューク社です。

ガレーン クリューク社ですか。……残念ですがだめです――まことに残念ですがやれません。私は貧しい人にだけ治療をおこなっているのです。よろしいですか。

父 先生、何とかなりませんでしょうか！　ご恩は一生忘れませんから。――

ガレーン　いずれにせよ、……だめなのです……治療は貧しい人にしかできません……貧しい人はそれこそなにもできません。そうでない人は少しは何とか——

父　お願いです。なんでもします。費用はいくらかかってもかまいません。お金は惜しみませんから……

ガレーン　いいですか。お金のある人たちは、そう……戦争を起こさせないようにできるはずです……お金のある人の方が、貧しい人より影響力があります……お金のある人たちに言って下さい。その力を使ってみんなで……

父　先生、そうしたいですよ。でも私個人ではなにもできませんよ……

ガレーン　なるほどそうですか。……だれもがそう言うのです。でもいいですか、もしあなたがクリューク男爵に……大砲や弾薬をつくるのを止めるように説得してくれれば……そしてクリューク男爵が説得に応じてくれれば——

父　でも先生、それは無理です。……そんな人それたことはできません……ぜったいにだめです！

ガレーン　でしたら、診てあげられませんね……私としてはどうしようもありません……まことにお気の毒ですが……

父　先生、お願いです、せめて人間としての義務で——

ガレーン　人間としての義務ですか？　なるほど、でも私はその人間としての義務をはたすために、必死で働いているんですがね。必死にね……私としてもとてもつらいんですよ、つまり、その……私の言うことをよく聞いてください。もしあなたがクリューク・コンツェルンの会計部長をやめる……つまり、もう弾薬を製造する会社で働きたくない、そう私に言って下されば――

父　でも会社を辞めたら、そのあと一体、どうやって生計を立てればいいんでしょう？

ガレーン　やはりそうでしょう、あなたも……戦争で暮らしを立てているんですよ！

父　先生、そんなことを言われても……ほかの会社でいまと同じ仕事にありつければ、別ですけど……先生、この年になるまでせっせと働いて……それをやめろなんて酷ですよ！

ガレーン　それはそうですよね――人が人になにか要求するなんて、できない相談ですよね。なにかいい方法は、そう、なにかいい方法がないかな……ううむ、ありませんね、たいへん残念ですが――ではこれで。（退場）

母　やっぱり、やっぱりだめなのね――

父　さあ帰ろう！　血も涙もない悪党だな！　会計部長のポストをおれから取り上げようなんて！

幕

第三場

シゲリウスの執務室

シゲリウス （ドアのところで）どうぞお入り下さい、男爵。

クリューク （入る）ありがとう、教授。あなたのところへは来れないと思っていましたよ。

シゲリウス ごもっともです。さあ、どうぞおかけください。こんな時代ですから、男爵も大変なご苦労だと思っておりました。

クリューク ええ、たしかに。苦労は大変なものですが。

シゲリウス しかし、何と言っても偉大な時代ですからね。

クリューク 偉大な時代ですか？　ああ、政治のことでおっしゃっているのですね。それは偉大な時代ですよ。偉大でしかもきびしい。

シゲリウス たしかに、男爵にとっては大変な時代ですね。

クリューク とおっしゃいますと？

シゲリウス ですから、戦争は――もう避けようがないようです。そんなときに、神のおぼしめしでしょうか、戦争の準備をされている。――こういう時代にクリューク・コンツェルンを率いておられる、これはとてもなまやさしいことではありません。

クリューク　ええ、まあ、そうですね。――ところで先生、先生の病院に寄付をさせていただきたいのです……白死病の研究に使っていただければ。
シゲリウス　さすがはクリューク男爵。いまのような偉大な時代、張りつめて緊迫した時代に、医学の研究にご寄付いただくなんて――ふだんと変わらず、いつも気持ちが大きく、しかもそれを自然に表現できる方なんですね。男爵、ありがたくお受けします。そのご寄付を使わせていただいて、全力を尽くして研究にとりくませていただきます。
クリューク　そう言っていただくとうれしいです。（テーブルの上にぶ厚い封筒を置く）
シゲリウス　領収証をお書きしますか――
クリューク　いえ、要りませんよ。ところで先生、どうなっていますか、その――
シゲリウス　チェン氏病のことでしょうか。お聞きいただきまして、ありがとうございます。それが、おそろしい勢いで患者の数が増えておりまして――幸いなことに、国民の関心はいま、白死病よりすぐにも始まりそうな戦争の方に向いています。国民はもう勝ったような気分でいますよ、男爵。もうすっかり信じていますから。
クリューク　つまり、あの病気に打ち勝つことができると？
シゲリウス　いえ、ちがいます。わが国が戦争に勝つのを信じているのです。どの国民もみな元帥やあなた、そしてわが国のすばらしい軍隊を信じているのです。戦争を始めるのに今ほど有利な時はこれまでにもありませんでした――

クリューク　それなのにまだ治療薬がひとつも発見されないんですからね――

シゲリウス　ええ、まだなのです。あのガレーンの薬だけなんです。もちろん、けんめいに治療薬の発見につとめているのですが――

クリューク　以前にあなたの助手をつとめていた医者は、どうですか。――患者がいっぱいつめかけているそうですが。あの病気をリリェンタール病院の方法で治療しているらしいですね――

シゲリウス　男爵、あれはそこらに転がっているようなインチキ療法ですよ。ここだけの話ですが、効果はまったくありません。ゼロです。あいつを追い出しておいてほんとによかった、と思っています。

クリューク　そうですか、それでは失礼させていただこう……。あっ、そうでした。あのガレーン先生は、今どうしていますか?

シゲリウス　貧乏な患者の治療をしています。ぎまん的なゼスチュアにすぎませんがね。――でも、あの変人医者の治療成績だけは――

クリューク　抜群だとか。

シゲリウス　そうなんですよ。くやしいことにほぼ百パーセント治ってしまうのです。まだ、国民が冷静さを保っているのが、せめてもの救いですね。血迷ったガレーンは、自分のバカげたユートピアを実現するために、……その治療薬をおどしに使おうとしているのです。あいつのところへ出かける患者は、まだほとんどいません、つまり、上流階級の患者はいないのです。

　この話はここだけにしてほしいのですが、警察はガレーンのところへ行く患者を、内密に調べています。こういったときでも、わが国の国民がどれほどに愛国的であるかわかります。ガレーンの、マジックとまで言われている治療をまるごと、いわばボイコットしているのですからね。――りっぱなもんですよ。

クリューク　ええ、たしかに。するとガレーン先生は、もちろん建前上のことでしょうが……金持ちの治療を受け付けないのですね？

シゲリウス　なにしろ、あの男はなにかにとりつかれていますからね！　ただ不幸中の幸いというか、上流階級の患者は私のもとで助手をしていた若い医者のところへ多数おしかけています。それというのも私たちの病院からガレーンの秘密の治療方法を持ち出した、という噂が立ったからなのです。先ほど話に出た医者ですよ。治療成績は全然だめなのですが、クリニックは患者でにぎわっています。

　ガレーンはもうほとんど忘れられた存在です。貧乏な患者の中に姿を消して、今でも永遠の平和なんて、夢を語っているんですから。一種のマニアですね。かわいそうに、いまどき、うわごとのように永遠の平和などと口にだしたりして。医者として言わせてもらえば、どこかの精神病院で治療を受けさせるべきだと思いますね。

クリューク　それでは目下のところ……白死病に対する有効な治療はなにもない、というわけですね？
シゲリウス　ところが、男爵、あるのです。ありがたいことにあるのです。ついさきごろ、私はすばらしいアイデアを思いついたのです。……これでもう、チェン氏病がこれ以上広がるのを押さえ込めますよ。
クリューク　シゲリウス先生、それはうれしいお話ですね。いやほんとうに、うれしい……それで具体的にはどうするのですか？
シゲリウス　まだ極秘ということになっているのですが、――簡単に言えば、ここ数日のうちに法令が出ます。白死病の患者を強制的に隔離する法令です。男爵、これは私が提案したのです。元帥みずから、この案を支持すると約束して下さったのです。――
　これまで世界中でチェン氏病に対して取ってきた対策では、この計画が一番すぐれていると思っています。
クリューク　ええ、たしかに……なかなかすぐれたいい計画ですね。それで、隔離は、どのようにおこなうおつもりですか。
シゲリウス　男爵、収容所ですよ。白い斑点のできた患者は、一人残らず収容所へ送って、監視するのです――
クリューク　なるほど、そこで徐々に死なせるということですか。

シゲリウス　そうです。それも、医師の監督のもとでおこなうのです。チェン氏病は伝染病ですから、患者はすべて感染源になります。ですから、男爵、まだ健康なわれわれをこの感染源から守る必要があるのです。この際、センチメンタルになるのは、それこそ犯罪行為ですよ。

　収容所から脱走しようとする者は、射殺します。四十歳以上の国民は全員、医師の検診を毎月受けるのを義務化します。チェン氏病は強権を用いないかぎり、感染の広がりを防げないのです。ほかに打つ手はありません。

クリューク　――シゲリウス教授、たしかにほかの手段では無理かもしれませんね。先生の計画がもっと早く実行に移されていなかったことが悔やまれます。

シゲリウス　ええ、残念です。あのバカげたガレーンの治療薬にかかわって、時間をむだに使ってしまいました。そのあいだに、白死病はどんどん広がったのです。――緊急に白死病の患者を有刺鉄線を張りめぐらせた収容所の中に監禁しなければなりません。その際、一人でも例外を認めてはだめです――

クリューク　（立ち上がる）そうですよ。とりわけ一人の例外も認めないことですよ。教授、ありがとうございました。

シゲリウス　（立ち上がる）恐縮ですが、男爵！　何かおぐあいが悪いのですか？

クリューク　（ワイシャツの前を開けて、胸のあたりを見せる）教授、ちょっと見ていただけますか――

シゲリウス　見せてください！　（光の当る方へクリュークの体を向けさせ、胸を診察する。ペーパーナイフで胸に触れる）触れられた感覚はありますか？（一瞬の静寂）どうぞ上衣を着てください、男爵。
クリューク　やはり、あの？
シゲリウス　今のところ何とも言えませんね—白い斑点ができているだけですから——たぶんただの皮膚病でしょう——
クリューク　先生、どうすればいいでしょう？
シゲリウス　（どうしようもないとでも言うように、肩をすくめて）何とかしてガレーン医師に、診てもらえればいいのですが——
クリューク　ありがとう、先生。握手をしてはだめですよね？
シゲリウス　だれとも——男爵、握手をしてはいけません。だれともですよ。
クリューク　（ドアのところで）さきほど、白死病患者を隔離する法令は——ここ数日中に発令される、とおっしゃいましたね？　——ということになりますと、私の工場で……有刺鉄線の生産高を上げる手配をしなくてはなりません。

幕

第四場

ガレーンの診察室で

ガレーン　いい具合だね。服を着ていいですよ。
白い病気の患者（第一幕の）先生、次はいつ来ればいいですか？（つい立ての向うで服を着る）
ガレーン　もう一度だけ経過を見たいですから、二週間後に来てください……たぶんそれでおわりです……（ドアを開けて）次の方、どうぞ！

クリューク男爵登場　髪をぼうぼうにして、こじきの着るようなボロを着ている。

ガレーン　どうしましたか？
クリューク　先生、私は白死病なのです――
ガレーン　上をぜんぶ脱いで下さい。そこの方……急いでください――
白い病気の患者　先生……あの、お支払いは……？
ガレーン　まだ来なければいけないでしょ。

白い病気の患者　ではそういうことに。本当にありがとうございました。（やっと出て行く）

ガレーン　（クリューク男爵に向って）では見せてください。（診察する）白死病ですね。ただ、まだそう進んではいませんよ。――お仕事は？

クリューク　……失業中です、先生。前は金属工場で働いていました……

ガレーン　で今は？

クリューク　仕事があれば、どんな仕事でも……先生が貧しい者を助けて下さると聞いて来ました……

ガレーン　二週間はかかりますよ……二週間すればずいぶんよくなっているはずです。いいですか？　それまでに注射を六回打ちます。六回分の注射代が払えますか。

クリューク　ええ、もちろん。――でも、金額にもよりますけど……

ガレーン　それが……とても高いのです。クリューク男爵……

クリューク　いや、先生……私は決してクリューク男爵ではありません……

ガレーン　いいですか、うそをついてもだめですよ。……うそをついてるかぎり、話が先に進みません……それに……おたがい時間のむだですよ。

クリューク　わかりました、先生。たしかに、時間のむだをしてはいけません。先生は貧しい者しか治療しませんよね。でももしこの私を治療していただけるのなら、先生個人に……差し上げようと思っています……いくらということになりますか。百万でよろしいでしょうか。

ガレーン　（驚いて）百万ですか？
クリュークル　そうです。いや、五百万にしましょう。先生、五百万といえばちょっとした金額です。いや、千万ではどうでしょう。千万あれば、なんでもできますよ……たとえば、先生がなにかのプロパガンダをしたいと思っているのでしたら——
ガレーン　ちょっと待って下さい……いま千万と言いましたね？
クリュークル　いや二千万です。
ガレーン　平和のためのプロパガンダに使うためですか。
クリュークル　何のプロパガンダに使われようと先生の自由です。二千万あれば、新聞社だって買収できます。——私の会社でも一年にそれほどの宣伝費は使いません。
ガレーン　（驚いて）平和のための……記事を書いてもらうのに、実際、そんなにお金が必要なんですか。
クリュークル　そうです。平和のためだろうと——戦争のためだろうと、新聞に記事を書かせるには大金が必要です。
ガレーン　そんなこと、思いもよりませんでした。（注射器をアルコールに漬けて、針をガスバーナーで焼いて消毒する）ここにいると、そういうことにうとくなります。——新聞に記事を書かせるには、どうすればよいのですか？
クリュークル　コネがないとね。

ガレーン　コネ、ああ、――コネですか。コネなんて私にはとてもつくれませんね……それに、コネをつくるのはとても時間がかかるでしょう？

クリューク　そうですね。ほとんど一生がかりですよ。

ガレーン　それじゃ、どうしてよいか私なんかにわかるわけがありませんね。（アルコール綿を手にとって）どうでしょう、クリューク男爵。それを一つご自身でやってみては？

クリューク　それって、――永遠の平和のためのプロパガンダを組織することですか。

ガレーン　そうです、その通りです。プロパガンダを組織することです。（クリューク男爵の腕をアルコール綿でふく）あなたはコネを持っているし……私は……あなたの病気を治してあげられます。

クリューク　――すみません、先生、でも私にはそんなことはとても無理です。

ガレーン　無理ですって？　（アルコール綿をすてる）でもわかりませんね、あなたは……あなたなりに……とても誠意のある方だと思いますが。

クリューク　そうかもしれません。でも先生は純真すぎますよ。一人で、だれの力も借りないで、平和を実現させられる、と思っているんですから。――

ガレーン　いや、男爵、私は一人じゃありません。私には……強力な同盟者がいるのです。

クリューク　わかっています。白死病ですか？　それに恐怖。たしかに先生の同盟者ですよね。私はこわいです……ほんとうに……こわいのです！　でも、恐怖だけで人間をコントロールできるのなら、戦争はもう二度と起こらないはずじゃないですか。
先生は、大多数の人間がこわがっていないと思っているのですか？　それなのに戦争は……いつもまた起きるじゃありませんか――

ガレーン　（注射器を手にとる）それじゃ、どうすれば人は私の言うことに耳をかたむけてくれますかね？

クリューク　――わかりません。先生、私はこれまでまずは金で人を動かそうとしました。それでほとんどの場合うまくいきました。私が先生に提供できるのは……金だけです。でもそれは、先ほどの先生のお言葉を借りますと、私なりに……誠意のある、正直な申し出なのです。たった一人の人間の命に対して、二千万……いや三千万のお金を差し上げよう、というのですからね！

ガレーン　男爵……白死病がそんなにこわいですか？　（薬液を注射器に吸う）

クリューク　……それは、もちろん。

ガレーン　それはとても困りましたね……（注射器を手に持ってクリューク男爵のところに近づく）でももしかして、あなたがトップをつとめるクリューク・コンツェルンで……武器や弾薬の生産をやめるわけにはいきませんかね。

クリューク　――――それは無理です。

ガレーン　ああ、やっぱり。そうですか、そうなるとこいつはむずかしいことになるな……それじゃ私があなたからいただけるのは一体なんなのですか？

クリュー　ク　――金だけです。

ガレー　ン　うーん、ということは、私にはどうしようもありませんね――（注射器をテーブルの上に置く）金はいらないんです。そう、金があってもどうにもならないのです。――

クリュー　ク　では私は治療を受けられないのですか？

ガレー　ン　はなはだ残念ですが――男爵、もう服を着てください。

クリュー　ク　ああこれで……すべておわりというわけですか。ああ、なんということだ！

ガレー　ン　でも男爵、あなたはきっとまたここへもどってきますよ。

クリュー　ク　（つい立ての向うで服を着る）もう一度、もう一度ここへもどってくるって？

ガレー　ン　そうです。では、うしろのところに診察料のリストが貼ってありますので、読んで、今日の診察料を払ってお帰りください。

クリュー　ク　（上衣のボタンをかけながら診察室から出てくる）先生、さきほど、先生のことを純真すぎるなんて言いましたが、そうともいえないようですね。

ガレー　ン　お考えが変わりましたら、――またお出で下さい。（ドアをあける）次の方！

幕

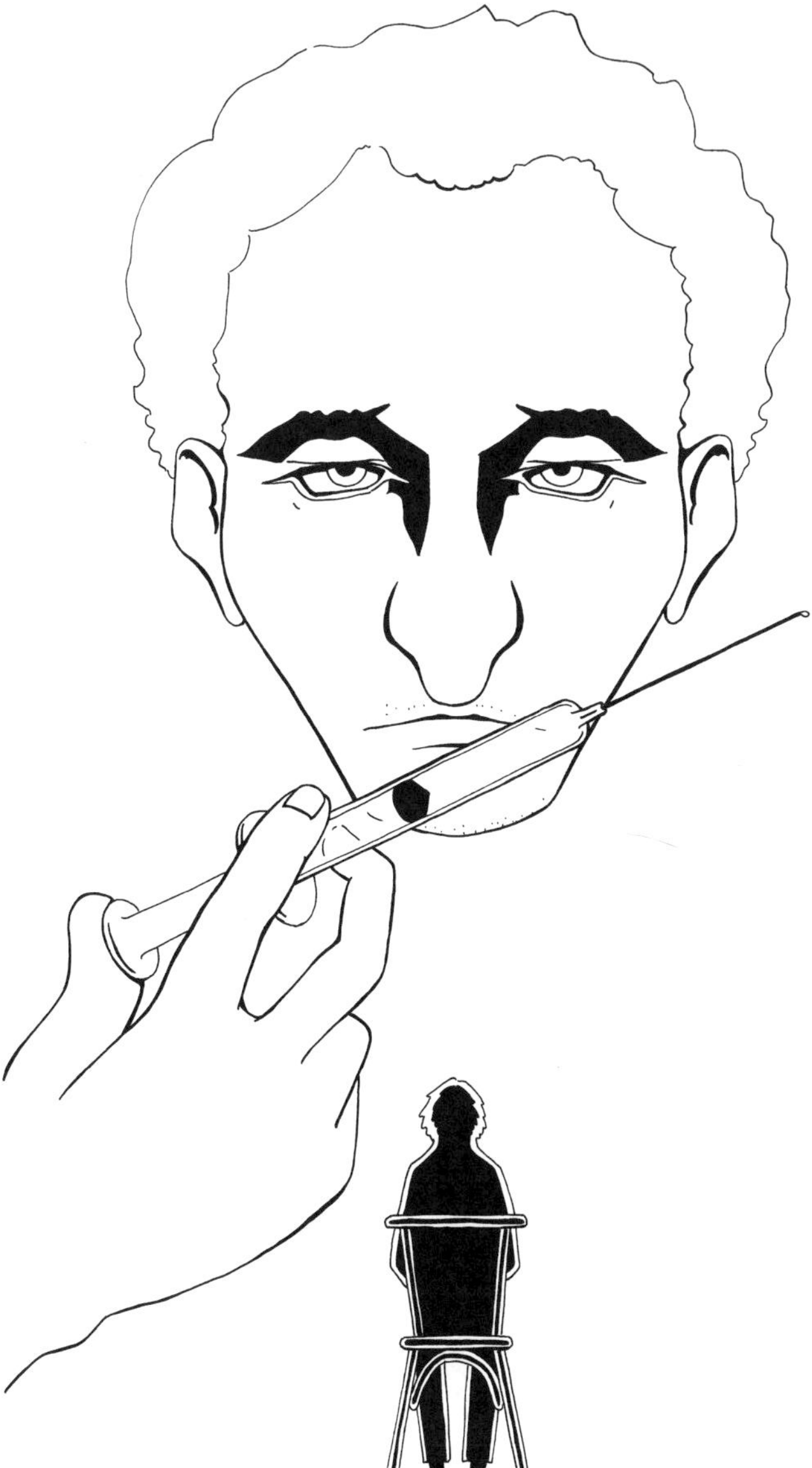

第五場

元帥の執務室

副官　（登場）クリューク男爵がおいでです。

元帥　（デスクでなにか書きものをしている）通したまえ。

副官、クリューク男爵を案内してから退場

元帥　（書きものを続けながら）ああ、男爵、座ってちょっと待っていてくれないか。すぐ終るから。（ペンを置く）では、報告してくれないか。クリューク君、さっ、腰をおろして。きみを呼んだのは、きみの口から直接、報告を聞きたいと思ったからだ。――現在の生産状況はどんな具合かな？

クリューク　元帥閣下、私どもとしてはあらゆる力を尽くしてきました。増産するための可能性をすべて検討してきました――

元帥　それで、その結果は？

クリューク　まだ満足しておりません。重戦車の生産が一日、八十両ではまだ――

元師　日産六十五両の目標に対してだね？

クリューク　さようです。それに戦闘機と爆撃機の日産がそれぞれ七百機、百二十機です。さらに生産機数を上げる必要があります。現在の生産機数には外国向けも含まれておりますから——

元師　そうだな。それで？

クリューク　弾薬に関しては順調です。参謀本部の要求より三十パーセント多く納入も可能です。

元師　Cガスはどうだ？

クリューク　いくらでも納入できます。——ただ昨日、事故がおきました。ある作業現場でボンベが爆発したのです——

元師　死者の数は？

クリューク　現場の全員が死亡しました。若い女性四十名に男性が三名です。即死でした。

元師　遺憾なことだ。しかし立派な成績だ。男爵、おめでとう。

クリューク　ありがとうございます、元帥閣下。

元師　では、準備はかなり進んだというわけだな？

クリューク　さようでございます、閣下。

元師　きみは信頼できる人物だと思っていたが、まちがいはなかったね。ときに、ご子息は元気かね？
クリューク　ありがとうございます、閣下。おかげさまで元気です。
元帥　ご子息の話は娘からよく聞かされている。どうやら、われわれ二人は親類同士ということになりそうだな？
クリューク　（立ち上がる）それはもう大変名誉なことです、閣下。
元帥　（立ち上がる）クリューク男爵。私も正直うれしいよ。きみなしには、今の私はないと思っている。――きみ、このことは決して忘れないぞ。
クリューク　ただ、私としてすべきことをしたまでです、閣下。祖国のためです。……私のクリューク・コンツェルンのためでもありましたが。
元帥　（クリュークのところへ行く）クリューク男爵、おぼえているかね、あの時私が……部下の兵士を率いて政府官邸に向って進軍する前に、われわれがあらかじめ手を結んでいたことを？
クリューク　元帥閣下、あのときのことは忘れられるわけがありません。
元帥　きみとは長いつき合いだ。そこで、あらためて握手をしよう。……さらに偉大で栄《はえ》ある作戦を開始する前にね。（両手をクリュークに向って差し出す）
クリューク　（手を引っ込めて）閣下、私は、閣下と握手できないのです。
元帥　なぜかね？

クリュ－ク　閣下、私はその、……白死病なのです。
元師　（手をおもわず引っ込めて）ああ、何ということだ！　――男爵、――シゲリウスのところへはもう行っただろうね――？
クリュ－ク　ええ、行きました。
元師　それでシゲリウスは？
クリュ－ク　……ガレーン先生のところへ行くようにおっしゃいました。そこでガレーン先生のところへも行ったのです。
元師　それでガレーンはきみに何と言ったんだ？
クリュ－ク　二週間のうちには治せる、と言いました。
元師　すばらしい、よかったな！　わしがどんなにうれしいか、きみにはわからないだろうな。――男爵、これできみはまた元気になれるぞ！
クリュ－ク　閣下、ただそれには一つ、条件があるのです。
元師　クリュ－ク君、その条件を実行するんだ！　私みずからがきみに命令する。――男爵、われわれにはどうしてもきみが必要なのだ。きみのためならどんなことでもするつもりだよ。――ところで、きみはどんな条件を実行する必要があるのかね？
クリュ－ク　……私の主宰する工場で軍需物資の生産をやめる、それだけなのですが。
元師　――ううむ、そうか。そんな要求を出すなんて、そのガレーンってやつは、気が狂っているとしか思えないな。

クリューク　ええ、たしかに、閣下のお立場からすれば、そうお考えになるのは当然だと存じます。

元師　そう、だったらきみの立場からはどうなんだ？

クリューク　はっ、元帥閣下。まことに申しわけございません。ただ、私の見方は……少し異なるようでして。

元師　クリューク、言っておくが、きみの工場で軍需物資の生産をやめるなんて、論外だぞ。

――

クリューク　閣下、ただ。技術的には不可能なわけではありません。

元師　だが政治的には不可能だ。ガレーンに、その条件にこだわらないようにさせるんだ。

クリューク　ガレーンの出している条件は……ただ一つ、平和だけなのです。

元師　子供じゃあるまいし！　理想論を振り回している、わけのわからんやつに、……条件を押しつけられてたまるか！　いいかね、男爵、いいか。ガレーンがきみの白死病を治すのに二週間以上はかからない、そうきみは言ったね？　それでは、軍需物資の生産を二週間停止することにしよう。

そんなことをするのは、実のところ不愉快だが、この際やむをえないだろう！　国と国との紛争を交渉によって何とか解決したい、つまり、平和を実現するための第一歩として、軍需物資の生産を二週間停止するという声明を出すんだ。男爵、きみのためならなんでもするぞ。だが、きみがまた元気になればすぐさま――

クリュークク　まことにありがとうございます、元帥閣下。しかし、それではフェアとはいえません。

元帥　きみ、戦争にフェアもくそもないよ。

クリュークク　わかっております。閣下。でもガレーンは決してバカではありません。――私の治療を引き延ばすかもしれません――

元帥　なるほどな。きみを人質にとるというわけか。――そうなると男爵、きみがどう考えるかだな――

クリュークク　はい、閣下。実は昨夜私は……ガレーンの条件を受け入れる決心をしたのです。

元帥　男爵、気でも狂ったのか！

クリュークク　はい、こわいと気も狂います。閣下。

元帥　きみはそんなにこわいのか？

クリュークク　（弱々しく肩をすくめる）

元帥　（デスクの前に腰をおろす）これは……ううむ、不幸なことに……解決がきわめてむずかしいな。

クリュークク　元帥閣下、指の爪の先一つひとつにまで恐怖が入り込んでくるのは、……何とも言えないいやな気分なのです……くそ！　なんてことだ！　……有刺鉄線の向うで……「ああ、だれか私を助けて！　おい、なんとかしてくれ」、と叫んでいる自分の姿が、たえず自分の目の前に見えるのです――

元師　クリュークー男爵、私はきみが好きだ。まるで血を分けた兄弟のように好きなのだ。だがどうしたらいいのだ？

クリュークー　閣下。平和がくるようにして下さい、……戦争ではなく平和です！　私をお救いくださいい、私たちをみなお救い下さい……（膝まづく）元師閣下、私をお救い下さい！

元師　（立ちあがる）立つんだ、男爵！　立ちたまえ！

クリュークー　（起き上がる）わかりました、元師閣下。

元師　クリュークー男爵、軍需物資をさらに増産するのだ。きみがさっきあげた数字では満足できない。いいか、もっともっと増産するのだ。わかったか？　これは命令だ。

クリュークー　ご命令どおりにいたします、閣下。

元師　祖国に対する義務を、きみが最後の最後までしっかり遂行すると思っているからな。

クリュークー　はい、閣下。

元師　（クリュークー男爵のところへ行く）さあ、手を出したまえ。

クリュークー　閣下、とんでもない！　私は白死病ですよ！

元師　男爵、わしは平気だ。指導者がこわがったら……おわりだ。さ、手を出したまえ、クリユーク男爵！

クリューク　（ためらいながら手を差し出す）元帥閣下……ご命令どおりにいたします。

元師　ありがとう、男爵。

クリューク男爵、よろめきながら退場。

元師　（呼び鈴を押す）

副官　（ドアのところに姿を見せる）お呼びでございますか、元帥閣下。

元師　医師のガレーンをさがして、ここへ連れてきてくれ。

幕

第六場

元帥の同じ執務室

副官　（ドアのところで）ガレーン先生がお見えになりました。
元帥　（なにかものを書いている）お通ししろ。

副官、ガレーンを案内してくる。二人はドアの前で待つ

元帥　（書き続ける）ちょっとだけ待ってくれないか。ガレーン先生ですね？
ガレーン　（こわごわと）さようでございます、宮廷顧問官。
副官　（小声でそっと教える）元帥閣下ですよ。
ガレーン　はい、あの、元帥閣下。
元帥　（なおも書き続ける）どうぞこちらへ。
ガレーン　はい、そうさせていただきます。……元帥閣下。（一歩、元帥に近づく）
元帥　（ペンを置いて、しばらくガレーンを見つめる）ガレーン先生、先生は白死病の治療ですばらしい成績をあげたそうですね。お祝いの言葉を述べたいと思ってお呼びしたのです。きみのあげたすばらしい成績については、……すでに……報告を受けています。（書類のファイルを手にとる）

きみのあげた治療成績にまちがいのないことはすでに確認がすんでいます。いや、実にすばらしいですね、ガレーン先生。

ガレーン　（とまどいながらも感動して）まことにありがとうございます、閣下……元帥閣下。
元帥　そこで、あるプロジェクトをいま立ち上げようとしているのです。つまり、ガレーン先生、聖霊病院を白死病を撲滅するための国立の専門病院にして、先生にそこの責任者をつとめてもらうつもりです。
ガレーン　でも、そういうわけには……まいりません。私は患者をたくさんかかえております。ですから、元帥閣下……申しわけありませんが、それは無理なのです。
元帥　ガレーン先生。これは私の命令だと思ってください。
ガレーン　私といたしましては、閣下、……お引き受けできればと心から思いますが、……しかし、人の上にたってあれこれ言うなどということは……経験もありませんし……ええ。
元帥　それでは、言い方を変えよう。（自ら引き下がろうとしている副官の方を見やって）きみはクリューク男爵の治療をことわっただろう。
ガレーン　ことわったわけではありません。ただ……治療にある条件をつけただけなのです――
元帥　そうだな。いいか、ガレーン先生。きみはクリューク男爵の治療をするのだ――無条件で治療をするのだ。
ガレーン　はなはだ申しわけございません。閣下……元帥閣下……でもどうしてもそれはできません。私は……この条件をやめることはどうしてもできないのです――

元師　先生、……命令にしたがわせる手だてはいくらでもある。
ガレーン　そうですね、私を投獄することだっておできになる。でも――
元師　いいだろう。（呼び鈴に手をやる）
ガレーン　閣下、やめてください！　私には患者がたくさんいます。私を投獄するのは、患者たちを殺すのと同じです！
元師　（呼び鈴から手を離す）なにもおれは人を殺すのが、はじめてってわけじゃない。これまでいっぱいやってきてるんだ。頭を冷やしてもう一度よく考えるんだ。（椅子から立ち上がって、ガレーンの方へ行く）きみは一体気がおかしいのか――それとも英雄なのか？
ガレーン　（後ずさりして）いいえ、――けして英雄なんかじゃありません。でも従軍はしました……軍医として……私は戦場で多くの……病気一つない人たちが死んでいくのを、この眼で見たのです――
元師　おれも従軍したよ、先生。だがおれが戦場で見たのは、祖国のために戦う兵士たちだった。おれは、勝者としてその兵士たちを率いて帰国したのだ。
ガレーン　そこなのです。そこのちがいなのです。私が目にしたのは、戦場で倒れて……その、二度と祖国に帰れなかった人たちです。そこがちがうのです。……元帥閣下。
元師　きみが軍隊にいたのは？
ガレーン　（両方の靴の踵を打ちつけて、気をつけの姿勢を取る）第三十六歩兵連隊の軍医でした、元帥閣下。

元帥　第三十六歩兵連隊はすばらしい連隊だった。なにか勲章は授与されたかね？

ガレーン　金十字勲章をいただいております、軍刀をあしらったものです。元帥閣下。

元帥　ブラヴォー。（ガレーンに向かって手を差し出す）

ガレーン　ありがとうございます、元帥閣下。

元帥　いいだろう。これからきみはクリューク男爵のところへ診察に行くのだ。

ガレーン　――やはり、どうしても行けないのです。でも、行かないと命令を拒否した罪で逮捕されるんでしょうね。

元帥　（肩をすくめて、呼び鈴のボタンを押す）

副官　（部屋の前に現れる）

元帥　ドクトル・ガレーンを逮捕するのだ。

副官　はっ。ご命令によりガレーン医師を逮捕します。元帥閣下。（ガレーンに近づく）

ガレーン　どうか、やめて下さい。

元帥　いまさらなぜだね？

ガレーン　閣下は私が必要になるかも知れないからです――もしかして閣下ご自身も。

元帥　おれがおまえの世話になるなんてことがおきるわけがないだろ。（副官に向い）もうよし。退室していいぞ。

副官退場

元師　ガレーン、まあ座れ。（自分もガレーンの横に腰をおろす）――もう言う言葉もないな。なんてがんこで、頭がかたいんだ、きみは！　いいか、おれにとってクリューク男爵は個人的にも、とても大切な人物なんだ。あいつはおれにとって大切な男で――ただひとりの友人なんだよ。
　独裁者が……どれほど孤独か、きみにはわかるまい。おれはいまきみと……一人の人間として話をしているんだ。先生、たのむからクリュークの命を救ってくれ！　おれはもう……ずいぶん長いことだれにも頼みごとをしていない。そのおれが頼んでいるんだ。
ガレーン　いやあ、むずかしい。どうしたらいいのか、問題が問題ですから。……閣下の頼みをかなえてさしあげたいのは山々ですが……私からも一つお願いしたいのですが。
元師　おれの頼みになにも答えてないじゃないか。
ガレーン　お願いです、元帥閣下。ほんの短い時間で終わります……閣下は偉大な政治家で、お持ちの権力は無限です。……これは別にお世辞で言っているわけではありません。――つまり、あの……残念なことに……そのとおりなのです。……ですから、閣下がその気にさえなれば、永遠平和をもたらすことさえ可能なのです。

もしそうなれば、ああ、すべての人がどれほど喜ぶことでしょう！　なにしろ、世界中が閣下一人のことをおそれているのですから……閣下一人をおそれて軍備をしているのです……ですから元師閣下が平和を望んでいるとおっしゃるだけで、世界は平和になれるのです……

元師　先生、おれはクリューク男爵の話をしてたんだぞ。

ガレーン　たしかに。そうでした……閣下はクリューク男爵を救えるのです！……クリューク男爵と白死病のすべての患者を救えるのです。世界に向って、永遠の平和を保証したい……あらゆる国と平和条約を結びたい、そう言っていただければ……もうそれで十分なのです。

閣下、よろしいですか、すべては元師閣下お一人にかかっているのです！　どうかお願いです、どうか憐れな白死病の患者たちを救って下さい！　クリューク男爵のことは、まことに残念で、私としてもつらいのです。……どうか、男爵のためにもお願いします……

元師　クリューク男爵は、きみの条件を受け入れることはできないよ。

ガレーン　でも元師閣下なら私の条件を受け入れることができます……閣下ならあらゆることができます！

元師　無理だね。まるで幼い子どもにでもするように、きみに説明しなければならないのかね？

私の意志で戦争にしろ平和にしろどうにでもなる、ときみは思っているのか？　私は、国益にそって行動をしなければならないのだ。わが国がいつか戦争を開始しなければならないのならば……私はその戦いに備えて、国民を訓練しなければならないのだ。

ガレーン　ですが……閣下がもしいなければ、この国がみずから戦争をはじめることは決してないと思うのですが。

元師　はじめないね。はじめようにもはじめられないさ。準備も不十分だろうしね。この国には十分力があり、今こそ戦争をはじめるチャンスだということも、わからないんだから。だが、今日、ありがたいことに国民はすべてわかっているのだ。だから私はただ国民の意志を実行にうつしているだけなのだ——

ガレーン　——その国民の意志は閣下がご自分で呼びおこされたのじゃありませんか。

元師　たしかにそのとおりだ。私は国民の生きる意志を目覚めさせたのだ。きみは、平和は戦争にまさる、と信じている。私は戦争に勝ちさえすれば、それは平和にまさる、と信じているのだ。戦争に勝利する機会を国民から奪う権利など、私にはない。

ガレーン　そうして戦場で倒れていくというわけですね。

元師　そう、まさしく戦場で倒れた者たちの血によって、ただの土のかたまりが祖国に変わるのだ。戦争によってこそ、ただの人間の集まりが国民になり、ただの男たちが英雄になるのだ。

——

ガレーン　そして死ぬのです。私は戦争に行って、数多くの死体を見ましたからね——

元師　それは、先生。軍医という仕事のためだよ。私は軍を指揮する立場から、多くの英雄を見てきた。

ガレーン　おっしゃるとおりです。英雄は前線にはいませんでしたから。元帥閣下。ざんごうの中でひしめいていた私たちのなかには、勇敢な英雄なんぞいませんでしたよ。

元帥　きみはどんな軍功で金十字勲章をもらったのかね？

ガレーン　もらったのは……ただ、負傷兵の何人かに包帯を巻くなどして手当をしただけのことです。

元帥　よくわかるよ。戦闘の真っ最中にざんごうとざんごうのあいだで負傷兵の手当てをしたということだね。それは勇気の必要な英雄行為そのものじゃないか？

ガレーン　いや、そんな英雄なんてものじゃありません。ただ、……軍医としての義務を遂行しただけです。人間ならだれでもやることですよ……

元帥　――きみは何だといっては平和、平和と騒ぐが、どこにそんな権利があるんだね？　それとも……なにかそうしなければならない理由でもあるのかね？

ガレーン　おっしゃる意味をわかりかねますが。

元帥　（声を低めて）つまり、……なにか高度な使命をおびてやっているのかね？

ガレーン　いいえ、まったくそんなことはありません。ただふつうの人間としてやっているだけです……

元帥　先生、そんなことなら、平和、平和と騒ぐべきではないね。高度な使命を持たねば……

われわれをかりたてる高度な意思がなくてはならないはずだ。――
ガレーン いったいそれはだれの意志ですか？
元師 神の意思だよ。私は神託を受けているのだ。これがなければ、国民の指導などできるはずがない。……
ガレーン ではどうしても国民に戦争をさせなければならないというわけですね？
元師 そうなのだ。国民の名においてね―
ガレーン ――この国の息子たちは戦いにつぎつぎに倒れてしまいますよ――
元師 ――倒れても勝利を手に入れるのだ。国民の名において。――
ガレーン ――父親や母親たちが白死病で死んでいなくなるというのにですか。――
元師 （立ち上がる）先生、私は父親や母親たちには関心がないね。かれらはもはや兵士にはなれないからね。きみをなぜまだ逮捕させないのか、自分でもわからないんだ。
ガレーン （立ち上がる）元帥閣下、それでは――
元師 男爵の病気をなおしてほしい。祖国には彼が必要なのだ。
ガレーン それでは……いいですか、男爵が私のところへ来れるようにして下さい……
元師 ――きみの受け入れがたい条件をのんだ上で、だろう？
ガレーン 閣下、そのとおりです。その受け入れがたい条件を……のんでさえいただければ。
元師 どうしてもその条件にはこだわるわけだね？　その時には当然――（デスクの方に行く。

ちょうどそのとき、電話のベルが鳴る。元帥　電話の受話器を取る）――うん、おれだ。元帥だ。

――なに？　――うん。聞いてるぞ。――そうか――いつだったのだ？　うん。ありがとう。

（受話器を置く。かすれた声で）帰りたまえ。五分前に……ああ、クリューク男爵がピストルで自殺した。

幕

第三幕　元帥

第一場　元帥の官邸

元帥　それでは、主な情勢の報告をしてくれ。
宣伝相　世界中のいたるところで、新聞などがますます戦争反対をあおりたてております。とりわけイギリスの新聞がひどいです……イギリス人はつねに病気をひどくこわがる国民なのであります。イギリス政府のもとには、何百万にもの署名入りの嘆願書がとどいております
――
元帥　いいだろう。国内でそんなことをしていては、あの国の国力は落ちるばかりだな。ほかの国はどうだ！
宣伝相　今回は残念ながら、大多数の国が平和の方向に傾いております。ある王室の宮廷さえも――
元帥　戦争に反対だそうだな。
宣伝相　王妃の白死病へのこわがり方は病的なほどです。なにしろ、王妃の叔母上がこの病気にかかってしまったものですから。――そこで国王は、恒久平和のための国際会議を開くよ

う、世界各国の政府に働きかけをおこなっているとのことであります。

元師　そいつはめんどうだな。何とか開催を阻止できないかね――

宣伝相　阻止するには、もう手遅れです。事態はあまりにも先に進んでしまっております。このままですと、世界中の世論が戦争すべてに強硬に反対するようになります。閣下、やつらは白死病をこわがっているのです。人々は政治などより、白死病の薬を、つまりは救けを求めているのです。

わが国でも、おじけづいたのか、――堂々と戦争に反対を唱えるやつらが出はじめているという報告が来ております。つまり、戦争に勝利して月桂冠で頭を飾ってもらうよりも、白死病にかからず元気で過ごせる方がよい、というわけです――

元師　臆病なやつらだ！　戦争準備がすべてできているというのに、――これほど有利な状況にめぐりあうなんてことは、百年に一度もないだろう！　どうだ、きみ、この戦争反対の流れを封じ込められると保証できるかね？

宣伝相　元師閣下。長期ということですと保証できません。青年たちは熱情に燃えております。閣下のためなら火の中にでも飛びこむでしょう。しかし、年齢のもっと高い国民のあいだには、不安と恐怖が広がっております。――

元師　おれが必要なのは青年だけだ。

宣伝相　ごもっともです。しかし、経済的にゆとりのあるのは……青年ではありません。もっと年齢が上の国民です。その人たちは経済的なゆとりだけではなく、ずっと指導的な高い地位と立場ににあるのです……戦争になれば、あちこちで騒ぎをおこしかねません。世論の風向きを変える必要が絶対にあります——

元師　どうやって風向きを変えるんだ？

宣伝相　あのガレーン先生に力ずくでも、治療法をこちらに教えさせるのです。

元師　きみ、あの男を拷問台にかけてもむだだ。私はあいつのことがわかっているんだ。

宣伝相　こちらには無理にでも圧力をかけて必ずいうことをきかせることができる、やり方があります——

元師　——ありがとう。だが、それを使うと、まずは相手を死なせてしまうことになってしまうのだ。今回はやめておこう。国民に悪い印象を与えることは避けなければならない。

宣伝相　そういうことですと、……一時的にしろ……平和を求める声に譲歩するほかありません。

元師　この絶好のチャンスを逃すというわけか。そんなことはありえないぞ。

宣伝相　それでは、平和を求める人たちが組織的に動く態勢をつくる前に、電撃的に先制攻撃をしかけるしかありません。つまり——

元師　すぐさま電撃作戦を実施しよう。もっとも弱い環を狙うのだ。だが先制攻撃を開始するには——

宣伝相　そのための準備はとっくにしてあります。外国勢力が国家転覆の陰謀を図り、組織的に挑発行為などをおこなっていることにするのです。そして、なぜか願ってもない絶好のタイミングに、ちょっとした政治的暗殺事件が起きます。

一斉検挙を行なう口実ができ、新聞にキャンペーンをはるように指示すればもうそれで十分なはずです。開戦を支持するデモが、自然発生的に起き、——国民は愛国心に燃え、熱狂すること請け合いです。——ただし、手を打つのが遅れると、だめですが。

元帥　——いや、ありがたい。きみは実に役に立つ人間だな。——いよいよだな！　私が先頭に立ってこの国を偉大な国にする時がとうとうやって来たのだ！

幕

第二場

幕が上がる前に聞こえていた軍隊の行進曲、ラッパと太鼓の音が、ますます熱狂する群集の歓声にかき消されてしまう。

幕が上がる。元帥の執務室。執務室からバルコニーに出た元帥が、群集に向って演説している。執務室には元帥の娘と軍服を着たクリューク男爵二世。

元師（群集に向って）――ちょうどいままさに、わが国の爆撃機は、わが国を裏切った敵国の諸都市に爆弾の雨を降らせて、徹底的に破壊しているところです――（熱狂的な歓声）――きわめて困難な一歩を踏み出したわが国に対して、私は全責任を負います。（元帥万歳！　元帥に栄光を！）

そうです。私は戦争を開始しました。宣戦布告することなく、戦争を開始したのであります。何千というわが国の青年の命を守るためです。彼らはいま、敵が先制攻撃を受けたショックから立ち直るゆとりを与えず、たった今、戦いの最初の勝利を収めつつあります。あとさき逆になりましたが、みなさん、いま、ぜひ私が戦争を開始したことを支持していただきたい。――（狂気じみた歓声。支持するぞ！　よくやった！　異議なし！　元帥万歳！）

私は、あのみすぼらしい小国との屈辱的な交渉を打ち切り、戦闘を開始したのです。その国は偉大なるわが国を挑発し、侮辱しても罰せられることはない、と考えていたのです。――（憤激した群集の声）――その上、あの小国は、金で雇ったやつらを潜入させて、わが国の秩序と安全を破壊しようとしたのです。（ぶっ殺せ！　やっちまえ！　裏切り者をぶら下げろ！）静かに！　このような悪は、いくら声高に叫んでみたところで、一掃することはできません。道は一つしかなかったのです。あの小国はこのように、わが国の平和を組織的に脅かしているのです。

この厄介な小国を徹底的に懲らしめ、壊滅させるために私は戦闘を開始したのです。生存する権利すらないあの貧相な小国を壊滅させなければなりません。この小国がどこの国から庇護を受けていようと、壊滅させなければならないのです。いまやわが国以外の大国も立場を明確にすべきです！　われわれはいかなる国もおそれてはいないのです！　（大歓声。おそれてはいないぞ！　元帥万歳！　戦争万歳！）

私の背後にはみなさんがいることを、私は知っていました。みなさんの名誉を守るために、すばらしい、偉大なわが軍を戦場に送ったのです。同じように、みなさんに代わって私は全世界に向って、隠すことなくはっきりと告げます――われわれは戦争を欲したわけではない。しかし、戦争になったからには勝利する。それが神のご意志なのです。――戦争に勝ちます（胸をたたいて）正義はわれわれの側にあるのですから！　……われわれは正しい……（急にふらふらとよろめく）われわれは……正しい……。（大歓声！　われわれは正しい！　戦争万歳！

元師万歳！）

元師　（バルコニーからよろめきながらもどり、胸をたたく）われわれは正しい……われわれは正しい……われわれは……私は……

クリューク二世　（元帥のもとへかけ寄る）閣下、どうかなさいましたか？

娘　どうかしたの？
元師　いや、だいじょうぶだ……一人にしてくれ……（胸をたたく）われわれは正しい……。うむ、なんだこれは？（上衣のボタンをはずして、胸を手で触ってみる）われわれは……正しい……（ワイシャツを引き裂く）見てくれ……ここのところに……
クリューク二世　見させていただきます！（元師の娘と共に元師の胸のあたりまで身をかがめる）
元師　ここのところに感覚がないのだ……。まるで大理石みたいなんだよ……
娘　（歯をくいしばって）なにもないわよ、パパ……なにもないわ。でも見ない方がいいわ――
元師　ほうっておいてくれ……（胸のあたりを手で触わる）感じない……まったくなにも感じないのだ
娘　パパ、何でもないわ、見ればわかるわよ！

外の歓声はますます大きくなる。元師！　元師！　元師！

元師　これがなにか、パパにはわかっている。お前は向こうに行ってなさい、向うに……。パパを一人にしておくれ……

外から歓声。　元帥！　元帥のお姿を！

元帥！　元帥のお姿を！

元帥　よし。行くぞ。（上衣のボタンをかける）、頼むから、お前たちは向うへ行ってなさい！　お前たちがここにいても意味がないからね……お前たちにはどうってことのないことだよ。

元帥　わかった。すぐ行くぞ。（バルコニーに姿を見せ、背筋を伸ばして、歓声にこたえるために手をあげる）

すさまじい大歓声――元帥万歳！　元帥万歳！　戦争に勝利を！

娘　（わっと泣き出す）

クリューク二世　（パヴェル）　泣いてはだめだよ！　いいかい、アネッタ。

娘　パヴェル……だってパパが……

クリューク二世　わかっている。でも今は泣いてはだめだ。（電話のところへ行って、自分の手帳で熱にうかされたようにある電話番号を探して、ダイヤルをまわす）もしもし……宮廷顧問官のシゲリウス教授でしょうか。――クリュークです。すぐこちらまでお出で下さい、元帥の官邸です。ええ、教授ご自身に元帥を見ていただきたいのです……ええ、白い斑点ができているのです。（受話器を置く）アネッタ、たのむから泣かないでくれ！

外から歓声　元帥万歳！　戦争万歳！　軍隊万歳！
元帥に栄光を！

元帥　（バルコニーからもどってくる）やはりおれは国民に愛されている……きょうは偉大な日だ。――泣いてはいかん、泣いてはだめだ！

クリューク二世　元帥閣下、おそれながら、私の一存でシゲリウス教授にじきじきに来ていただけるように、取りはからいました……

元帥　そうか、わかった、パヴェル。まったくこんな時に、まるで医学の教科書通りにあの病気になるとはな。（もういいというように手を振る）空軍から……まだなんの報告も……来ていないのか？

外から歌声と軍楽隊の演奏が聞こえてくる

元帥　聞こえるかい。大歓声を上げているぞ！　――やっとのことで、私は一人ひとりの国民を一つの国家へつくりかえたのだ！　（服の下の胸のあたりを触って）変だな……大理石のように冷たいぞ。まるで自分の体じゃないみたいだな――

外から　元帥！　元帥！　元帥！

元帥　今行くぞ……すぐに……（よろめきながらバルコニーに向かう）

クリューク二世　閣下、どうかここは私におまかせ下さい。（急いでバルコニーに出て、群集に向って静まるように合図をする）元帥閣下はみなさんに感謝されています。閣下はたった今、任務につかれました。

元帥万歳！　戦争万歳！　元帥万歳！

元帥　いい青年だ。……あいつの父親をおれはとても好きだった。（腰をおろす）かわいそうなことをした、クリューク男爵！　かわいそうな……男爵にはかわいそうなことを……

クリュークニ世　（バルコニーからもどって）　（窓を指さして）アネッタ、お願いだ。（二人で重いカーテンを引いて部屋を暗くし、テーブルの上のスタンドのあかりをつける。部屋は薄暗く静かである。外からかすかに聞こえてくるのは歌声と行進曲だけである）

元師　うん。これで病人のいる部屋らしくなったね。

娘　（元師の足もとにすわって）パパは病気になんかなりっこないわよ。きっと世界一の名医たちが来て、元気にしてくれるにちがいないわ。でもパパ、今は寝ていなくちゃだめよ－

元師　いや、いや、パパは病気などしていられないんだよ。国民の先頭に立って戦わなければならないのだ。病気だなんて思ってもみないよ。ただ、いまはお前たち二人に囲まれて……ちょっと一息ついているだけだ。あの騒音のせいさ。

人は暗闇へとゆっくり進み、……だれかの手を握ることができれば、きっとそれで十分なのではないかな。……そんなもんだよね。だが、パパはいまは戦争をしなくてはならない。……最初の戦況報告はまだかね！　－外の歌声が聞こえるかい？　まるで……川の向う岸で歌っているみたいだね。

クリュークニ世　閣下のお耳にさわるようでしたら――

元師　いや、このままでいい。今じゃいたるところで国旗がひるがえっている……私は車に乗って街にでて……みなの前に姿を見せ……正しいのはわれわれだと伝えなければ、われわれは……われわれ……（胸をたたく）

娘　パパ、だめ！　そんなこと考えてちゃだめよ！

元師　そうだね。考えちゃいけないんだ。でもいまに、パパは凱旋した兵士たちの先頭に立って行進するからな。……　お前はパパがこの前の戦争で兵士たちを率いて、祖国に凱旋した姿を見ていないよね。まだとても小さかったからね。だが、今度こそ見せてあげるぞ。――もうすぐだよ、お前がどんなに喜ぶことか！

パヴェル、戦争って、すばらしいことなんだよ！　われわれ男にとって、戦争ほどすばらしいものはないよ！　――敵の右翼をたたくのだ！　それから包囲する！　そこへ十個軍団投入せよ！

副官　（ドアのところで）シゲリウス教授が来られました。こちらへお通ししてよろしいでしょうか。

元師　なに？　一体、何の用だ？

娘　お通しして……パパの寝室へ。

副官　かしこまりました。（退場）

元師　なるほどそうか。わかったよ。世界一の名医たちだろう？　……（立ち上がる）残念だな。せっかくお前たちと一緒にいて、気分もよくなりかけたのに。

娘　（ドアのところまで元師に付き添う）パパ、こわがらないでね。

元師　なにを言うんだ？　――元師がこわがるわけがないよ。元師には……使命があるからな。

静寂。外からの行進曲だけが聞こえてくる

クリユーク二世 アネッタ、泣きなさい。もう泣いてもいいのだよ！　泣いても。

娘 ねえ、パヴェル――パパにはきっと使命があるんだわ。だったら、パパは死なないですむかも知れないわね！

クリユーク二世 ――アネッタ、おそろしいね！　あんなに病気が進んでいるなんて……ああ、どうしてもっと前にわからなかったのかな？

娘 だって、……だって、パパは自分のことなんか全然考えていなかったの……健康に自信がありすぎたのよ……（暖炉によりかかって、すすり泣く）

クリユーク二世 アネッタ、ぼくは今夜連隊に入隊することになっているんだ。

娘 だめよ、そんなこと――

クリユーク二世 ぼくの家では果せられた義務はちゃんと果たすことになっているんだ。ばかげたきまりなんだけどね。

娘 でもこの戦争、長く続くわけがないわ！　パパは数日で終ると言っていたし――

クリユーク二世 それはそうなのかもしれない。だが、いずれにしてもきみはしばらく一人でいなければならなくなるんだ。アネッタ、しっかりしていなくちゃね。

娘　ええ、がんばるわ。
副官　（登場）緊急連絡です。
クリューク二世　元帥閣下のデスクの上に置いておいて下さい。
副官　かしこまりました。（電報をデスクの上に置いて退場）
娘　パヴェル……どうしたらいいかしら？
クリューク二世　ちょっと失礼。（デスクのところへ行って、じっと電文を見つめる）こんなことをしてはいけないのだが……信じられない！　あんな小国が――
娘　どうしたの？
クリューク二世　敵は降伏しないで、わが軍に頑強に抵抗しはじめている。わが軍は戦果をあげてはいるが、首都の攻略に失敗した。この作戦でわが軍は八十機の航空機を失った……。戦車も国境地帯ではげしい抵抗にあっている。――
娘　悪い知らせなの？
クリューク二世　ほんのちょっと作戦が遅れるだけだよ。もっとも、もたもたしていると、敵に援軍が到着してしまうかもしれないな。元帥の計算だと、最初の一撃を加えるだけで十分のはずだったのだが。
　それに、二つの大国から最後通牒が送られてきているぞ。――もう動員もかけている。ああ、まったく何てことだ。あまりにも、事態の進展が速すぎる！　三、四、……五通も最後通牒が同時に送られてくるなんて――

娘　じゃあ……やっぱり悪い知らせね？

クリュークニ世　アネッタ。これはとてもひどいことになりそうだ。

娘　パパに見せなくてはいけないかしら？

クリュークニ世　もちろん見せなくては。でも心配するなよ。元帥は強いからね。――病気なんかには負けないさ。なに、作戦用の地図の上に身をかがめたとたんに、なにもかも忘れてしまうさ。……元帥は根っからの軍人なのだよ。銃口の前に立たされても、きっとまばたき一つしないよ……

元帥が、はだけたガウンのままで、よろよろしながら執務室に入ってくる

元帥　（むせび泣く）イエス様、神様、ああ……キリスト様……イエス・キリスト様……十字架のイエス様！……

娘　パパ！

クリュークニ世　（元帥のもとに走り寄る）閣下、しっかりして下さい。……（安楽椅子へ連れて行く）

元帥　一人にさせてくれ！　おれ一人に！　よくなるさ……すぐにね……ああ神様、イエス・

キリスト様……まだ六週間ある……あの医者はあとわずか六週間と言いやがった――それで終りか……終りなのだ……イエス様、キリスト様！　どうしてもっと前にわからなかったのかな！　症状が出て、初めてわかるとはな……イエス様、キリスト様、お憐み下さい！

クリューク二世　（自分にまかせてくれるようにアネッタに合図をする）閣下、戦況報告がとどきました。

元師　何だい？……今はかまわないでくれ。だめだ……みな　部屋から出てくれ！　わからないのか、え、わからないのか……

クリューク二世　閣下、戦況がきわめて悪いとの報告です。

元師　戦況が悪いだと？　――こちらへよこせ！　（電報を手にとって読み、無言のまま状況を判断する）これはまずい……おれの予想とまったくちがうぞ。（立ち上がる）ここへ呼べ……いや、だれも呼ぶな。きちんと書面で命令を伝える。（デスクに向かって座る）

クリューク二世、元師のそばに立っている。娘、じっと立ったまま、祈っている。

外から歌声

元師　（必死に書く）兵士をさらに一年繰り上げて召集するのだ！

クリュークニ世　（元帥の手から命令書を受けとって）はっ、元帥閣下。
元師　（書いているうちにペンが折れる。クリュークニ世が別のペンを元帥に渡たす）空軍への命令書だ。
クリュークニ世　（命令書を受けとる）はっ、元帥閣下。
元師　それからこれだ。（熱に浮かされたように書いたものを消す）いや、これではだめだな。（書きかけの命令書を引きちぎると、丸めて紙くずかごの中に投げこむ）戦術を変えなくては。――（書くが、判断に迷う）だめだ。ちょっと待ってくれ。（デスクで頭をかかえる）
クリュークニ世　（困ってしまい、アネッタの方をちらっと見る）
元師　――神様、お憐み下さい！　神様、どうかお憐みを！
クリュークニ世　閣下、次のご命令をお待ちしているのですが。
元師　（頭を上げる）よし、いま出す。……（立ち上がって、よろめきながら舞台の中央に進む）いま命令する……アネッタ、あす……あす、私がみずから前線に立って攻撃を指揮する。すべての作戦の指揮をとるのだ……いいか、これは私の使命なのだよ。そして勝利を収めたあかつきには……兵士たちの先頭を、馬に乗って凱旋するのだ……。

外では兵士が行進している

元師　――――がれきの山のあいだをぬってね。そこには、かつて首都があったのだ。それでも私は行くのだ。体からはずっと以前に肉はすっかり落ちてしまい……もう眼しか残っていない。
それでもつねに兵士の先頭を進むのだ。白馬に乗った骸骨だな……群集の叫び声が聞こえるよ、元師万歳！　死神元師万歳！　とね。
娘　（顔を両手でおおい、大声で泣く）
クリューク二世　元師、だめですよ。そんなことを言われては！
元師　そのとおりだ、パヴェル。……心配しなくてもいい。ひどいむちゃはしないよ。自分がすべきことはわかっているつもりだ。あす……あす私は兵士の先頭に立つつもりだ。いや、総司令部ではない。総司令部にいると……将軍たちにすぐこのいやな臭いを気づかれてしまうからね。私はね、前線での攻撃の先頭に立つのだ……抜き身のサーベルを手に持ってね。……あとに続け！　兵士よ、続け！　兵士たちが倒れたら、パヴェル、……当然この私も倒れるさ。でもその時には、兵士たちはこの元師であるおれの復讐に燃えて……死に者狂いで戦うにちがいない……前進だぞ！　着剣！　みな、さあ突撃だ、死ぬ気でがんばれ！　（胸をたたく）勝ったぞ！　われわれは……勝利したぞ……（胸をさわって）アネッタ！　パパは、……こわいのだよ！　アネッタ！
娘　（元師のところへ行って、母親のようにきっぱりと）パパ、落ちついて。こんなじゃだめよ。

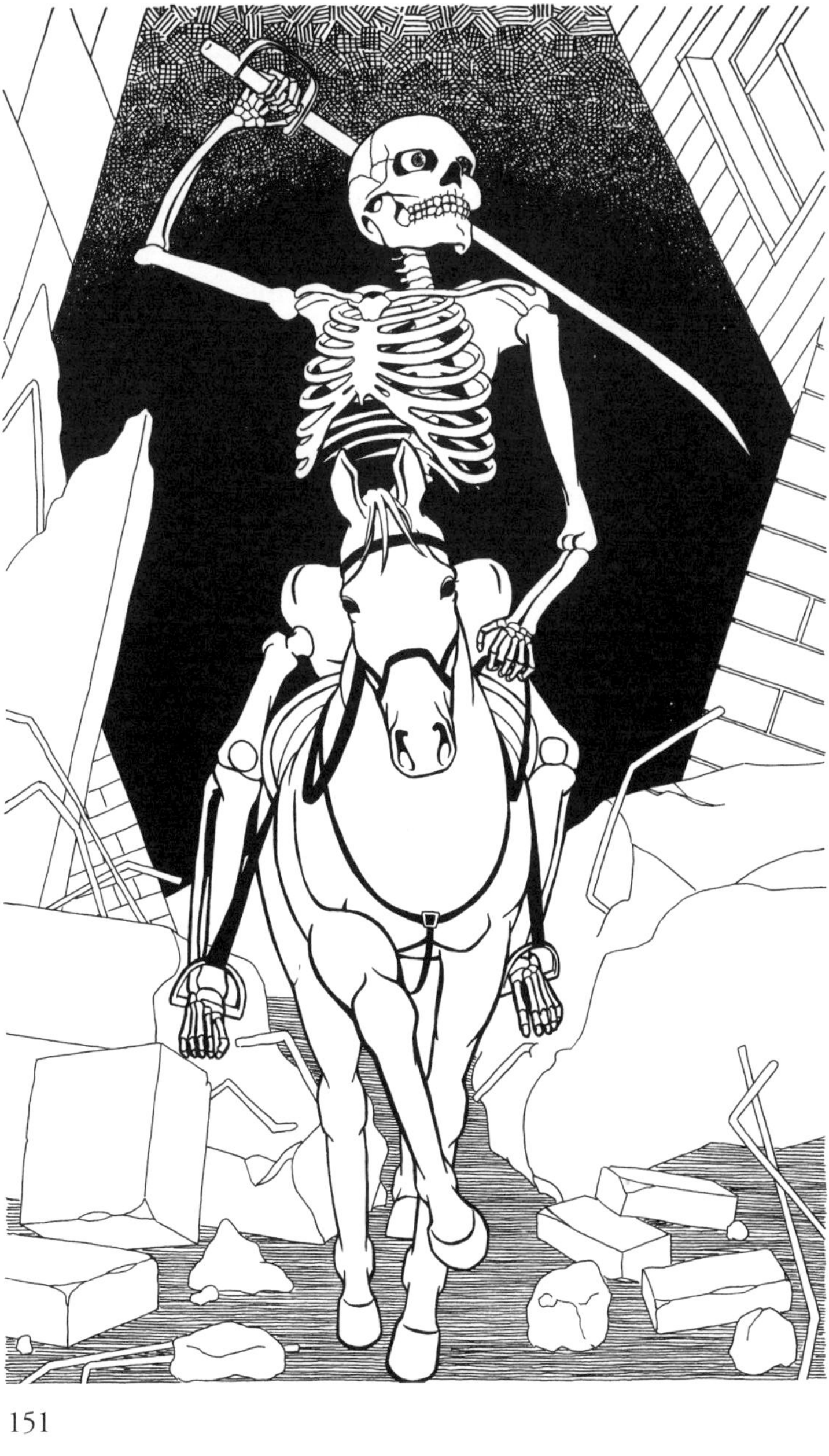

ここの椅子に座ってなにも考えないことよ、わかった？（元帥を安楽椅子に座らせる）

元帥　そうだね。パパは考えちゃいけないんだ。考えると……考えはじめると……。パパは病院でひどい光景を見てしまったんだ……患者の一人が、パパにあいさつしようとして、起き上がったんだ……すると……その患者の体から大きな肉のかたまりがごっそりそげ落ちて来たんだよ……イエス様、キリスト様！　イエス様、キリスト様！　私はもうご慈悲をいただけないのでしょうか？

クリューク二世　（アネッタと眼があい、それからうなずいて、電話のところへ行く。電話帳をくってだれかの電話番号を探している）

娘　（元帥の頭をやさしくなでる）パパ、そんなこと考えるのやめて。パパを見棄てなんかしないわ。きっとよくなるわよ。パパ、私たちにまかせて。まず病気を治さなくてはね。そして、元気にならなくては。治ればそれでいいのよ！　さあ、元気になりたいって言ってちょうだい。――

元帥　そりゃ元気になりたいさ……この戦争にはどうしても勝たなければならないからね。せめてあと半年、元気でいられたらなあ！　ああ、この戦争に勝つために、ああ、せめてもう一年あれば！

クリューク二世　（ダイヤルをまわす）もしもし、……ガレーン先生のお宅ですか。……あの、クリュークです。先生、元帥の官邸まで来てください――ええそうです……とても状態が悪いのです。来て下されば……ええ、わかっています。……先生の条件は……各国と平和条約を結ぶということですよね。ええ、申し伝えます。あの、電話を切らずにちょっとお待ち下さい。（手で受話器ふさいで）

元帥　（椅子から跳び起きる）だめだ！　だめだ！　平和だなんてとんでもない！　戦争は続けるのだ。今さら止めるわけにはいかない。屈服なんてできるわけが無いじゃないか。――パヴェル、きみは気でも狂ったのか！　この戦争に負けるわけにはいかないのだ！　われわれは正しいのだ――

クリューク二世　いえ、正しくはありません、元帥閣下。われわれはまちがっているのです。

元帥　――パヴェル、われわれが正しくないのは私にもわかっているんだ。そんなことより、この国が戦争に負けてほしくないだけなんだよ！　私なんかどうなってもいいのだ。ただわが国が……国家の名において……パヴェル、置くんだ、受話器を。受話器を置いてくれ。私は……国家のためならいつ死んでもいい。

クリューク二世　（受話器をアネッタに渡たす）そうかも知れません。しかし、そのあとはどうなるのでしょうか？

元帥　そのあとっておれが死んだあとのことか？　パヴェル、おれが死んだあとのことぐらい計算に入れておいてもらわなくては困るよ、そうだろう？

クリューク二世　でも元帥閣下は、自分が死ぬことを計算に入れてなかったのではないでしょうか。戦争がはじまったというのに、――まさかというときに、閣下にとってかわれる人物がだれひとりとしていないのです。

閣下はみずから、――この国で唯一の指導者、つまり唯一の頭脳になられたのです。このままですと、頭脳がなくなれば、この国には体《からだ》しか残りません。そうなれば、われわれは戦争には勝てません。閣下がいなければ、必ず大混乱が起きます。それだけは、どうしても防がなくてはなりません！

元師　パヴェル、たしかにきみの言うとおりだ。私は――戦争のまっ最中に、この世から身を引くわけにはいかない。その前に、この戦争に勝たなければならないのだ。

クリューク二世　元帥閣下、しかし、この戦争は……六週間では終わりません。

元師　たしかに。六週間では無理だ……神様、この私にこんなことをなさってはいけません！　神様が……こんなことをおゆるしになっては……いけません。キリスト様、イエス様、ああ私はどうすればいいのでしょう？

クリューク二世　国家の破滅を防ぐことですよ、元師閣下。それが今の……閣下の任務です。

――アネッタ――

娘　（電話で話す）もしもし、先生ですか。――私は元師の娘です。こちらにおいでいただけますよね。――ええ、先生の条件は受け入れると思います。いえ、まだ父には申してはおりません。でも、ほかにどうしようもないのです。

——ええ、そうすれば、来ていただけるのですね？　そして、父の命を救っていただけるのですね？　それでは父には必ず申します。（受話器を手でふさぐ）パパ、一言、受け入れるとだけ言ってくれればいいそうよ——

元帥　それはだめだ。アネッタ、電話を切りなさい。そんなことはできない。それで終りにしよう。

クリューク二世　（平静に）元帥閣下、失礼とは存じますが。閣下はなさらなければなりません。

元帥　なにをするというのだね？　あの男をここへ呼ぶことか？

クリューク二世　そうです。

元帥　それから、頭を下げて、こちらから講和を申しこむことか？　わが軍に退却を命じるということか？

クリューク二世　はい、そうです。

元帥　それから謝罪して、どのような要求でも受け入れるというのか？

クリューク二世　はい、その通りです。

元帥　そして国民に隷属をしいるのか？　ばかげているし、ひどすぎると思うが。……

クリューク二世　しかし、やむをえないのです、閣下。

元帥　いずれにしても、私は辞職しなければならない。汚した地位から身を引かなければならない。

クリューク二世　そうです。閣下、でもそうすれば、平和の中で辞職することが可能になります。

元帥　いや、だめだ、それはおれにはできない！　無理だよ！　ほかのやつにやらせてくれ！　私に反対な人間はいくらでもいる。そいつらがうってつけさ。——おれは……さっさとやめるから、講和を申し出るなんてみっともない仕事は、だれかほかのやつらにやらせてくれ——

クリュークニ世　閣下、ほかの人間にやらせるなんて——それは無理です。

元帥　なぜ？　なぜなんだ？

クリュークニ世　なぜって、そんなことをすれば内戦になるからです。閣下のほかに、軍に休戦を命じ、撤退させることはできません。——

元帥　おれがいなくても、自分たちで国が治められない国民なら、さっさとくたばればいいのだ！　早くやめさせてほしいね……おれ抜きでやればいいのだから——

クリュークニ世　そうおっしゃいますが、閣下は国民に国をみずからどうやって治めるか、まったく教えてきませんでした。

元帥　——そうか。それなら私が取るべき道はただ一つだ……つまり、将校のとるべき道しか残っていないぞ。（ドアに向かおうとする）

クリュークニ世　（元帥の前に立ちふさがって）閣下、だめです。そんなことはだめです。

元帥　何だって？　おれには自決する権利もないのか？

クリュークニ世　ありません、元帥閣下。閣下にはまだ……戦争をやめるというお仕事が残っています。

元帥　パヴェル、たしかに、きみの方が正しいのかも知れない。――アネッタ、こいつはいい青年だ。少し理屈がすぎるがね。理屈だけでは、おっきな仕事はできんぞ――

娘　（受話器を元帥に渡たす）それじゃ、パパ。

元帥　（受話器を払いのける）だめだ、アネッタ、だめだよ。そんなことをしてはいけないいんだ。パパにはそれはできない。私はこれ以上……もう生きているわけにはいかないのだ。

娘　パパ、お願い！　すべての白死病の患者にかわってお願いするわ――

元帥　すべての白死病の患者にかわってだって！　そうか、アネッタ。お前の言うとおりだ。私以外にも――白死病の患者たちがたくさんいるんだね！　世界中に、何百万、何千万というのだ。

――本当だ、私は彼らとともに、――さあ見てくれ、さあみな、見てくれ。ここに立っているのは白死病患者の元帥です。私はもう、軍の先頭に立ってはいません。私が立っているのは、自分の肉塊の痛みにのたうっている、すべての白死病患者の先頭なのです。――さあ道を、道を開けて下さい。その道を私たちは進んでいきます。私たち白死病の患者はまちがっていません。私たちが求めているのは慈悲、そう、あわれみだけですから。

アネッタ、よこしてくれ！　（受話器を受けとる）もしもし、先生ですか。――そうです、私です。元帥本人です。―そうです、そう、そのとおりです。ええ、もう「そのとおり」と言いましたよね！

——いや、ありがたい。それでは。（受話器を置く）ああ、これでよしと。数分のうちにガレーン医師がここに来るよ。

娘　ああよかったわ！（うれしさのあまり泣き出す）パパ、私とっても——とってもうれしいのよ。パヴェル——

元師　（娘の髪の毛をなでる）さあ、さあ、もうむこうへ行きなさい。——私とここにいるのはおまえにはつらすぎるだろう？——そうだ、一緒にでかけよう……平和になったらね——

娘　パパがまたもとのように元気になったらね——

元師　そうだ、白死病の患者がみな病気が治って、元気になったらだ。それに、私がすべてきちんと整理をつけてからだな。でも、これはむずかしい仕事だよ、パヴェル。……だが、まずあの医者が来てくれないことには！——われわれは攻撃をやめ……各国政府に通告しなければならない。

……（デスクの上にあった命令書を手にとって、こまかくちぎる）それにしても残念だな……すごい大戦争になるところだったのにな。

娘　パパ、もう戦争なんか起こらないわ。だってパパが世界で最強の軍隊を解体してしまうんですものね。

元師　うん、最強のすばらしい軍隊だったのだが。……どんなにみごとな軍隊だったか、お前にはとてもわからないだろうがね。この軍隊を創り上げるのに、二十年もかかったのだよ……

クリューク二世　閣下はこれから平和を創るのです。神がそのように思し召《おぼ》《め》しておられることを、人々に告げるのです――

元師　神の思し召しか……神が平和を望んでおられるとわかった以上は、パヴェル、平和を創るのもまた、大きな使命だよね？

クリューク二世　そうです、閣下。……大変な仕事ですが。

元師　まったく、根気のいる仕事になるな。外交がどんなにめんどうなものか、よくわかっているつもりだ。だがもしこの私が、もう何年か生きることができれば……使命を持った人間は、どんなことにでも耐えられるものさ。

平和か……私が平和を創ることを神がお望みなら――アネッタ、私がいま言ったことがどんなに響くか……私が自分でわかるように口に出して言ってみてくれ。

娘　平和を創ることを神が望んでおられるのなら。こうよ、パパ。

元師　なるほど、悪い響きではないな……アネッタ、これは大きな使命だ、そうだろう。世界から白死病がなくなるだけでも――これはすごい勝利だしね。平和を創ることでも、わが国が世界で初めてということになる。――そう短い時間でできるとは思わないが。

だが、もし私がまだ生きていれば……これは神が私にお与えになった任務なのだから！

——ところで、アネッタ、あの医者はまだ来ないのか？　遅いじゃないか、あの医者はどうしたんだろう？

幕

第三場　街路

旗を持った群集。歌声。歌声にまじって、「元帥万歳！」「戦争万歳！」「元帥万歳！」という歓声。

第一幕の息子　さあ、みないっせいに叫ぶのだ、「戦争万歳！」

群集　戦争万歳！

息子　元帥の指導の下に――

群集　元帥の指導の下に！

息子　元帥万歳！

群集　元帥！　元帥！

群集のため先へ進めない車のクラクションの音。

ガレーン　（バッグを手に持って走りながら登場）ここからあとは走って行こう……あの、すみませんが……すみません、どうか通して下さい……行かなければならない人がいるんです……

息子　市民のみなさん、さあ、大声で、「元帥万歳！」「戦争万歳！」

ガレーン　いや、いけません！　戦争はだめです！　どんな戦争もあってはなりません！　みなさん、戦争はあってはならないのです！

群集の叫び声　なにを言っているんだ？　――裏切り者！　――臆病者！　――やっつけろ！

ガレーン　戦争をやめなければなければ！　放しなさい。――私は元帥のところへ行くのです。――

群衆の叫び声　元帥を侮辱したぞ！　街灯に吊るせ！　――殺っちまえ！

わめき立てる群集、ガレーンをとりかこむ。
手のつけられない混乱。
群集が散る。地面にはガレーンが横たわり、横に往診バッグが落ちている。

息子　（ガレーンを蹴る）起きろ、この悪党め！　あっちへ行け！　行かないと――
群集の一人　（地面に横たわったガレーンのそばに膝まづく）もうやめろよ。死んでいるんだ。
息子　かまうものか。裏切り者が一人減ったんだ。元帥万歳！
群集　元帥万歳！　元帥！　元帥！
息子　（バッグを開けてみる）へえ、こいつ、どこかの医者だったんだ！　（薬液の入ったボトルを叩き割ると、踏んづけて粉々にする）これでよし！　戦争万歳！　元帥万歳！
群集　（行進し続ける）元帥！　元帥！　元帥――万歳！

幕

マクロプロスの秘密

はじめに

この「マクロプロスの秘密」という新しいコメディーのモチーフが私の頭の中に浮かんだのは三、四年まえのことだったと思います。まだ「ロボット」を執筆するまえのことです。ずっと小説として書くつもりでいました。ただ、いずれにしてももっと早く書き終えておくべきテーマだったのです。つまり、早く書かなければと思いながらなかなか筆が進まないでいた懸案の素材のひとつでした。

そのような私に刺激を与え、後押ししてくれたのは、老化は体の組織の自家中毒によっておきるという、たしかメチニコフ教授の理論でした。

こんなことをここで述べさせていただいたのは、今年の冬、バーナード・ショーの新作戯曲『メトセラへ帰れ』が出版されたからなのです。いまのところ、抜粋でしかこのショーの作品のことは知らないのですが、――どうやら大々的に――やはり長寿、長生きの問題を取り上げているようです。

抜粋からの推測にすぎませんが、ショーと私の作品の素材的な一致はまったくの偶然で、表面的なものにすぎません。なぜならショーの結論と私の結論はまったくの正反対だからです。どうやらバーナード・ショーは、もし数百年生きることができれば、それは人類の理想的な状態、つまり、未来の楽園だと見ているようです。

ところが、読者もおわかりのように、この「マクロプロスの秘密」という作品で私は長生きすることをまったく別の見方から描いています。つまり、私は長生きを理想からは程遠い、まったく望ましくないものとして描きました。

残念ながら、ショーも私もまだ自身でとてつもない長寿というのを実際に経験していませんから、ふたりのうちでどちらの考えが正しいかを判断するのは困難です。ただ、ショーの考えをオプティミズムの古典的なひとつの例、このドラマで私が表現したかった考えを絶望的なペシミズムのひとつの例だと見るのは当然だ、どうもそんな風に思われてしまう気がしてなりません。私が人からペシミストと呼ばれようがオプティミストと呼ばれようが、私個人の人生がいっそう明るく幸せになったり、いっそうみじめになるようなことはありません。ですから、それはそれでいいのです。

そうは言っても、ペシミストであるということには、たしかにある一定の公的な責任がどうやら含まれているようです。世界や人類にたいしてひどい行いをしていると、なにやらやんわりと批判されるのと同じです。

私は長生きを理想からは程遠い、まったく望ましくないものとして描きましたが、そのような方向性に問題があるとは思っていません。だからといって、私はけっしてペシミズムにおちいってはいません。私がペシミズムにおちいっているとしたら、それは、まったく自分で意図したものではないし、不承不承のものなのです。

私は逆にこの「マクロプロスの秘密」というコメディーで、なにか人びとが楽しめ楽天的になれることを伝えたかったのです。

六十年しか生きられないのはよくないことだが、三百年生きられるのはいいことだと断言するのがいったいオプティミズムといえるのかどうか、私にはわかりません。私はただ、平均して六十年生きることができれば十分で、それはまずまずいい人生だとはっきり言ったからといって、それは人から後ろ指を指されるようなペシミズムではないと思っているだけなのです。

将来、病気や貧困、さらには汚くてだれもしたがらないきつい仕事がなくなるだろうなどと言い出したら、それはたしかにオプティミズムです。しかし、病気や貧困、さらに過酷な労働であふれているこの現代の生活が、どうしようもないほどひどくてとんでもないだけではない、そこにもなにか計り知れないほどの価値のあるものがあると言い出しても、――それは実際のところ――はたしてペシミズムなのでしょうか？　私はそうは思いません。逆に、二つの意味でオプティミズムと呼んでさしつかえないと思います。

このオプティミズムは、第一に、悪いものからなにかよりましなものへと、たとえそれが夢のなかであっても、人の目をそらさせてしまいます。第二に、悪いものそれ自体のなかに、なにか少しでも――やはり、たとえそれが夢のなかであっても、ましなものを探し出そうとしてしまうのです。この第一のオプティミズムは、まっすぐ楽園をめざしています。これは人間の精神にとってより好ましい方向ではありません。第二のオプティミズムは、せめてくらべてみてよりましなものがどこかに、ほんの少しでもないかとあちらこちらと探しまわります。このような試みにもまったく意味がないとはいえませんが……

これらがオプティミズムでないとすれば、なにかふさわしい別の言葉を探し出してきてください。

とりたてて強調したくはないのですが、いま述べたことはこのドラマのためにだけ言っているのではありません。私は何でもきちんとしていないと気がすまないので、ちょっと触れただけのことです。

それよりも私はここで『虫の生活』のことを考えているのです。この作品のおかげで共作者の兄ヨゼフと私はペシミズムという名の「カインの刻印」を押されました。人間社会を虫の世界にたとえるのはたしかにとてもペシミスティックかもしれません。しかしひとりの人間をホームレスにたとえるのは、少しもペシミスティックではありません。

「虫」なんぞを使って人類をはずかしめているといって、私たちふたりの作者を非難する人たちがいます。でも、その人たちは私たち作者がホームレスを通して人間とはなになのかを考え、人間に語りかけていることを忘れてしまっているのです。

もしペシミズムというものが実際あるとすれば、それはなにもしないで腕をこまねいていることです。あえて言えば倫理的敗北主義のことを指します。働いている人間けなにかを探し求めて、実現しようとしています。そういう人はペシミストであることはありませんし、また、あるはずもないのです。

どの活動でも真剣に懸命におこなっているかぎり、たとえ言葉でその活動の正当性を説明しなくても信頼されるのです。あのカサンドラでさえペシミストなのかもしれません。彼女は予言こそしたもののそれ以上のことはなにもしなかったからです。もしトロイヤのために戦っていたならば、彼女はペシミストにはならなかったはずです。

カレル・チャペック

登場人物

エミリア・マルティ
ヤロスラフ・プルス
ヤネク（プルスの息子）
アルベルト・グレゴル（ベルティーク）
ハウクーシェンドルフ
コレナティー弁護士
ヴィーテク（弁護士助手）
クリスティナ（ヴィーテクの娘）
お付の女
医師
舞台係の男
掃除係の女

第一幕

コレナティー弁護士事務所の一室。舞台の奥には廊下に通じるドア。左手には奥の部屋に通じるドア。舞台奥の壁には巨大なファイリングキャビネットがあり、はしごがかかっている。キャビネットにはアルファベット順にラベルのはってある無数のファイルが収納されている。

左手には弁護士助手の机。中央にはタイピスト用の二人がけの机がある。右手には順番を待つ依頼人用の椅子が数脚。壁には電話。それにさまざまな種類の料金表や通知、カレンダーがはってある。いたるところに紙、本、ファイル、それに書類の山。

ヴィーテク（ファイルを整理してキャビネットへもどしている）おや？　あったぞ、これだ！　もう一時だというのに……うちの先生はまだもどってこないな。――グレゴル家対プルス家訴訟。（はしごを登っていく）Ｇ・ＧＲ、ここだな。グレゴル家訴訟。さ、これでこの訴訟もおわりか。おや？　これだな！（ファイルをめくる）一八二七年。一八三二年。三二年。一八四〇、四〇、四〇、四七年。あと数年で百年の記念日を祝うこともできたのにな。こんなにすばらしい裁判がおわってしまうなんておしすぎるよ！（ファイルをもどす）グレゴル家対プルス家訴訟も……ここで……静かにお休みってことになるのか。ああ、なにごとも永遠

G GR 2
G GR 3
G GR 25
G GR 26
G GR 27

には続かないものだ。すべてはむなしく……ナリと灰に……（はしごの最上段に腰をおろし、考え込む）

もちろん貴族だ。古くからの貴族さ。ちがいない。プルス男爵。この百年間、ずっと裁判で争ってきた、きたないやつだ！——（間）「市民諸君！　なぜいつまでもずっとこうしてがまんし続けるのだ。フランス王に甘やかされてきた特権階級や古い貴族階級、こいつらは自然や理性に感謝するどころか、圧制によって報いているのだ。一群の廷臣、世襲貴族、土地や権力、法を握る者たち……ああ」

グレゴル　（ドアのところで立ちどまり、気づかれないまま、ヴィーテクのひとりごとをしばらく聞いてから）こんにちは、市民マラー君！

ヴィーテク　マラーではない。ダントンだ。一七九二年一〇月二三日の演説だよ。あれっ、これはこれは、グレゴルさん。とんだ失礼をいたしました、申しわけありません。

グレゴル　先生はこちらにおられませんか？

ヴィーテク　（はしごを下りてくる）いいえ、まだもどっておりません。

グレゴル　それで、判決はどうなりましたかね？

ヴィーテク　さあ、グレゴルさん、私はまだなにもきいておりません。でも——

グレゴル　かんばしくないのかな？

ヴィーテク　私としては何とも。ただ、残念です。すばらしい裁判でしたのに。

グレゴル　負けたのかな？
ヴィーテク　わかりません。うちの先生は朝からずっと裁判にかかりっきりですから。ただ、私は――
グレゴル　（椅子にどんっと座って）向こうに電話をして、コレナティー先生を呼び出してくれないかな。急ぎの用件なんだよ！
ヴィーテク　はい、ただいま。（小走りに電話へ急ぐ）もしもし！（グレゴルの方をふり返って）私でしたら、この事件を最高裁にまで持ち込まなかったでしょうね。
グレゴル　どうして？
ヴィーテク　なぜなら――もしもし、二、二、三、五。ええ、三、五、そうです。急いでつないでください。――（ふり向く）なぜなら、それで終りということですからね。
グレゴル　終りって？
ヴィーテク　裁判の終りです。グレゴル裁判の終りです。この裁判はもう、単なる裁判以上のものだったんですがね。歴史の記憶にとどめるべきものでした。裁判はもう九十年以上も続いていましたからね――
（電話に）もしもしそちらにコレナティー弁護士がいないでしょうか？　私はコレナティー弁護士事務所のものです。電話に出るように言っていただけますか？　――（ふり返る）グレゴル・ファイル、これはもうりっぱな歴史の一こまですよ。百年にもなろうという、（電話に向かって）もしもし、そちらをもう出ましたか？　ありがとう。（受話器をもどす）もう、向こうを出たそうです。こちらへ向かっているところでしょう。

グレゴル　で、それで判決は？

ヴィーテク　お答えしかねます。いずれにしろ、判決などなかったほうがよかったと思いますね。グレゴルさん、私は——私はあなたのお力にはなれませんから。それにしても、今日がグレゴル裁判の最後の日かと思うと——私がこの事件の裁判に必要な書類をつくり始めてからもう三十二年にもなりますから。

あのとき、あなたの亡くなったお父上がよくこちらに来られたものでしょよ。ああ、神様、あの方に永遠の栄光をお授けください。しかし、あなたのお父上と、やはり亡くなったコレナティー博士、つまりいまのコレナティー先生のお父上ですが、お二人とも、一時代前のおえらい方たちでしたね。

グレゴル　ありがとう。

ヴィーテク　二人ともすばらしい法律家でした。こみいった駆け引きのなかで、判決の破棄や無効がくり返されてきたわけですよね。こうして、もう三十年以上もこの裁判はこれまで続いてきたのです。

それなのにいきなり、どんっと！　最高裁に控訴してしまったんですから。ただもう、決着をつけるために！　残念でしかたがありませんよ、あんなにすばらしい裁判を……百年がかりの訴訟が、あなたのおかげで終わってしまうんですよ！

グレゴル　ヴィーテク、無駄口をたたくのはそれくらいにしてもらって。ぼくはこの裁判に勝って決着をつけたいだけなんだよ。

ヴィーテク　でも負けて決着がつくかもしれませんよ。

グレゴル　そのとおりさ、でもヴィーテク、いっそのこと負けるほうが……そのほうがましだと思わないかい。これで気が変にならないやつがいたら見てみたいね。いいかい、鼻先に一億五千万コルナという大金がぶらさがっていて、……すぐにも手に入りそうだというんだから。

……子供のころから、この話ばかり聞かされてきた。……（立ちあがる）きみは、私が負けると思っているんだろ？

ヴィーテク　グレゴルさん、なんとも申し上げかねます。はなはだやっかいな裁判ですからね。

グレゴル　まあ、いいだろう。だが、もし裁判に負けたら……

ヴィーテク　――負けたら、銃で自殺しようとでも。まったく同じことを亡くなったお父上もおっしゃってましたよ。

グレゴル　ところが、口だけじゃなくて、本当にやっちまったんだからね。

ヴィーテク　でも、この裁判が原因ではありませんね。借金のせいです。遺産を抵当にしたあんな借金暮らしでは……

グレゴル　（もうがまんできないといったようすで、座る）すまんが、もう、やめてくれないか！

ヴィーテク　そうですか。いま続いているような大きな裁判はあなたには無理なようですね。とても神経が持ちますまい。とてもすごくて、興味がつきませんけどね！（はしごの上にあがって、グレゴル裁判のファイルを取り出す）グレゴルさん、このファイルを見てください。一八二七年の日付ですよ。この事務所でもっとも古いファイルなんです。貴重なファイルですよ！

　まさに、博物館にうってつけですね。この一八四〇年の書類の筆跡のすばらしさときたら、ああ、なんという手並みだ！　ちょっと、ご覧になってください、すばらしい筆跡でしょう！

ああもうわくわくするな。

グレゴル　きみはちょっとおかしいんじゃないか。

ヴィーテク　（うやうやしくファイルをもとにもどす）ああなんとでも言ってください。でも、最高裁はきっと再審を命じますよ。

クリスティナ　（そっとドアを開ける）お父さま、まだ、家に帰らないの？

ヴィーテク　（はしごを下りる）もうちょっと待っててくれないか。すぐ――もうすぐ帰れるから。先生さえもどればね。

グレゴル　（立ちあがる）こちらは、お嬢さんですか？

ヴィーテク　ええ。クリスティナ、廊下で待っていなさい。

グレゴル　いえいえ、そんな。ご遠慮なく。学校からのお帰りですか？
クリスティナ　いいえ、リハーサルからの帰りです。
ヴィーテク　娘は劇場でオペラ歌手をしているのです。さあ、もう行きなさい！　ここにいたって、なにもすることがないからね。
クリスティナ　お父さま、あのマルティさんって、ほーんとに、すごいわよ！
グレゴル　マルティさんって、だれのことですか、お嬢さん？
クリスティナ　あら、あのマルティさんですよ、エミリア・マルティ！
グレゴル　あの、その方は、どういう方ですか？
クリスティナ　なんにもご存じないのね！　世界一のプリマドンナよ。今晩、歌うわ。――今朝、あたしたちと一緒にリハーサルをしたのよ――お父さま！
ヴィーテク　どうしたんだい？
クリスティナ　お父さま、私―わたし、劇場をやめるわ！　もう、劇場には行かないのよ。あたしなんか、だめなのよ！　ぜんぜんだめ、むだなのよ！　（すすり泣きながら、背をむける）
ヴィーテク　（走り寄る）クリスティナ、おまえ、みんなにいじめられたのかい？
クリスティナ　だって……私……だめ、だめなのよ！　お父さま、あのマルティさんは――私……マルティさんの歌声を聞いたら、お父さまだって、……。もう、私、二度と歌いたくないわ！
ヴィーテク　やれやれ、困ってしまうね、まったく。――おばかさんだから。ちょっと向こうに行っておくれ。お願いだからね。
グレゴル　気にしすぎですよ、お嬢さん。その有名なマルティさんの方があなたをうらやんでいるかもしれませんよ。
クリスティナ　私のなにをうらやむって言うの？
グレゴル　あなたの若さにですよ。
ヴィーテク　そうだ、そのとおりだよ。いいかい？　クリスティナ。こちらはグレゴルさん。おまえがマルティさんの年になるまで、あわてずに待てばいいんだよ……それで、そのマルティさんの歳は、いくつなんだい？
クリスティナ　そんなの……知らないわ。……だれも知らないの。たぶん、三十歳くらいかしら。
ヴィーテク　ほんとうかい、三十歳って！　そりゃもう、そこそこの歳だぞ　それは！
クリスティナ　でも、彼女はとても美しいわ！　とっても美しいのよ！
ヴィーテク　だがな、三十歳だろう！　三十歳は三十歳さ！　おまえはこれから——
グレゴル　クリスティナさん、今晩、私も劇場に見に行きますよ。でもマルティではなく、あなたを見に行くのです。
クリスティナ　劇場まで来て、マルティさんを見ないなんて、あなた、ばかじゃない。何にものが見えないのね。
グレゴル　いやあ、どうも。それだけ言われりゃもう十分ですよ。

ヴィーテク　やれやれ、生意気な口ばかりきいて。
クリスティナ　マルティさんのことをろくに知りもしないで、あれこれ言うべきじゃないと思ったただけよ。だれもがあの人に夢中なのに！　だれもがよ！

コレナティー弁護士が入ってくる

コレナティー　おお、これは、クリスティナ！　こんにちは——おや、依頼人のグレゴルさんもこちらでしたか。ごきげんいかがですか？
グレゴル　それで裁判の結果はどうなりましたか？
コレナティー　いや、まだ、なんとも。最高裁はつい先ほど休憩に入りましたよ。
グレゴル　いよいよ陪審員への要約提示ですか？
コレナティー　いいえ、昼食ですよ。
グレゴル　じゃ、判決は？
コレナティー　午後からですよ。グレゴルさん。ま、あせってはいけません。もう昼食はおすみですか？
ヴィーテク　ああ、これでついに。
コレナティー　なにかね？

ヴィーテク　いえ、ただとても残念なんです。こんなにすばらしい裁判が終わってしまうなんて。
グレゴル　（座る）また、待たされるのか！　ひどいよな！
クリスティナ　（ヴィーテクに）さあ、行きましょうよ、お父さま！
コレナティー　クリスティナ、げんきかい？　それにしても、また会えてうれしいよ！
グレゴル　先生、本当のところ、裁判はどんな具合なんです？
コレナティー　まあまあ。
グレゴル　勝ち目が無い？
コレナティー　グレゴルさん、いいですか。私はこれまであなたにこの裁判はきっと勝てるなんて言ってませんよね。
グレゴル　じゃあ、どうして……どうして……
コレナティー　どうして、この裁判を引き受けたか？　そう、なぜならグレゴルさん、私の父からあなたを相続したからですよ。あなたに、ヴィーテクに、それにあそこの机。言わせていただければ、グレゴル裁判もです。
この裁判はまるで病気みたいに、父から私に伝わったのです。でも、費用の方の負担はいっさいおかけしていませんがね。
グレゴル　私がこの裁判に勝てれば、先生には弁護料がたっぷり入りますよ。
コレナティー　そうありたいもんですがね。

グレゴル　つまり、先生のお考えだと——
コレナティー　知りたいですか？　私の考えでは。
グレゴル　われわれの負けだと？
コレナティー　そんなこと、わかりきってますよ。
グレゴル　（がっかりして）そうですか。
コレナティー　だからといって、ピストル自殺なんてまだ早まってはいけませんよ。
クリスティナ　お父さま、あの方、自殺するつもりなの？
グレゴル　（なんとか気を取り直して）まさか、お嬢さん。今晩あなたの舞台を見に行くことになっていますよ。
クリスティナ　見るのは私じゃないでしょう。

ドアのベルが鳴る

ヴィーテク　あれまた、だれか来ましたよ——先生、不在だと言ってきます。（出ていく）いない、いませんとね！
コレナティー　クリスティナ、ほんとに、まあ、こんなに大きくなって——だんだん女らしくなっていくね。

クリスティナ　あの、でもちょっと、見てください！
コレナティー　なにを見ろというのかな？
クリスティナ　あの方……、顔色がとっても悪いわ！
グレゴル　私ですか？　いや、すみませんね、お嬢さん。すこし寒気がするもんで。
ヴィーテク　（ドアの向こうで）こちらへどうぞ。ええ、こちらです。さあ、どうぞお入りください。

エミリア・マルティ、登場。その後ろにヴィーテク

クリスティナ　まあ、なんてことでしょう、マルティさんだわ！
エミリア　（ドアの前で）コレナティー先生ですか？
コレナティー　はい、私ですが。どういうご用件でしょうか？
エミリア　私、エミリア・マルティと申します。ある件でお目にかかりたいと思いまして――
コレナティー　（やたらに愛想をふりまいて、自分の執務室のほうを示す）どうぞ、お入りください！
エミリア　実はグレゴル裁判の件なのです。
グレゴル　なんですって？　奥さん――

エミリア　あの、私、独身ですけど。

コレナティー　これは失礼しました。ミス・マルティ、こちらはグレゴルさん。私の依頼人です。

エミリア　（グレゴルのほうを確かめるように見て）この方がグレゴルさん？　別に、このままここにいらしていただいてもかまわないわ。（座る）

ヴィーテク　（クリスティナを部屋の外へ押し出す）クリスティナ、おいで、こちらへ来なさい！

ヴィーテク、深々と頭をさげて、爪先立ちでそっと出ていく

エミリア　あの娘、どこかで見たことがありますわ、私。

コレナティー　（後ろ手でドアを閉める）マルティさん、私としても、とても光栄です。

エミリア　いえ、そんな。あなたがあの裁判の弁護士さんですね。

コレナティー　（彼女に向かって座る）はい、そうです。なんなりとおききください。

エミリア　――そのグレゴル家の、どなたの弁護をしているのですか――

グレゴル　あの、つまり、私のです。

エミリア　――ペピ〔訳注ヨセフの愛称〕・プルスの遺産に関する裁判ですか？

コレナティー　そうです、つまり、一八二七年に亡くなったヨセフ・フェルディナンド・プルス男爵の遺産相続の裁判です。

エミリア　なんですって、ペピはもう生きていないの？
コレナティー　残念ながら。もう百年ほど前のことになりますが。
エミリア　まあ、かわいそうなペピ。知らなかったわ。
コレナティー　そうですか。でも、ほかのことでなにかお役にたてると思いますが。
エミリア　（立つ）あの、私、お時間を取らせてしまうのも申しわけありませんし。
コレナティー　（立つ）失礼ながら、ミス・マルティ。わざわざこちらに来られたのは、なにか理由があると思いますが。
エミリア　ええ、そうなのです。（座りなおす）私、少しばかり申し上げたいことがありまして。
コレナティー　（座る）グレゴル裁判についてですか？
エミリア　ええ、たぶん。
コレナティー　ですが、あなたは外国の方ですよね？
エミリア　ええ、そうですけど。けさ、まったく偶然にあなたの……つまり、こちらの方の裁判について、知ったのです！
コレナティー　そうですか。
エミリア　新聞で読んだだけですけど。いつも、新聞になにか自分のことが出ていないか、見てるんですよ。そしたらたまたま、「グレゴル家とプルス家の裁判、本日でついに結審か」って記事を読んだのです。

コレナティー　たしかに、どの新聞にもそのことは出ていましたね。
エミリア　そしたら、……たまたま……なにか思い出した気がするんです……ですから、その……裁判についてちょっとお話していただくわけにはいきませんかしら。
コレナティー　なんでもお話しいたしますよ。ですからなんなりとおききください。
エミリア　でも正直、この裁判のことはなにも知りませんわ。
コレナティー　なにも？　それこそまったくなにも知らないのですか。
エミリア　だって、この裁判のことは今日、はじめて知ったものですから。
コレナティー　――恐縮ですが、でもそれなら、――どうしてこの裁判にそんなに興味をもたれるのか、わかりかねるのですが。――
グレゴル　話してあげればいいじゃないですか、先生。
コレナティー　そうですか、それではお話しましょう。ミス・マルティ。実はこの裁判は腐りきったりんごのようでどうにもならないんですよ。
エミリア　でも、こちらのグレゴルさんの主張のほうが正しいんでしょう？
コレナティー　ええ、それはまず。でも、だからといって必ず裁判に勝つとはかぎりません。
グレゴル　それより、裁判の話をはじめていただかないと。
エミリア　せめて、裁判の要点だけでもおきかせいただければ。
コレナティー　ずいぶんと関心がおありのようですからお話しましょう。……

（椅子に座って、空で覚えたことを読み上げるように早口に話す）一八二〇年ごろのことです。ヨセフ・フェルディナンド・プルス男爵はセモニッツの城館、ロウコフ、ノヴァー・ヴェス、ケーニクスドルフなどの領地を治めていました。このプルス男爵は頭が弱かったので……

エミリア　プルス男爵、あのペピが頭が弱かったですって？　そんなことありません！

コレナティー　じゃあ、エクセントリックな人だったと言いかえましょうか。

エミリア　不幸なと言ってほしいわ。

コレナティー　でも、ミス・マルティ。失礼ですが、あなたがそんなことまで知っているわけがないと思いますが。

エミリア　あなたこそ知ってるはずがないわよね。

コレナティー　ま、それは神のみぞ知るということで。いずれにしても、ヨセフ・フェルディナンド・プルス男爵は独身のままで一八二七年に亡くなったのです。子供はなく、遺言も残しませんでした。

エミリア　死因は何だったのですか？

コレナティー　脳炎かなにかでしょう。遺産は彼のいとこのポーランド人、エメリヒ・プルス－ザヴルゼーピンスキ男爵が相続しました。これにたいして、亡くなったプルス男爵の母方の甥であるセファージ・ドゥ・マロスヴァール伯爵とかいう人が異議を唱え、全遺産の権利は自分にあると主張したのです。

ただ、このことはいずれにせよわれわれとは無関係です。それより、もう一人、フェルディナンド・カレル・グレゴルという人が、ロウコフの資産にたいして権利を主張し裁判をおこしたのです。この方がここにいるいまの私の依頼人、グレゴルさんの曾祖父に当たる方なのです。

エミリア　裁判はいつおこされたのですか?

コレナティー　男爵が亡くなった同じ年の一八二七年に、すぐおこされました。

エミリア　ちょっと待って。でも、そのころフェルディナンドはまだ子供だったと思いますけど?

コレナティー　そう、まったくその通りです。当時、フェルディナンドはまだテレジーン・アカデミーの寄宿生でした。そこで、ウィーンの弁護士が裁判の代理人をつとめたのです。フェルディナンドがロウコフの資産が自分のものだと主張するのは、これからお話しするいくつかの事実にもとづいているんですよ。

まず、亡くなる前の年に男爵がご自身で、テレジーン・アカデミーの学長を訪ねられ、自分が死亡した場合、ロウコフの土地とそれに付随する城館を含めたすべての資産を、現在未成年者であるフェルディナンドの養育のためにゆずると伝えられたのです。フェルディナンドが成年に達したときに、これらすべては本人のものとなるとも伝えました。

これで当時まだ未成年者だったフェルディナンドは亡くなられた男爵のありがたい指示に

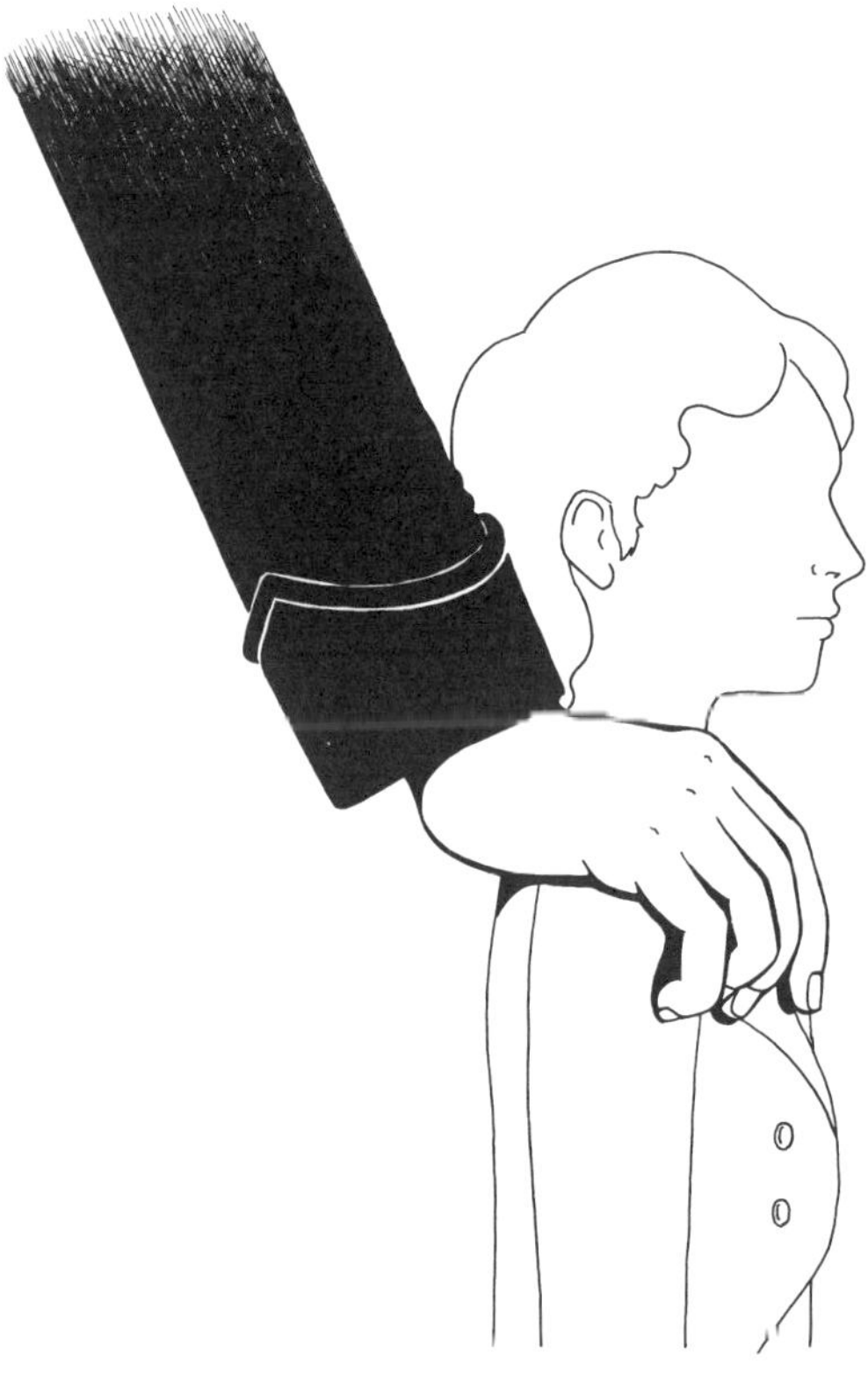

より、ロウコフ領主の称号とともにロウコフの資産のすべてを受け取ったのです。つまり自然の流れとしてロウコフの資産はフェルディナンドのものになったと考えられるわけです。

エミリア　おききしたところでは、まったくなんの問題もないじゃありませんか?

コレナティー　いや。ところがですね。これにたいして遺産のほとんどを相続したエメリヒ・プルス男爵が、ロウコフの資産の贈与はきちんと文書でおこなわれていない。つまり、公に文書で記録されたものはなにもないし、遺言状さえも残っていないと言い出したんですよ。それどころか、亡くなる直前に口頭で、これまでとはちがい、フェルディナンド以外の、ほかの人物の利益になるようなことを言い残したというのです——

エミリア　そんなことありえませんわ!　ほかの人物ってだれなんです?

コレナティー　いや、ミス・マルティ。そこがポイントなのです。ちょっと待ってください。いますぐファイルを取ってきて、読んでさしあげますから、ぜひきいてください。(巨大なファイリングキャビネットにかかっているはしごを登っていく)なかなか興味深いものです。ああ、これ、これ。これですよ。(「グレゴル・ファイル」を抜き出し、はしごの最上段にすわる。すばやくページをめくって、必要なページを出す)えーっと、ああ、ここですね。ドイツ語で書かれています。『これはプルス・ヨセフ・フェルディナンド・フォン・ゼモニッツ閣下の逝去にあたり、閣下のあらゆる権利を保護するために作成した記録である、うんぬん』

つまり、死のまぎわに残された遺言の記録というわけですね。これには、ヨセフ・プルスの死に立ち会った神父、医師、それに公証人が署名しています。高熱のなかで……死に赴《おもむ》かんとする者に……公証人が、最後にあたりなにか希望がおありですかと尋ねたところ、……ドイツ語の原文ではヴィーダーホルテン・マレ、つまり、数回にわたり……『領地をふくめたすべてのロウコフの財産は……マッハ・グレゴル氏の所属に帰すべし、と答えられた……』（グレゴル・ファイルを閉じてもとのところにもどす）

ミス・マルティ。つまり、どこかのマッハ氏にロウコフの財産を譲るというわけです。どこかのグレゴル・マッハ氏にです。チェコ風に呼べば、ジェホシュ・マッハ氏ということになりますけどね。この人物はその当時から知っているものはだれもいませんでしたし、どこにいるかもわからなかったのです。（そのままはしごの上にすわったままで）

エミリア　でも、そんなのまちがいよ！　ペピにはグレゴルのことしか頭になかったはずだわ、つまり、フェルディ・グレゴルよ！

コレナティー　ミス・マルティ、おっしゃるとおりです。でも、書面としてあるのです。書面として残っているのですよ。あの当時から、当のグレゴル氏自身が「マッハ」という単語が遺言の記録に紛れ込んだのは、ヨセフ・フェルディナンド・プルス男爵がうわごとのように漏らした言葉を聞きちがえたか、書きちがえたのだろうと、遺言の信憑性に異議を唱えておられました。つまり、「グレゴル」というのは苗字であって、名前ではないはずだ、などといったことです。

でも、ラテン語で言うじゃないですか、リテラ・スクリプタ・バレト、つまり、書かれたものは役にたつというわけです。こういうわけで、いとこのポーランド人、エンメリヒ・プルス・ピンスキ男爵が、ロウコフはもちろん、すべての遺産を相続し、所有することになったのです。

エミリア　それで、グレゴルには？

コレナティー　グレゴルはなにも相続できませんでした。そのうえさらに、いとこのセプハージ伯爵が、グレゴル・マッハという名前の人物を見つけ出してきたのです。なにしろこのセプハージ伯爵はとんでもないごろつき野郎ですからね。

セプハージ伯爵本人は男がたまたまグレゴル・マッハという名前だったと言っていたそうですけどね。このグレゴル・マッハという人物が裁判をおこし、グレゴル・マッハは遺書を残した男爵は自分とかなり微妙な性質の内密の約束をしていたと主張したのです。——

エミリア　そんなのうそよ！

コレナティー　おっしゃるとおりです。でもとにかく、ロウコフの遺産を裁判で請求したのです。ところが、その後、裁判を起こした肝心のグレゴル・マッハ氏はあとのことをセプハージ侯爵の手にゆだねて姿を消してしまったのです——

こんなことをしてマッハ氏がどんな得をしたかは歴史上なんの手がかりも残っておらず、だれにもわかりません。ところが、この裁判をグレゴル・マッハ氏から引き継いだ、まるで中世の騎士のような侯爵はどうです、いいですか、裁判に勝ったのですよ。それで、ロウコフは今度は侯爵のものになったのです。

エミリア　まったくのナンセンスだわ！

コレナティー　とんでもない話ですよね。それで、例のフェルディナンド・グレゴルがセプハージ侯爵に対して裁判をはじめたのです。つまり、あのグレゴル・マッハは法に照らしてロウコフの正当な相続人ではないと訴えたのです。

なに、亡くなる前に男爵が口頭で残した遺書は高い熱のなかでのものだったとか、そんなたぐいのものですよ。長い裁判のあげく、前の判決がくつがえって、やっと勝つには勝ったのです。でも、ロウコフはグレゴルのものにはならず、エメリリヒ・プルス・ピンスキ男爵にもどされたのですよ。

グレゴル　エミリアさん、正義なんてこんなものですよ。

エミリア　でも、どうしてグレゴルのものにならなかったのかしらね。

コレナティー　いや、ミス・マルティ。あれこれ、きわめて形式的な理由からでしょうね。つまり、ジェホシュ・マッハ氏もフェルディナンド・カレル・グレゴル氏も故人とのあいだに血縁関係がなかったからだと思います――

エミリア　いえ、それはおかしいわ！　だって、フェルディナンドは、あの人の息子ですよ！

コレナティー　えっ、だれが？　だれの息子ですって？

エミリア　グレゴルですよ！　フェルディィはたしかにペピの息子です！
グレゴル　（とびあがる）あの人の息子ですって？　どうしてそれをご存じなのです？
コレナティー　（はしごを大急ぎで下りてくる）彼の息子というと？　それでは、失礼ですが、母親はどなたなのでしょうか？
エミリア　母親ですか？　母親は……エリアン・マック・グレゴルという人です。ウィーンの宮廷のオペラ歌手でした。
コレナティー　名前が？　なんとおっしゃいましたか？
エミリア　マック・グレゴルです。スコットランド系の人の名前のようです。
グレゴル　先生、お聞きになりましたか？　マック・グレゴル！　マック！　マック！　マッハじゃないんだ！　先生、おわかりですか？
コレナティー　（座る）もちろんです。でも、ミス・マルティィ、なぜ、その息子はマック・グレゴルと名乗らなかったのでしょうか？
エミリア　それは、まわりが母親を気づかったんでしょうね——フェルデイは自分の母親がだれだか知らされていませんでしたから。
コレナティー　なるほど、それで、あなたはいまおっしゃったことを証明する書類をなにかお持ちですか？
エミリア　さあ、それは。それで？

コレナティー　それでですね、あのう、そのときからロウコフの遺産をめぐる裁判が、何度か中断したことはありますが、いままで、ほぼこの百年間にわたってずっと続いてきたのです。プルス家、セプハージ家、グレゴル家のあいだで数世代にわたって争われてきたのですが、これも代々のコレナティー家の弁護士がしっかりと法律的にグレゴル家を助けてきたのですよ。

それなのに、ここにいるグレゴルさんで裁判は決定的な敗訴を迎えようとしているのです。偶然なのでしょうが、それがまさに今日の午後のことなのです。お話しすることは、これ以外にはありません。

エミリア　それで、そのロウコフというのは、こんなにしてまでもめ続ける価値のあるものなのですか？

グレゴル　もちろんですよ。

コレナティー　一八六〇年代にロウコフに炭鉱が開かれたのです。その資産価値を評価するのは、おおよそでもむずかしいのですが、まあ、一億五千万とでも言っておきますか。

エミリア　それだけですか？

グレゴル　それだけって、ぼくにはそれだけあれば十分ですが。

コレナティー　それでは、ミス・マルティ。なにかほかにおききになりたいことがなければ……。

エミリア　教えてください。その裁判に勝つためにはなにがあればいいのですか？

コレナティー　そうですね。私としては、きちんと書かれた遺書があれば最高なのですが。

エミリア　なにか、それらしいものはあるんでしょうか？

コレナティー　いいえ、まったく、なにもないんです。

エミリア　それでは話になりませんね。

コレナティー　それはたしかにそうですが。（立ちあがり）なにかまだご質問が？

エミリア　ええ。プルス家の古い屋敷はいまだれのものになっていますか？

グレゴル　それが、ぼくの訴訟の相手のヤロスラフ・プルスのものなんですよ。

エミリア　あの、古い書類なんかをしまっておく棚っていうか、なんて言いましたっけね？

グレゴル　文書棚ですか。

コレナティー　ファイリングキャビネットでしょ。

エミリア　ちょっと、プルスの家の館にはそんなキャビネットがずっと前からあるはずです。すべての引き出しには何年、何年という風に年が書かれていて、ペピ・プルスはそのなかに古い書類や領収書とかそのほか、雑多なものをしまっていましたわ。おわかり？

コレナティー　ええ、だれでもよくそうしますよね。

エミリア　そう、それでその引き出しの一つに「一八一六」という年の数字が書いてありました。いいですか、この年にペピはそのエリアン・マック・グレゴルと知り合ったのです。ウィーン会議とか、なにかそんなことがあったころのことですわ。

コレナティー　ええ、それで！

エミリア　で、ペピはその引き出しに、エリアンからもらった手紙をすべてひそかにしまっておいたのです。

コレナティー　（座る）どうして、そんなことまでご存じなのです？

エミリア　そんなことときかないでほしいわ。

コレナティー　失礼しました。どうぞお続けください。

エミリア　引き出しには領地の管理人といった人たちからの報告書も入っています。つまり、おそろしいほど大量の古い書類が入っているというわけです。

コレナティー　なるほど。

エミリア　もう、書類は焼いて処分されてしまったかしら？

コレナティー　そう。焼かれてしまっている可能性もありますね。なんなら、見てまいりましょうか？

エミリア　見にいっていただけるのですか？

コレナティー　それはもちろん。ただ、当然、プルス氏が認めればの話ですが。

エミリア　もし認めなければ？

コレナティー　打つ手はありませんね！

エミリア　いずれにしても、なんとかその引き出しまでたどり着かなくては。いいですわね？

コレナティー　はあ、つまり。まさか、真夜中、合かぎを持ってなわばしごで部屋に忍び込む、なんてことをお考えではないでしょうね。ミス・マルティ、われわれ弁護士がそんなことをするとでも！

エミリア　でも、どうしても手に入れなければなりません！

コレナティー　で、引き出しにたどりついたら、それで？

エミリア　もし、そこに手紙が入っているとしたら――そうしたら……そのなかに……とても大きな黄色の封筒が――

コレナティー　で、その封筒のなかには――

エミリア　ペピ・プルスの自筆の遺書がはいっています。でも、封筒は封印されているはずです。

コレナティー　（立つ）信じられない！

グレゴル　（とびあがる）ほんとうですか？

コレナティー　失礼ですが、その遺書にはなにが書かれているのです？　つまり、どんなことが？

エミリア　ええ、そのなかで、ペピは……ロウコフの資産を……そこで生まれた、自分の、結婚によらざる息子、つまり庶子のフェルディナンドに贈ると……遺言しているのです　何月何日。でも日付まではおぼえていませんね。

コレナティー　文字通りそんな風にかかれているのですかね？
エミリア　一語一語、文字通りそう書かれているわ。
コレナティー　封筒は封印されていると？
エミリア　ええ。その通りです。
コレナティー　ヨゼフ・プルス自身が封印したときのままですか？
エミリア　ええ。
コレナティー　いやどうも、長々とありがとう。（腰をおろす）ミス・マルティ、あなたはどこまでわれわれをからかえば気がすむんですか。いいかげんにしてください。
エミリア　からかっている？　ああ、つまり、あなたは私の話を信じてないのね。
コレナティー　当然でしょ。信じるもんですか、一言だって信じるわけにはいきませんよ。
グレゴル　いや、私は信じますね！　先生、いくらなんでもそんなことをがよく言えますね。失礼すぎますよ。
コレナティー　いいですか、グレゴルさん。冷静に考えてみてください。もし、封筒が封印されていたら、そのなかに書いてあることが他人にどうしてわかるのです？　さあ、私に答えてください。
グレゴル　でも……
コレナティー　百年も前に封印された封筒の中身がわかるなんてありえないね！

グレゴル　それでも――

コレナティー　しかも、他人に渡った館のなかにあるなんて！　こんな話、子供じみてばかばかしすぎますよ、グレゴルさん。

グレゴル　でも私は彼女のいうことを信じますね、すっかり信じますよ！

コレナティー　それじゃ、好きなようにすればよいでしょう。それにしてもミス・マルティ、あなたはかわった、特殊な才能を……そう、おとぎ話をつくる才能をお持ちのようですね。でもかえってその奇妙な才能で、苦しんでられるのでは……。その発作はたびたびおきるんですか？

エミリア　いいかげんにして。せめてその口を閉じてください！

コレナティー　ええ、墓場みたいに黙って静かにしていますよ。ミス・マルティ、完全に口をつぐんでね。

グレゴル　言っておきますが、先生。ぼくはこの方の話を一語たがわず、すべてそのまま信じます――

エミリア　あなたは、少なくとも、ジェントルマンだわ。

グレゴル　先生、ですからすぐにプルス家に行って、一八一六年の書類が手に入るように手配してください。――

コレナティー　そんなことできかねます。私がことわれば――

グレゴル　先生がおことわりになれば、電話帳の最初に出ている弁護士にこのことをお願いして、グレゴル裁判もその弁護士に担当をかわってもらいます。
コレナティー　勝手にすればいいでしょう。
グレゴル　わかりました。（電話のところへ行き、電話帳を広げる）
コレナティー　（グレゴルのところへ行く）グレゴル、そんなばかなことはやめてください。私たちはずっと友人どうしだったじゃないですか？　私はずっときみの後見人をつとめてきたとさえ思っているんだが。
グレゴル　アベレス・アルフレート、弁護士、電話番号は二七六一番。
コレナティー　グレゴル、それだけはだめだ！　やめるんだ。これだけは言っておくぞ。とことん破滅するつもりなら別だがね――
グレゴル　（電話に）もしもし！　二七六一番、お願いします。
エミリア　いいわ、グレゴルさん！
コレナティー　みっともないことはやめてくれ！　われわれが先祖から受け継いできた裁判をそんなやつに――
グレゴル　（電話に）アベレス先生ですか？　私はグレゴルと申します。いま事務所から――
コレナティー　（受話器をグレゴルから取り上げて）待ちなさい。私が行きますよ。
グレゴル　プルス家の館へですか？

コレナティー　悪魔のところへだって行きますよ。でも、私がもどるまで、ここにいてよけいなことはしないでくださいよ。
グレゴル　先生、もし、一時間すぎてもお帰りにならなければ、ぼくは電話をかけ――
コレナティー　いいかげんにしたまえ！　――失礼します、ミス・マルティ。このグレゴルが、とんでもないことをしないように、どうか、おねがいします。（かけるように出て行く）
グレゴル　とりあえずこれでいいな！
エミリア　あの方、いつも、あんなにものわかりが悪いんですか？
グレゴル　いえ、そんな。ただ、実務的に考える人ですから。奇跡がおきるなんてことを計算に入れられないんです。でも、ぼくはずっと奇跡がおきるのを待っていたのです。そうしたら、あなたが来られた、っていうわけです。どうか、お礼を言わせてください。
エミリア　そんな、おっしゃるほどのことはしていませんわ。
グレゴル　ぼくは男爵の遺言書が見つかると……ほぼ確信しています。なぜだかわかりません。でも、ぼくにはあなたのおっしゃることがすべてどこまでも正しいと思えるのです。たぶん、あなたが、とても美しい方だからでしょう。
エミリア　あの、あなたはいまおいくつですか？
グレゴル　三十四歳です。ミス・マルティ。ぼくは子供のころから、遺産の何億という金を手に入れることだけを生きがいにしてきました。でもあなたにはそんなこと、とても想像できませんよね。私はこれまでとてもまともには生きてこれなかったのです。気の狂ったような暮らししかできなかった――もし、あなたが来なければ――

エミリア　借金がいっぱいあるのですか？

グレゴル　そうなんです。今晩、きっとピストル自殺に追い込まれていたと思います。

エミリア　そんなのナンセンスよ。

グレゴル　あなたに隠し立てしても始まりません。もう助けてくれる人はだれもいないし、すっかり希望をなくしていたのです。ところが、そこへ突然、あなたが来られた。どこから来られたのか……、こんなすてきな方が、謎につつまれて……ぼくを救うために！　どうしてそこで笑うのです？　ぼくがなにかおかしいですか？

エミリア　ばかね。ただおかしいだけよ。

グレゴル　いいでしょう。もう自分のことを話すのはやめましょう。ミス・マルティ、ここにはほかにだれもいません。われわれ二人だけです。誓います、話してください！　いきさつを私にもわかるように説明してください！

エミリア　まだなにかききたいのですか？　もう、十分、お話ししたつもりですけど。

グレゴル　いや、つまり。家族の問題、そう、たしかに……家族の秘密なのです。あなたはその秘密を、なにか、なみの人間ではできない不思議な方法でお知りになっている。どうか、なにもかも話してください！

エミリア　（首を横にふる）

グレゴル　話していただけないのですか？

エミリア　話したくないの。

グレゴル　手紙のことをどうして知っているのですか？　遺言のことまで？　どこから？　こんな昔のことを？　だれからきいたのですか？　あなたは、だれとつながりがあるのです？　わかってください、……いったいどうなっているのか、ぼくはどうしても知りたいのです。あなたはいったい何者なのです？　いったいこれは、なにを意味しているのです？

エミリア　奇跡ですよ。

グレゴル　そう、奇跡ですか。でも、どんな奇跡も説明できるはずです。そうでないと……、説明がつかないととても耐えることなんかできませんよ。なぜ、あなたは来られたのですか？

エミリア　おわかりでしょ。あなたを救けるために来たんですよ。

グレゴル　どうして、ぼくを救けたいのです？　なぜ、このぼくを、よりによって？　そんなことをしてなにかあなたに役に立つんですか？

エミリア　それはあたしの問題よ。

グレゴル　いや、それはぼくの問題でもありますよ。ミス・マルティ、あらゆるもの、遺産も、私自身の命も、あなたのおかげだとしたら。おっしゃってください、もうなんでもいたしますから。

エミリア　なにを言っているのですか？

グレゴル　ミス・マルティ。つまり、さしあげたいのです。

エミリア　そう、私になにかしてくださるつもりなの……つまり、コミッションってこと？

グレゴル　そんな、もっと別の言い方があるでしょう！　単純に、謝礼とか。失礼とは思いますが、でも――

エミリア　いいえ。私、十分たりてますからね。

グレゴル　でもですね、すみません、こんなことを言って。貧しいものは満ち足りて、富めるものは飽きたらず、って言うじゃありませんか。

エミリア　（がまんしきれずに）いいかげんにして！　あんたみたいなろくでなしが、私にほどこししようってわけ？

グレゴル　（傷ついて）すみません、でも、あなたにこんなにまでしていただいて、……それをただお受けするだけというわけにはいきません。（間）ミス・マルティ、あなたは女神のマルティと呼ばれています。でも、私たち人間の世界では童話のなかの王子様でさえも、自分のした親切に対して……分け前を要求しますからね。それは当然ですし、理屈に合っています。いいですか、ぼくが言っているのは何百万、何千万という金のことなんですよ。

エミリア　まあ、ずいぶん気前のいいお坊ちゃんね！（窓のほうへ行き、外を見る）

グレゴル　ミス・マルティ。どうして、ぼくを子ども扱いするのです？　遺産の半分をあなたに差し上げてもいいと思っているのに！
エミリア　そうなの？
グレゴル　あなたのそばにいると、ぼくは、自分がとてもちっぽけに感じられて、いやになってしまいます。

間

エミリア　（こちらをふり返って）名前はなんだったかしら？
グレゴル　名前って？
エミリア　名前はなんだったかってきいているのよ？
グレゴル　グレゴルですよ。
エミリア　なにグレゴルなの？
グレゴル　マック・グレゴル。
エミリア　なにばかなことといっているの。苗字じゃないわ、名前よ、洗礼名よ！
グレゴル　アルベルトです。
エミリア　お母さんは、あなたのことをベルティークって呼んでなかった？
グレゴル　ええ。でも、私の母はもう死んでいてこの世にいません。

エミリア　まあ、みんな死んでしまっているのね。（間）
グレゴル　どんな……どんな、人でした……エリアン・マック・グレゴルって？
エミリア　やっと！　きく気になったのね！
グレゴル　彼女のこと、なにかご存じですか？　どんな人でしたか？
エミリア　大歌手だったわ。
グレゴル　美しい人でしたか？
エミリア　ええ、美しかったわ。
グレゴル　愛していたんですか、ぼくの曾祖父を？
エミリア　ええ、たぶん。あの人なりにね。
グレゴル　どこで亡くなったんですか？
エミリア　……さあ、知らないわ。もういいわよね、ベルティーク。またいつか。

間

グレゴル　（彼女のそばへ寄る）エミリア！
エミリア　あんたにエミリアって呼びすてされても困るわ。
グレゴル　じゃ、あなたにとってぼくって何なんです？　ああ、ぼくをからかわないでください！　いいかげんばかにするのはやめてください！　ぼくはあなたに何の果たすべき義理のない人間です、そして……あなたはどこかのだれかの心を虜にする美しい女性なのです。
　ほんの瞬間でも、そう、考えてみてください。いいですか、ぼくはあなたに言っておきたい……。あなたにははじめてお会いしましたが……。いや、笑わないでください！　あなたにはなにか人の背筋をぞっとさせる、はなやかでエキゾチックなものがあるんです。

エミリア　ベルティーク、私は笑ってなんかいないわよ。お願い、わけのわからないことを言わないで。

グレゴル　いや、もう、すっかりわけがわからなくなって、頭がおかしくなりそうです。こんなに自分でもまともでないと思うのは初めてです。あなたは、そう、あなたは人の気持をとてつもなくいらだたせるんですよ。まるで戦闘開始の合図をきいたときのようにぞくっとさせるのです。
　エミリアさん、あなたは人の血が流れるのを見たことありますか？　人は血を見ると気が狂い、正気を失うのです。そして、あなたです、一目見ただけでだれもが正気を失います。あなたはなにかとてつもなく奔放で野性的です。さまざまなことを経験して生き抜いてきたんでしょうね？　いや、まったく。あなたがこれまでだれかに殺されなかったのが不思議です。

エミリア　もうやめて！

グレゴル　いいえ、もう少し、ぼくに話させてください！　あなたはぼくに対してぞんざいな態度をとりましたが、かえってそれがぼくの平常心を失わせたのです。
あなたは、ここに入ってくるなり、ぼくに吹きかけましたよ……まるで暖炉の火床のような熱い吐息をね……。いったい、あれは何なんですか？
人はすぐにその熱気を感じて、野獣が前足を上げて立ち上がるようにいきり立ち、なにかおそろしいところへと誘い込まれるのです。だれか私がいま言っているのと同じことをあなたに言った人がきっといるはずです。
エミリアさん、あなたは自分がどんなに美しいか、わかっていますよね！
エミリア　（うんざりして）私が美しいですって？　そんなこと言わないではしいわ！　ほら、みてご覧なさい！
グレゴル　えっ、いったい、なにを、なんてことするんですか？　なぜそんな顔に！（あとずさりする）エミリアさん、やめてください！　いまの……いまの顔はまるで老婆のようでしたよ！　ぞっとしました！
エミリア　（静かに）ほら、わかった。さあ、ベルティーク、私をそっとしておいて！

グレゴル　すみません。ぼくは……自分でなにをしているのかわからないんです。（座る）ぼくってこっけいでしょう？

エミリア　ベルティーク、私、さっきそんなに年取ってみえた？

グレゴル　（エミリアのほうを見ないで）いいえ、あなたは美しい。美しすぎてぼくは気が狂いそうなんです。

エミリア　いい、ベルティーク。さっき、あんたはなんでも私にしてくれるって言ったわね？

グレゴル　（顔をあげる）えっ？

エミリア　自分で私のためなら何でもするって言ったじゃない……。でも、私がなにをしてほしいかわかる？

グレゴル　あなたのためならなんでもしますよ。

エミリア　いい、ベルティーク、あなたギリシャ語ができる？

グレゴル　いいえ。

エミリア　そう、だったら、あなたにはなんの価値もないわよね。じゃあ、あのギリシャ語で書かれた書きつけを私に渡して！

グレゴル　書きつけって？　どんな書きつけですか？

エミリア　ほら、ペピ・プルスがフェルディ・グレゴルに渡したものよ。わかる、グレゴル、おまえのひおじいさんが受け取った書きつけよ。

いい、それは……あなたにとってはただの思い出の品よね。それを私にくれない?
グレゴル いや、なんのことかぜんぜんわからないんですけど。
エミリア そんなばかな。あなたが持ってるはずよ! ペピはフェルディに渡すと約束したのよ! さあ、アルベルト、持っていると言って!
グレゴル 持ってませんよ。
エミリア (ふいに立ちあがる) なんですって? あんた、うそつきね! 持ってるわよね?
グレゴル (立ちあがる) 持っていません。
エミリア なにをばかな! 私にはあの書きつけが必要なの! なくてはこまるのよ、わかる? だから見つけて!
グレゴル でもどこにあるんです?
エミリア 私が知るわけないでしょう。探して! ここへ持ってきて! 言っとくけど、私がここへ来たのは、そのためなのよ、――ベルティーク!
グレゴル そうですか。
エミリア どこにあるの? ああ、なんてこと、少しは考えてみてよ!
グレゴル プルスのところにありませんかね?
エミリア じゃ、彼のところから取ってきて! 助けて――私を助けて――

電話のベルが鳴る

グレゴル　ちょっと、すみません。（電話のところへかけていく）

エミリア　（安楽椅子に倒れ込む）お願い、探し出して、どうしても探して！

グレゴル　（電話に）もしもし！　こちらコレナティー弁護士事務所。いえ、ここにはおりません。何かお伝えすることは？　えっ、グレゴルですか？　グレゴルは私です。いまお話ししている私がグレゴルですが。はい――はい――わかりました。どうもありがとう。（受話器をもどす）これで終わったな。

エミリア　なにが終わったの？

グレゴル　グレゴル家とプルス家の裁判ですよ。最高裁でたったいま判決がくだったのです。まだ信頼すべきすじからの情報で、正式のものではありませんが。

エミリア　それで？

グレゴル　裁判に負けました。

間

エミリア　あのできの悪い弁護士は、なんで、もう少しでもがんばってもちこたえられなかったのかしら？

エミリア　ばかみたいね。

グレゴル　わかりません。でも、無理だと思いますね。

エミリア　でも、まだ再審の請求とか、できるんじゃないの？

グレゴル　（黙って肩をすくめる）

間

エミリア　ベルティーク、聞いて。私、あなたのかかえている負債をかわりに払ってあげるわ、いいわね？

グレゴル　何でそんなことを？　お断りします。

エミリア　黙って！　私が借金を払ってあげます。ただそれだけのことよ。ですから、いまは書きおきを探すのを助けてちょうだい。

グレゴル　エミリアさん——

エミリア　車を呼んでくださいな。

コレナティー弁護士が飛びこんでくる。そのあとにプルス。

コレナティー　見つかりました！　あったのです！（エミリアの前にひざまずく）ミス・エミリア・マルティ、失礼の段、心からおわびいたします。百万回わびてもわび足りません。いやー、これは。私は、ただのおいぼれたおろかものです。あなたにはすべてがわかっていたのですね！

プルス（グレゴルに手を差し出す）いや、すばらしい遺言ですね。おめでとう。

グレゴル　おめでとうなんてそんな。裁判に勝ったのは、あなたですからね。

プルス　でも、あなたは、とうぜん、権利回復の請求をされるでしょうからね。

グレゴル　権利回復ですか？

コレナティー（立ちあがる）そりゃ、当然ですよ。グレゴルさん！　こんどは、こちらが権利回復のための再審請求の手続きを取るんです。

エミリア　それで、あったのですか、遺書は。私が言ったところに？

コレナティー　ええ。ありました。遺書に手紙。それに、さまざまな書類が……

プルス　すみません、こちらの方をご紹介いただければ。

コレナティー　あっ、これは失礼しました。こちらの方はエミリア・マルティさんです。ミス・マルティ、こちらはプルスさんです、私たちと長年、裁判で争ってきた方です。

エミリア　はじめまして。それで、あの手紙はどこにありますの？

コレナティー　どの手紙ですか？
エミリア　エリアンからの手紙です。
プルス　いまは私の手元にあります。グレゴルさんはその件でご心配になることはありません。
エミリア　グレゴルが受け取りますの？
プルス　グレゴルさんが相続するとしたら、そうなりますね。形見の品ですから……ひいおばあさまの。
エミリア　聞いた？　ベルティーク――
プルス　なるほど、おふたりは、親しいあいだがらなのですね。言葉づかいからそうだろうと思いましたよ。
グレゴル　いえ、あの。こちらのミス・マルティとは、先程、はじめてお目にかかったばかりなのです！
エミリア　ベルティーク、よけいな口をきかないで！　その手紙、あとで私に返してくれるわね？
プルス　おや、返すですって？　その手紙は、あなたのものだったことがあるのですか？
エミリア　いえ。でも、ベルティークは私にその手紙を渡してくれますわ。
プルス　ミス・マルティ、あなたのおかげでヨゼフ・プルス男爵の遺書や手紙などを見つけることができました。自分の家のなかのものは、結局は自分が一番最後に知ることになるんですかね。お礼にすてきな花束をさしあげたいのですが。

エミリア　プルスさんは、つましい方なのね。ベルティークはもっと気前がよかったわ。

プルス　花を馬車一杯とどけるとか、そうでしょう？

エミリア　いいえ、それはわかりません。でもいったい何百万になるのか。

プルス　えっ。それじゃ、もう受け取ったのですか？

エミリア　まさか。

プルス　それはよかった。受け取るまでは、もらったことにはなりませんからね！

エミリア　まあ、それじゃ、まだ、遺産を受け取るにはなにか足りないものがあるのかしら？

プルス　ええ、でもたぶん、ほんの些細なことですよ。たとえば、男爵がいう息子のフェルディナンドが疑いなく、フェルディナンド・グレゴルと同一の人物であるという証拠。おわかりでしょう、法律家というのは、こまごまとつまらんささいなことまでうるさいんですよ。

エミリア　なにか……書いた証拠があればいいのですか？

プルス　少なくとも、それは必要でしょうね。

エミリア　わかりました。コレナティー先生、明日の朝、なにかそのようなものをお届けしますわ。

コレナティー　いや、これは。ご自身でお持ちになるのですか？　これはおどろきましたね！

エミリア　（きつい調子で）あの、それがそんなに変ですか？

コレナティー　いや、その……。私はもうなにが起きてもおどろきませんよ。グレゴルさん。二七六一番に電話をしなさい。
グレゴル　二七六一番って、アベレス弁護士のところへですか？　いまさらなぜですか？
コレナティー　なぜって、私にはね、グレゴル君、なにか、こう——ええっと——まあ、しかし、やるだけやってみるか。
プルス　マルティさん、私の花束を選ばれたほうがよさそうですよ。
エミリア　なぜです？
プルス　どうやら花束の方が確実に手に入りそうですよ。

幕

第二幕

大劇場の舞台、がらんとしてだれもいない。舞台道具、まがっておかれた背景と照明装置。前夜の公演のあとかたづけがまだ終わっていない。乱雑なままの舞台裏が見える。舞台の前のほうには四角い台の上に置かれた舞台用の玉座。

掃除係の女　豪華だったわね。あんなすごい花束を見たことある?

舞台係の男　いや、おれもないね。

掃除係の女　あんなに観客が興奮したのを見たのもはじめてだわ。みんな大歓声を上げて、大騒ぎしてたじゃない。劇場がつぶれちゃうんじゃないかと思ったわ。あのソリマのマルティさん、五十回以上もカーテンコールに呼ばれていたわ。

それでもまだ、観客はカーテンコールをやめなかったわよね。もう、みんな気が狂ったみたいだったわ。

舞台係の男　ああいう女は、金をたんまり持ってるよ、きっと!

掃除係の女　ええ!　私もそう思うわ。あそこにまだ積まれている花束だけでも、いくらするかしら。あの山のような花束、とても、みんな持っていけなかったのよ。

舞台係の男　それにしてもあの歌声にはおれも思わず身震いがおきたよ。ここの舞台裏できい

ていたんだが。

掃除係の女　私もすっかり泣けてしまって、涙が止まらなかったわ。あんまり泣いて顔中が涙だらけになっちゃった。

プルス、入ってくる

掃除係の女　すみません、どなたか、お探しですか。

プルス　ミス・マルティはこちらにおられませんか？　ホテルで、劇場に出かけたと聞いて来たのですが。

掃除係の女　劇場支配人のところですよ。でも、楽屋においたものを取りにもどられますから、ここを必ずお通りになりますが。

プルス　そうですか。では、こちらで待ちます。（わきによけて立つ）

掃除係の女　これでもう五人目だわ。まるで診察を待つ患者みたいに、あの人を待っているわね。

舞台係の男　ああいう女には、男はいるんだろうかね。

掃除係の女　それは、もちろん、いるでしょうよ。

舞台係の男　そうだろうな！

掃除係の女　あれ、どうしたの？　そんなに考えこんじゃって？

舞台係の男　いや、どうもおれにはよくわからん。（退場）
掃除係の女　そりゃ、あんたになにがわかるの。（反対側から退場）
クリスティナ　（登場）ヤネク、こっちへ来て！　ねえ、ヤネク！　ここには私たち以外、だれもいないわよ。
ヤネク・プルス　（彼女のあとから）こんなところにいたら、ぼく、追い出されるんじゃないか？
クリスティナ　だいじょうぶよ、今日はリハーサルもないし。でも、ヤネク、私、とってもつらいの！
ヤネク　どうして？　（キスしようとする）
クリスティナ　だめよ、ヤネク、キスはだめ。もう、たくさんだわ。あたし――あたしには、いま、心配ごとがあるのよ。だから、あたし、もう、あなたのこと考えてはいけないのよ。
ヤネク　だって、クリスティナ！
クリスティナ　わかって、ヤネク！　あたし、ほんとうになんとかしたいと思っているの、――でもほんとうに、そのためにはあたし、完全に自分が変わらなくては。ヤネク、いまはどうしたら成功できるか、それだけを必死に考えなくてはいけないのよ。
ヤネク　それはそうだけど。
クリスティナ　わかった？　だから、あたし、オペラのこと以外考えてはいけないのよ。あのマルティさん、すごいでしょう？

ヤネク　すごいけど、でも。
クリスティナ　あなたにはわからないのよ。あれはすごいテクニックなのよ。おかげで一晩中眠れなかったわ。寝返りばっかり打って、悩んだの。このまま続けるべきか、止めるべきか――せめて、ほんの少しでも才能があればいいんだけど！
ヤネク　きみには才能があるさ！
クリスティナ　ほんとにそう思う？　オペラの歌手を続けるべきだと思う？　でも、そうなったらすべておしまいよ、わかる？　あたし、劇場で歌う以外に、何にもできなくなるわ。
ヤネク　でも、クリスティナ！　毎日、ほんのちょっとだけなら……毎日、二回だけぼくと……
クリスティナ　（玉座のような椅子に座る）それよ、それなのよ。ほんのちょっとじゃすまなくなるわ。それがこわいの。ヤネク、わかる？　あたし、一日中、あなたのことを思うようになってしまうわ。あなたはひどい人よ！　あなたのことをずうっと思うようになったら、もうどうしたらいいの？
ヤネク　クリスティナ、いいかい。ぼくは君のこと以外、何にも考えられないんだ。
クリスティナ　ヤネク、あんたはいいわよ。歌わなくていいんですからね、歌わなくて。いい。あたしもうこれ以上がまんできないわ。反対してもだめよ。
ヤネク　そんなのだめだよ！　そんなの、ぼくが許さない！　ぼくは――

クリスティナ　お願い、ヤネク。わかってほしいわ。これ以上、あたしを苦しめないでほしいの！　いいかしら、あたし、必死にがんばらなくちゃならないの。あたしは、あんたの言いなりになって、貧乏な、つまらないただの娘になるのがいやなの。ちょうどいま、声を作っているところなの。だから、あまりしゃべってはいけないのよ。
ヤネク　それじゃ、ぼくだけがしゃべるよ！
クリスティナ　だめよ、いい。あたしもう決めたの。ヤネク、あたしたち、おしまいよ。完全におわりなの。あたしたち、一日に一度だけ会うことにしましょうよ。
ヤネク　でも――
クリスティナ　あたしたち、少し離れて冷静になりましょうよ。ヤネク、あたしがんばるわ。一日中、歌って、考えて、しっかり勉強するのよ。あたし、あの人みたいな女性になりたいの。ね、もっとそばにきて。ばかね、ここに座れるわ、あたしのすぐ横に。ここにはだれもいないからだいじょうぶよ。ねえ、ヤネク。あの人、だれか好きな人がいると思う？
ヤネク　（玉座の彼女のとなりに座る）だれのこと？
クリスティナ　なに言ってんの。あの人よ、ミス・マルティよ。
ヤネク　ミス・マルティ？　あたりまえだろ。
クリスティナ　そうかしら？　でも、あたしはわからないわ。あの人、あんなにすごくてすばらしいのに、だれも本気で好きにならないなんてことあるかしら……。ヤネク、あんたには

mf
f
D.C.
p
dim.

女性がだれかを好きになるって、どういうことかわからないでしょうよ。それはとっても屈辱的なことなのよ――

ヤネク　なんでそんな！

クリスティナ　そうなのよ、ほんとうよ！　あんたたち男の人にはわからないだけだわよ。だれかが好きになったら、女は自分のことなんか考えないで、ただ、召使みたいに男の人についていくだけ……こんなみじめな、こんなふうに男のものになるなんて……きっと、いつか、がまんができなくなって爆発するわ！

ヤネク　だけど――

クリスティナ　それに、だれもがミス・マルティに夢中だけど、そんなこと、あの人にはどうでもいいことなのよ。ほんとうにだれでも、あの人にすれば同じなのよ。

ヤネク　そんなことはないさ！

クリスティナ　あの人の前に出ると、そんなこわさがあるわ――

ヤネク　クリスティナ！　（そっと、彼女にキスをする）

クリスティナ　（こばまないで）ヤネク！　だれかが見てたらどうするの！

プルス　（少し、前に出る）私は見ていないよ。

ヤネク　（とびあがる）お父さん！

プルス　逃げんでもいい。（近寄る）クリスティナさん、お目にかかれてうれしいですね。

残念ながら、あなたのことは知りませんでした。ま、こいつは一人で得意がっていたのかもしれません！

クリスティナ （玉座からおりて、ヤネクをうしろにかくす）すみません。プルスさんはたままこちらになにか——ご用で来られたのです——

プルス プルスさんって、どちらのプルスです？

クリスティナ こちらの、こちらの方です——

プルス こいつは、ただのヤネクにすぎませんよ、お嬢さん、プルスさんなんかじゃありません。やつはいつから夢中になって、あなたを追いかけまわしているのです？

クリスティナ 一年ほど前からです。

プルス そうですか！ しかし、こいつの言うことを、あまりまともに取らんでください。こいつのことは、私がよく知っていますよ。いいか、おまえ——よけいなことは言いたくないが、それにしても、ここは、どう見たって、なんとも、いいか、その、ふさわしい場所とはいえんだろう、わかるか？

ヤネク お父さん、こんなにぼくにばつの悪い思いをさせて、いったいどんなつもりなんですか。

プルス いいだろう。男はけっしてばつが悪いなんて思わないもんだ。

ヤネク それに、お父さんが、こんなふうにぼくのことをかぎまわっているなんて思ってもみませんでしたよ。

プルス　ほう、ヤネク！　さからう気か！
ヤネク　ぼくは冗談でなんか言ってはいませんよ。本気です。お父さんだろうと――だれだろうと――だれにも口出しさせませんよ。
プルス　いいだろう、ヤネク。さあ、手を出して。
ヤネク　（急に子どものように、心配そうに手を引っ込める）いやだ、お父さん、お願いだから――
プルス　（手を差し出す）さあ、出すんだ。
ヤネク　お父さん！　（いやいや、手を出す）
プルス　（ヤネクの手を強くにぎって）よし、いいか？　大人の仲間として、心から。
ヤネク　（顔をゆがめながら必死にこらえるが、ついに痛みに耐えきれずにうめき声を出す）あっ！
プルス　（手を放す）英雄きどりめ、英雄ならこれぐらいで音《ね》をあげないぞ。
クリスティナ　（目に涙をうかべて）なんてむちゃなことを！
プルス　（彼女の手をそっと取って）このすてきなおててがかげであいつを支えていたわけか。
ヴィーテク　（駆け込んでくる）クリスティナ！　クリスティナ！　いた、いた。（立ち止まって）おや、プルスさんですか？
プルス　おじゃまはしませんよ。（わきにしりぞく）

クリスティナ　お父さま、なにを持ってるの？

ヴィーテク　新聞だよ、クリスティナ！　おまえのことが書いてあるんだ！　それもマルティさんのオペラの批評記事にだ！　すごいじゃないか、マルティさんといっしょに記事になるなんて！

クリスティナ　見せて。

ヴィーテク　（新聞を開く）ほらここに出ているだろう。「プリマのミス・マルティ以外では――ミス・ヴィーテクがはじめて歌った」うれしいな、ありがたいことだよ、そうだろう？

クリスティナ　それはなに？

ヴィーテク　これは別の新聞だ。こっちにはおまえのことはなにも出ていない。まったく、マルティ、マルティ、マルティの記事だけだね。まるで世界にはマルティさんのほかにだれもいないような取り上げ方だよ。

クリスティナ　（うれしそうに）ねえ、ヤネク、見て。ここにあたしの名前が出ているのよ！

ヴィーテク　クリスティナ、この人はだれだい？

クリスティナ　この方はプルスさんです。

ヤネク　ヤネク・プルスです。

ヴィーテク　クリスティナ！　いったいこの男とどこで、知り会ったんだ？

ヤネク　あの、すみません、お嬢さんはとてもすてきな方で――

ヴィーテク　いや、失礼。娘から直接、聞きますので。来なさい、クリスティナ！
エミリア　（登場、舞台のそでにむかって話している）ありがとう、みなさん、それではまた。（プルスに気づく）あら、ここにもう一人だれかいるわ。
プルス　いいえ。あの。お祝いを述べにまいったのではありません。別のことでうかがいました。
エミリア　でも、昨日、劇場には来られたんでしょう？
プルス　ええ、もちろんです。
エミリア　そう、それだったら。（玉座にすわる）ここにはだれも入れないでほしいわ。もう、たくさんなの。（ヤネクを見る）この人、あなたの息子さん？
プルス　そうです。ヤネク、こっちへ来なさい。
エミリア　ヤネクさん、私のそばに来て。あなたの顔をもっとよく見たいの。あなた、きのう、劇場に来ましたか？
ヤネク　はい。
エミリア　私のこと、気に入った？
ヤネク　はい。
エミリア　あなた、「はい」しか言えないの？
ヤネク　はい。
エミリア　あなたの息子さんて、お馬鹿さんなのね。

プルス　お恥ずかしいかぎりで。

グレゴル、花束をもって登場

エミリア　あら、ベルティーク！　その花束、こっちへくださいな！
グレゴル　昨晩のオペラのお祝いに。（花束をわたす）
エミリア　見せて！　（花束を受け取り、そのなかから小箱を取り出す）これはお返しするわ。（小箱を返す）

来てくれるなんて。そのうえ、花束までいただいて。（花の匂いをかいでから、花束を積まれた花束の山にむかって投げる）あたしの公演どうだったかしら、気に入った？
グレゴル　いえ、どうもぼくには気に入りませんでした。あまりにも完璧すぎて。あなたの歌声は突きささるようで痛いくらいでしたからね。それなのに――
エミリア　それなのに？
グレゴル　それなのに、あなたは退屈している。あなたはもう、とても人のもののとは思えない声が出せるんですね。一声聴いただけで、おのれを失ってしまいますよ。

ところが――あなた自身はすっかりあきあきしていて、まるで凍えきっているみたいなのです。

エミリア　そう感じた？　そう、たぶん、少しは当たってるわね。あたし、あんたの馬鹿弁護士に例の記録はもう送ったわよ、わかるわね？　あのエリアンに関する記録よ。裁判のほうはどう？

グレゴル　いや、わかりません。気にしてませんから。

エミリア　それなのに、もうあんなばかばかしい宝石なんかを買ってあたしにプレゼントするなんて、ロバもあきれるおばかさんだわ！　すぐに返してらっしゃい！　よくお金があったわね？

グレゴル　よけいなおせわですよ。

エミリア　お金借りたのね？　朝から高利貸しのところを駆けまわって、そうでしょう？（ハンドバッグのなかからあるだけの紙幣をかき集めて取り出し）さあ、お金ならここにあるわ！　早くお取りなさい！

グレゴル　（受け取るのをためらって）どうして、ぼくにお金をくれるのです？　どういうつもりです！

エミリア　ただ、取りなさいと言っただけよ。取らなきゃ、ちぎれるほど耳を引っぱっちゃうから！

グレゴル　（急に頭にきて）そんなことさせるもんか！

エミリア　まったく、困った人ね。あたしに命令しようっていうの！　ベルティーク、そう、かっかしないで！　お金の借りかたを教えてあげてるだけじゃないい！　さあ、取るの、取らないの？
プルス　（グレゴルに）もういいかげんにして、せっかくだからお金を受け取りなさいよ！
グレゴル　（彼女からひったくるようにしてお金を受け取り）あなたには妙なならっけがありますね。（金をヴィーテクにわたす）これをおたくの事務所であずかっておいてください。ミス・マルティの名前でね。
ヴィーテク　承知しました。
エミリア　あなた！　そのお金はグレゴルのものよ、わかってるわね？
ヴィーテク　はい、わかっております。
エミリア　あなたはきのう来られました？　私の公演、どうでした、よかったですか？
ヴィーテク　ええ、もうそれは。もう、まるでストラダその人みたいでしたよ！
エミリア　あなた、ストラダの歌う声を聞いたことありますの？　いい、スーラダなんてただキーキー声を上げてただけじゃない。あんなの、歌声だなんて言えませんわ。
ヴィーテク　ストラダはたしか百年まえには死んでますからね！
エミリア　それは残念だわ！　あなたも彼女の歌声を聞ければよかったのよ。ストラダなんて！　いい、ストラダなんてなんだっていうの？
ヴィーテク　お許しください。私は――私は、もちろん、彼女の歌声を聞いたことはありません。

しかし、歴史によれば――

エミリア　いい、歴史なんてうそつきよ。あなたに、ちょっとばかり言っておかなくてはね。ストラダはキーキー声だったし、コロナはクネドリーキをのどに詰まらせたみたいな声だったわ。

　アグヤリの歌声はまるでガチョウの鳴き声。ファウスティナはまるでふいごのような声だったわ。あなたのいう歴史なんてのはこんなもんよ。

ヴィーテク　いや、おそれいりました……音楽の分野は……どうもやはり……

プルス　（笑いながら）ただ、フランス革命については余計なことを言ってこのヴィーテクさんを刺激しないほうがよろしいですよ。

エミリア　なんですって？

プルス　フランス革命ですよ。これは彼の趣味でして。

エミリア　フランス革命のなにに興味があるのかしら？

プルス　さあ、それはご自身でおたずねになったらいかがですか、たとえば市民マラーについてとか――

ヴィーテク　おお、とんでもない！　なんのためにそんな！

エミリア　マラーって？　その人、議員じゃなかったかしら、手にひどく汗をかく人でしょ？

ヴィーテク　そんなのうそですよ！

エミリア　わかったわ。ヒキガエルみたいな手をした人よ、ブルル！
ヴィーテク　ちがいますよ、それはまちがいです！　どこにもそんなこと、書いてありませんよ！　いや、どうも、その——
エミリア　でも、たしかそうだったわ、ちがう？　それとあのりっぱな体格の、あばた面の人はなんて名だったかしら？
ヴィーテク　すみません。それってだれですかね？
エミリア　あの人よ、首をちょん切られたほうの。
ヴィーテク　ダントンですか？
エミリア　そう、ダントンよ。ダントンのほうがもっとひどかったわ。
ヴィーテク　ひどいってなにがです？
エミリア　だって、歯という歯がみんな腐っていたからよ。ああ、いやだ。
ヴィーテク　（怒りをおさえきれずに）すみません、でも、そんな言い方はしないでください！　そんなの、歴史に何の関係があるんですか！
　ダントンの……ダントンの歯が腐っていたなんて。そんなことどうしてわかるんです！　それに、たとえそうでも、それが何だっていうのです！
エミリア　あら、たいへんなことじゃない？　だって、いやですもの。
ヴィーテク　だめです。そんな言い方、私は許せません！　ダントンは——いやはや、すみま

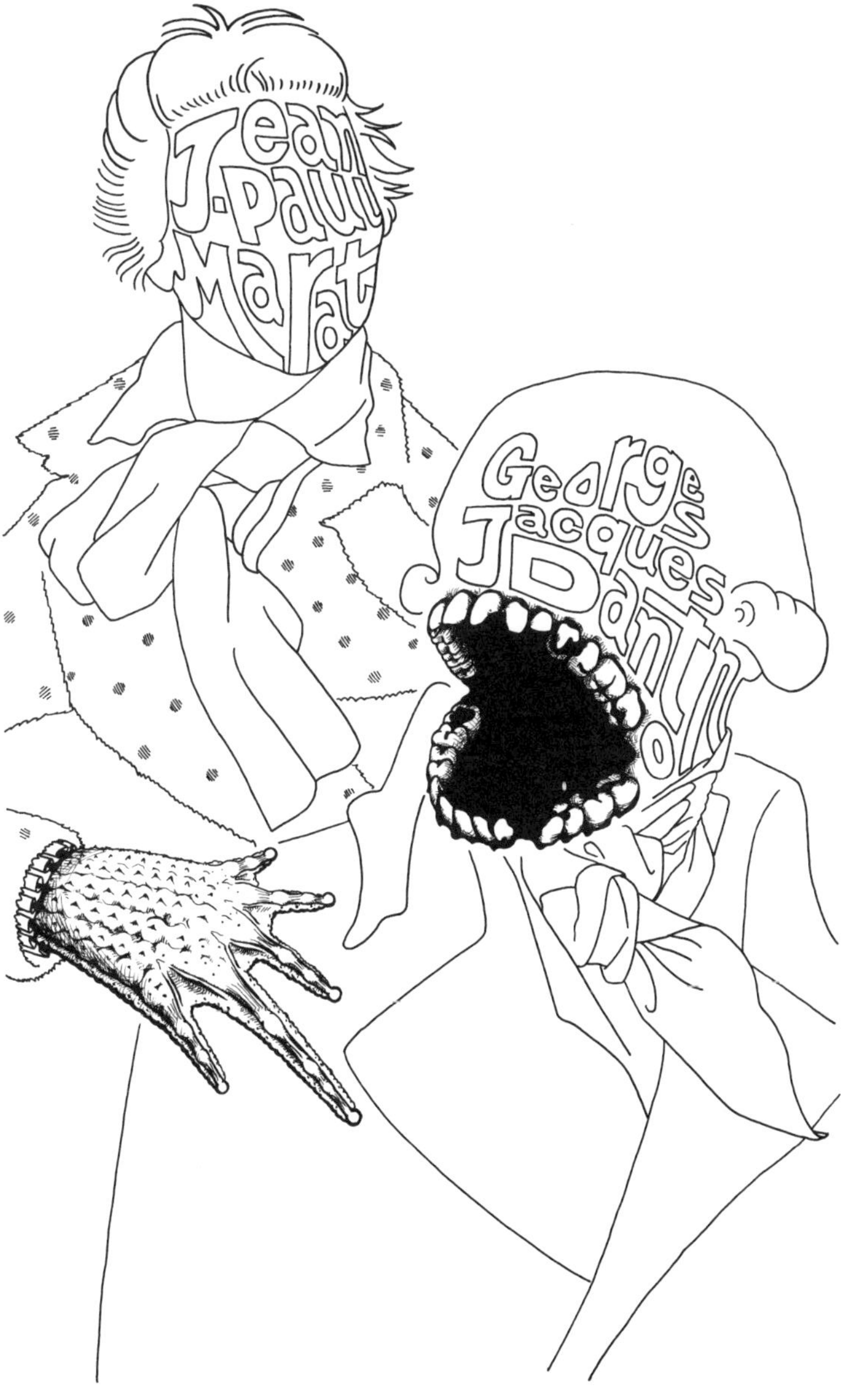
Jean
J.Paul
Marat
George
Jacques
Danton

せん、お許しを。でも、そんな言い方はいけません！　だってそんな言い方をしたら、歴史のなかになにひとつ偉大なものなど、残らなくなってしまいますからね！

エミリア　歴史に偉大なものなんて、ありはしないわ。

ヴィーテク　なんですって？

エミリア　偉大なものなんて、まったくなかったわよ。私にはわかるのよ。

ヴィーテク　でも、ダントンは――

エミリア　ねえ、いい。あいつ、私に議論をふっかけてきたわ。

プルス　それはまた、失礼なことをしたもので。

エミリア　いえ、ただばかなだけよ。

グレゴル　ミス・マルティ。品のないことを言ってやるのに、別のカップルを連れてきましょうか？

エミリア　そんなの必要ないわ。自分たちで来るでしょ、四本足でね！

クリスティナ　ヤネク、もう帰りましょうよ！

エミリア　（あくびをする）この二人が、そのカップルなの？　もう楽園に行ったことあるのかしら？

ヴィーテク　なんとおっしゃいましたか？

エミリア　二人で……つまり……いっしょに、あの。

ヴィーテク　とんでもない、そんなことありえません！
エミリア　そんなに騒ぐことないわ！　あなた、まさか、二人がそうなるのがいやなの？
ヴィーテク　クリスティナ、おまえ、まさか、そんな？
クリスティナ　お父さま、――そんなことできるはずないわ――
エミリア　お黙りなさい、ばかな娘ね。いまなくたって、いずれあるわよ。そんなこと、どうってことないじゃない、そうでしょう？
プルス　どうってことないいんですか？
エミリア　まったくどうってことないわ。
ハウク－シェンドルフ　（花束をもって登場）ちょっとおじゃまさせていただきます、すみません、ちょっと――
エミリア　こんどはまたどなたなの？
ハウク　お嬢さま、親愛なるお嬢さま、すみません、私は――（玉座の前にひざまずく）親愛なるお嬢さま、私がおわかりになりますか……私が……おわかりに……（すすり泣く）どうか……おゆるしを……
エミリア　どうかしたの、この人？
ハウク　あなたは……あなたはあの人に……なんて……なんて……そっくりなんでしょう！
エミリア　あの人ってだれなの？

ハウク　エウ……エウヘニアにです！　……エウヘニア……モンテスに！
エミリア　（立つ）なんですって？
ハウク　エウヘニアです！　私は……つまり、私はあの人を……知っていたんです……もうずっとまえ、もう……五十年もまえのことですが！
エミリア　このご年配の方はどなたかしら？
プルス　ハウク－シェンドルフですよ、ミス・マルティ。
エミリア　マックスなの？　（玉座をおりる）でも、いったいどういうこと、とにかく立ってください！
ハウク　（立ちあがる）あなたを……あなたをエウヘニアと……お呼びしてもいいですか？
エミリア　あなたがそう呼びたければどうぞ。あたしそんなに似てますかしら？
ハウク　似てるなんて？　お嬢さま、きのう……昨晩、私は劇場であなたを見て、この人は……これは……あの娘にちがいない……そう思いましたよ！　あの娘だ、エウヘニアだとね！　あなたが知っていれば！　……あの声……あの目、とてつもなく美しかった！　……ああ、それに、あの額……（ふと、とまどって）でも、あなたは、エウヘニアよりすこし背が高いようですね。
エミリア　すこし背が高いって？　でもそんなはずないわよ。
ハウク　でも、あなたの方がほんの少し背が高い。いや、その、エウヘニアの方から私に近寄ってきて……ほら、こんなに目の前まで。ですからあの娘の額にキスができたんです。

エミリア　ほかにもしたんじゃないの？

ハウク　あの……いまなんとおっしゃいました？　あなたは……まったく、あの娘そのままですね！　お嬢さま、この場で、この花束をお渡ししたいのですが、よろしいですか？

エミリア　（花束を受けとって）ありがとう。

ハウク　よろしければ、あなたの顔をじっくり見させてください！

エミリア　でも、まずはお座りください、さあ、どうぞ！　ベルティーク、椅子を持ってきて！

ヤネク　ぼくが持ってきます。（椅子をとりに駆けていく）

（玉座に座る）

クリスティナ　そっちじゃないわよ！　（ヤネクの後を追う）

プルス　（ハウクへ）親愛なる伯爵閣下――

ハウク　おお、これはプルスさんではないですか！　失礼しました。……気がつきませんで。お会いできてうれしいですよ！　おげんきですか？

プルス　ええ、おかげさまで。

ハウク　ところで裁判はどうなりました？　あの若造はうまくたたきだせましたか？

プルス　いやめっそうもない！　ご紹介しましょう……こちらはグレゴルさん……

ハウク　こちらがグレゴルさんですか？　これはこれは。おげんきですか？

グレゴル　ええ、なんとか。

ヤネクとクリスティナ、椅子を運んでくる

エミリア　おや、あなたたち、なにをもめてたの？
ヤネク　いえ、そんな……
エミリア　マックス、お座りなさい。
ハウク　これはどうも、かたじけない。（座る）
エミリア　おふたりも、座ってください。ベルティークはあたしの膝の上にかけられるわね。
グレゴル　それは、ちょっと、お心づかいがすぎますよ。
エミリア　そう、いやなら、そのまま立ってれば。
ハウク　ミス・マルティ。あなたは美しい、まるで女神のようだ。そのあなたに、私は膝をついて許しを乞わねばなりません。
エミリア　なぜなの？
ハウク　私は、すっかり老いぼれて、頭もおかしくなってしまいました。ずっと前に死んでしまったある女性のことですが、あなたには関係ないでしょうね？
エミリア　死んでしまった？

ハウク　そうです。
エミリア　そんな。
ハウク　もう、死んで五十年になりますよ。私はその娘を愛してた。そう、五十年以上まえのことですがね。
エミリア　そうなの。
ハウク　その娘はみんなからヒターナって呼ばれていましたよ。つまり、ジプシー女ってことですがね。そう、ジプシー娘だったのです！　「いかす黒髪女」だなんてみんなから呼ばれていましたね。アンダルシアでのことです。いや、私はそのころマドリード大使館に勤務していたんですよ。そうです。五十年まえ。一八……七〇年のことですが。
エミリア　そう。
ハウク　その娘は市場で歌い、踊ってました。アルザ！　オラ！　そうれっ！　その娘を、持ち上げろ！　ってね。みんなのぼせあがり、あの娘にすっかり熱をあげていたな！　それいけ！　ジプシー娘！　そしてカスタネットを鳴らしてね。あのころは私も若かったし……。そして、あの娘は、あの娘は……
エミリア　……ジプシー娘とくればね。
ハウク　そう、まったくそのとおり、あの娘はジプシー娘だった。炎そのものだった。忘れられない、どうしても忘れられないんだ……。おわかりいただけますか、人間、もうそうなったらもとの正気にはもどるれないんですよ！　あのときからずっと、私の人生はもぬけのからで、ふぬけ同然ですからね。

エミリア　そう！

ハウク　つまり、白痴になってしまったんです。白痴のハウクってわけです。つまり、なんといって言いいか、私は？

グレゴル　気がふれたとでも。

ハウク　そう、その通り、気がふれたんだ。なにもかもあっちに、あの娘のところに置いてきてしまったんですよ。もう生きているというよりも、ただの夢か幻のようだった……。いとしい、すてきなあの娘は！　ミー・ディオス！　ああ、神様、あなたは、どうして、どうしてあの娘にこんなに似ているのです！　エウヘニア！　エウヘニア！　（泣きはじめる）

プルス　ハウクさん、おちついてください。

ハウク　はい、はい……失礼をばいたしました。……そろそろおいとましたほうがよいようで？

エミリア　さようなら、マックス。

ハウク　そう、まったく。……また、きっとうかがいますから、それでは！　（立ちあがる）ミス・マルティ。それではどうか、おいとまするのはとても残念ですが。ああ。こうして、あなたを見ていますと――

エミリア　（前にかがみ）あたしにキスをして！

ハウク　えっ、キスですって？
エミリア　ベサ・メ・ボボ、ボバゾ！　キスしてって言ってるのに、まったくおばかさんね！
ハウク　ありがたい、こいつはめっけもんだぜ、エウヘニア！
エミリア　動物ね。まったくけだものなみなんだから！
ハウク　（彼女にキスをする）エウヘニア！　いかす黒髪娘、いとおしい、なんてすてきな娘だ――
エミリア　さあ、おばかさん、とっととお行き！
ハウク　ああ、やっぱりあの娘だ、あの娘だ！　あのむこうみずのジプシー女だ、ベン・コミゴ・プロント！　さあ、おれと行こう、さあ早く！
エミリア　お黙り！　なにを言っているの。頭がおかしいのかしら。あたしじゃないわよ！　さっさと、お行きなさい！　また、明日ね、わかった？
ハウク　行くよ、行くさ、私の恋人！
エミリア　さあ、行きなさい！
ハウク　（うしろにさがり）ああ、これはあの娘だ！　あの娘にちがいない！　エウヘニアだ！
エミリア　もういいかげんにして！　さあ、行ってちょうだい！
ハウク　（わきにさがり）ええ、行きますとも！　いったいどうして、あの娘そのものだなんて。

退場

エミリア　さあ。もういいかしら？

ヴィーテク　まことに、おそれいります。よろしければ、私……いえ、クリスティナに……あなたのお写真にサインをいただければと思いまして？

エミリア　そんなのばかばかしいわ。でも、クリスティナのためなら、サインしましょう。ペンを貸して！（サインする）それでは、みなさん。

ヴィーテク　（お辞儀をする）まことに、ありがとうございます！（クリスティリとともに退場）

エミリア　さ、もういいわね。もう私に用のある人はいないわよね。

グレゴル　ぼくは、ほかの人がいなくなってからにします。

エミリア　それはまた今度ね。もう、いいかしら？　じゃあ、行くわよ。

プルス　すみません、ほんの少し、お話できれば。

エミリア　あら、なにか？

プルス　ええ。

エミリア　（あくびをする）そう。じゃあ、早くおっしゃって！

プルス　ちょっとばかり、おたずねしたいのですが。――あなたは、ヨゼフ・プルスやそのあたりのことについていろいろとご存じですよね？

エミリア　ええ、まあ。
プルス　それでは、もしかして、ある名前をご存じではないでしょうか？
エミリア　ある名前って？
プルス　たとえば、マクロプロスとか。
エミリア　（ふいに立ちあがる）なんですって？
プルス　（立ちあがる）マクロプロスという名前をご存じありませんか？
エミリア　（なんとか冷静さをよそおって）私が？　そんな名前知るわけないでしょう……はじめてきいたわ……さあ、みんな出て行ってちょうだい！　出てって！　もう、いいかげんあたしを独りにして！
プルス　（お辞儀をする）いや、それはまことに残念です――
エミリア　いえ、あなたは別よ！　あなたは残って！　ヤネク、なにをぼやぼやしているの？　さあ、早く帰りなさい！

ヤネク、退場

エミリア　（グレゴルに）あんたはなにかあたしにまだ用事？
グレゴル　あなたとお話しなければならないことが。

エミリア　いまは、あんたとお話する時間がないの。

グレゴル　あなたにお話しなければならないのです。

エミリア　ベルティーク、お願い。いまはだめなのよ！　さあ、すぐ行ってちょうだい。

お願い、たのむわ！　なんなら、少したってから来て！

グレゴル　じゃあ行きますよ。（プルスにたいして冷ややかに頭をさげて、出ていく）

エミリア　やっと二人だけになれたわ！

間

プルス　ミス・マルティ、申しわけありませんでした。マクロプロスの名前をきいて、あなたがあれほどおどろくとは思いませんでしたので。

エミリア　あなたはマクロプロスの「こと」について、何かご存じなの？

プルス　いや、まさに、そのことであなたにおうかがいしたいんです。

エミリア　なにかご存じなのね、マクロプロスの「こと」について？

プルス　ミス・マルティ、どうぞお座りください。どうやら少しばかり話が長びきそうですから。

（二人は腰をおろす。沈黙）とても恐縮なのですが、立ち入った、微妙な、きかれたくない個人的な質問をさせていただくことになるかもしれません。

エミリア　（黙ってうなずく）
プルス　あなたはグレゴル氏になにかとりわけ強い関心がおありですか？
エミリア　いいえ。
プルス　グレゴル氏が裁判に勝つかどうかに強い関心がおありですか？
エミリア　いいえ。
プルス　ありがとうございます。でしたら、あなたがわが家の鍵のかかったキャビネットのなかにある、すべてのものについてなぜご存じなのか、あえてお聞きしません。それはどうやらあなたの秘密のようですからね。
エミリア　ええそうです。
プルス　わかりました。あなたは、キャビネットのなかにある特定の手紙があるのをご存じでした。プルスの遺書のあることも……まだ封印されたままの遺書ですよ！　ついでに申しあげておきますが、あのなかにまだ、なにかあるのをご存じですか？
エミリア　（興奮して、立ちあがる）なにって？　あなたはなにか見つけたんですか？　教えてください、なにを見つけたんです？
プルス　わかりません。私のほうがあなたにおききしたいくらいです。
エミリア　あなたは、それがなんだか知りませんの？
プルス　あなたは、ご存じですか？

エミリア　あなたはこれまでそのことについてなにもあたしに言ってくれませんでしたね……
プルス　コレナティー氏か……それともグレゴルがあなたにお伝えしているものとばかり思っていました。
エミリア　まったくなにもきいてませんが。
プルス　そう。あったのは封をしたただの封筒です。そして『息子フェルディナンドへ手わたすこと』と表書きに書かれていました。まちがいなくヨセフ・プルスの筆跡です。ただそれだけです。遺書と一緒にありました。
エミリア　では、まだあなたはその封筒を開けてはいないんですね？
プルス　ええ、私のものではありませんからね。
エミリア　それじゃあ、あたしにください！
プルス　（立ちあがる）なんですって？　どうしてあなたに？
エミリア　なぜなら、あたしが欲しいからです。なぜなら——なぜなら——
プルス　えっ？
エミリア　なぜなら、私にはそれをもらう、ある権利があるからです！
プルス　どんな権利か、教えていただけませんか？
エミリア　だめです。（座りなおす）
プルス　うーん、（やはり、座りなおす）またあなたの秘密が増えましたね。

エミリア　そうね。その封筒を私に渡して！
プルス　だめです。
エミリア　そう。だったら、ベルティークがくれるわ。いずれにしてもその封筒はベルティークのものだから。
プルス　そうですか。でも、封筒の中になにが入っているのかだけでも教えていただけませんかね？
エミリア　だめよ。（間）あなた、……マクロプロスのことをなにも知らないでしょう。
プルス　すみません。エリアン・マック・グレゴルという名前の人物のことをなにかご存知ですか？
エミリア　あなたは彼女の手紙をお持ちでしょう。
プルス　いえ、あなたは彼女のもっと身近な、プライベートなことを知っているはずです。あのだれとでも寝る、……ふしだら女のことを……なにか知っているのではないでしょうか？
エミリア　（とび上がる）なんてことを言うの！
プルス　（立ち上がる）でも、ミス・マルティ。
エミリア　よくもそんな！　そんなことが言えたわね！
プルス　でもなぜ？　なにかあやしげな女性……百年も前の女性のことがそんなに気になるんですか？

エミリア　ぜんぜん気になんかならないわ。（座る）　でもそんなにふしだらだったの、その女性？

プルス　彼女の手紙を読ませてもらいました。とてつもなく情熱的な人ですね。この人は。

エミリア　手紙を読んではいけなかったのよ。

プルス　手紙には……男と女のとても口に出しては言えないことがそれこそこと細かに書かれていました。私はもう若くはありませんが、それでも……どんな根っからの女たらしで、あのことで悪知恵にたけた人物でも、この女ほど手管《てくだ》にたけてはいないと思いますよね。

エミリア　さっき、ふしだらな、街の女みたいって言ったじゃないの。

プルス　そんな言葉じゃおさまりませんよ。

エミリア　そう、その手紙をよこしなさい！

プルス　手紙に書いてある……こと細かな男と女のあれこれにそんなに興味があるんですか？

エミリア　そうかもね。

間

プルス　私がなにを知りたいかわかりますか？

エミリア　さあ？

プルス　あなたがベッドでどのように男を愛するかですよ。
エミリア　あなたはまた、私がベッドでどうした、こうした、そんなことばかり考えているのね。
プルス　そうかもしれません。
エミリア　あなたを見ているとあのエリアンのことを思い出すわ。
プルス　そんな！

間

エミリア　そりゃあ、エリアンはたしかに大胆で、男をさんざんたらしこんだわ。だからなんだっていうのよ？
プルス　エリアンの本名はなんていうんですか？
エミリア　エリアン・マック・グレゴルよ。手紙に署名してたでしょ。
プルス　すみません。手紙にはただ、E.M.としか署名していませんでしたよ。
エミリア　それは、エリアン・マック・グレゴルのことよ。まちがいないわ。
プルス　でも、ほかの名前の略かもしれませんよね。たとえば、エミリア・マルティでもいいですし、エウヘニア・モンテスでもかまいませんし。ほかにも、それこそ千を越える名前がありえますよね。

エミリア　でもそれは、エリアン・マック・グレゴルのことよ。スコットランド出身の。
プルス　でも、もしかしたらギリシャのクレタ島出身のエリナ・マクロプロスかもしれませんよ。
エミリア　まったく、何てことを言い出すのよ！
プルス　なにか知っておられるようですね？
エミリア　（腹を立てて）出てって！　一人にして！

間

エミリア　（頭を上げる）ちくしょう、どうして知っているのよ？
プルス　いや、とても単純なことですよ。遺言書には一八一六年一一月二〇日、ロウコフで生まれた一人のフェルディナンドという人物について触れています。
　きのうの夜、というよりもけさのまだ三時でしたが、ロウコフの教会へ行って司祭をたたき起こして、出生の記録簿を見せてもらったのです。司祭は気の毒に、寝巻きのままでランプを照らして私が記録を読むのを手伝ってくれました。そして見つけたのです。
エミリア　それでなにを見つけたの？
プルス　フェルディナンドの出生記録ですよ。いいですか。（ノートを取り出して読む）一部はラテン語で書かれています。

子供の名前、フェルディナンド・マクロプロス。出生日、一八一六年一一月二〇日。庶子。父、空欄。母、エリナ・マクロプロス、ギリシャ、クレタ島生まれ。それだけです。

エミリア それだけなの？

プルス ええ、これだけです。でもこれで十分ですね。

エミリア グレゴルがかわいそうだわ！　これだとロウコフはこのままあなたのもとに残ることになるわね。

プルス マクロプロスと名乗る人物が現れないかぎりはそうなりますね。

エミリア それで封印された封筒はどうなるの？

プルス そのマクロプロス氏が現れるまで、私がしっかり保管することになるでしょうね。

エミリア でもだれもマクロプロスと名乗り出なかったら？

プルス だれも名乗りでなかったら、封筒はそのまま封印されたままになりますね。中身を見ることは誰もできません。

エミリア でもきっと名乗り出ますわよ。そしたら、あなたはロウコフを失うことになりますわよ！

プルス なるようにしかなりませんね。神のみ心のままですよ。

エミリア ばかなことを言わないでほしいわ！　(間) それより、私にその封筒をよこしたほうがあなたのためよ！！

プルス　まだ、そんなことをおっしゃるなんて、困りますね。
エミリア　そのマクロプロス本人が封筒をいただきにまいりますわよ。
プルス　ふむ、その本人てどなたなんです？　あなたはその方をどこに隠しているのです？　トランクのなかですか？
エミリア　知りたいのならお教えしましょうか？　マクロプロスはベルティーク・グレゴルなのよ。
プルス　えっ、またあの男ですか？
エミリア　そうなのよ。エリナ・マクロプロスとエリアン・マック・グレゴルは同一の人物なのよ。マック・グレゴルというのはエリナ・マクロプロスの舞台名だったの。これでおわかりかしら？
プルス　ええ、すっかりわかりました。つまり、フェルディナンド・グレゴルは彼女の息子だったんですね？
エミリア　その通りだわ。
プルス　でも、どうしてマクロプロスと名乗らなかったのですかね？
エミリア　つまり、それは……、そのわけは、マクロプロスの名前がこの世界からなくなるよう、エリアンが望んだからです。
プルス　そうですか、でも、ミス・マルティ。そのことは、とりあえずわきに置いておくことにしましょう。
エミリア　あなた、わたしの言っていることを疑っているようね?
プルス　いえ、そんなことは。どこでそれをお知りになったかも、おききしませんから。
エミリア　いい、私はなにも隠しだてする必要がないんです。プルスさん。あなたの心のうちだけにおさめていただけるのなら、私、すべてお話します。あのエリアン……あのエリナ・マクロプロスは、私の……叔母なのです。
プルス　あなたの叔母ですか?
エミリア　そうです、つまり、私の母の妹でした。これでみなおわかりでしょう。
プルス　ええたしかに。すべて、すっきりきわめてわかりやすく説明していただきました。
エミリア　そうでしょう!
プルス　(立つ)ミス・マルティ。ただ、残念なのは、いまおききした話が真実ではないことです。
エミリア　あなたは、私の言ったことがうそだとおっしゃりたいの?
プルス　ええ、残念ながら。もし、あのエリナ・マクロプロスが曾祖母だとでも言っていただけたら、少なくとも、少しはもっともらしく聞こえたでしょうがね。
エミリア　たしかにそうね、あなたのおっしゃるとおりだわ。(間。プルスに手を差し出す)それでは失礼しましょう。
プルス　(手にキスする)よろしければ、また別の機会に、私があなたをどれほどまでに尊敬しているかお見せできればと存じます。

エミリア　ありがとう。（プルス、出ていく）お待ちください！　いくらでなら、その封印した封筒を売っていただけるのかしら？

プルス　（ふり返る）あの、どういうことですか？

エミリア　あたし、買います！　その手紙を買いたいのです！　あなたの言い値で買いますわ！

プルス　（彼女のほうへもどってくる）ミス・マルティ、恐縮ですが、そのようなお話、ここではいたしかねます――まして、あなたとは。あらためて別の方をわたしのところによこしてください。

エミリア　どうしてなの？

プルス　あなたでなければ、玄関口でお帰り願えますからね。（プルス、軽くお辞儀をして去る）

間

エミリア、身じろぎもせずに、目を閉じて坐っている。グレゴル、登場。無言のまま立ちすくむ。

エミリア　（しばらくして）あなたなの、ベルティーク？

グレゴル　どうして、目を閉じてなんかいるんです？　――なにかで苦しんでいるようにみえますが。――どうしたんです？
エミリア　ただ疲れたのよ。もっと静かに話してくれる。
グレゴル　（彼女のほうへ近づく）もっと静かに？　でもいいですか。静かになんか話したら、自分でなにを言っているのかわからなくなってしまいます。ぼくの言っていることは、まともではないかもしれません。
　エミリアさん、聞いてますか？　静かになんて言われても！　ぼくはあなたを愛しています。もう、あなたにすっかり夢中なんです。愛しているのです。私を笑わないんですか？　早く飛びあがって、ぼくをたたいてください。そしたら、ますますいっそう、あなたをはげしく愛すでしょう。ぼくはあなたを愛しています。ああ、なんてことです、眠ってるんですか？
エミリア　寒いわ、ベルティーク。冷えてるわ。あなたも冷えないようにしないと。
グレゴル　ぼくは、あなたを愛しています。それなのに、エミリアさん。あなたはぼくを避けている。そのうえ、ぼくにひどい仕打ちをしますよね。でも、それがぼくにはうれしいんです。
　ぼくはあなたのことをこわがっている。でも、それも喜びなんですよ。あなたに侮辱されると、あなたを締め殺したくなるのです。エミリアさん、もう気がおかしくなって――あなたを殺したくなりそうだ。
　あなたには、なにか顔を背けたくなるものがある。でも、それもぼくには喜びです。あなたは下劣で、ひどい、おそろしい人だ。冷酷なけだものなんだ。
エミリア　ちがうわ、ベルティーク。
グレゴル　いいえ、ちがいませんよ。なにもかもあなたには、何の価値もないのです。あなたは剣の刃のようにつめたい。まるで墓場から目を覚まして立ち上がったようです。
　でも、これはきっと倒錯した愛の表現なのです。ぼくはあなたを愛している、愛しているんです。自分の体の肉を引きちぎってもいいくらい、あなたを愛しています。
エミリア　それじゃ、マクロプロスという名前は、どう、好きになれる？　私に言って？
グレゴル　やめてください！　これ以上ぼくを刺激して、気持ちを逆なでしないでください！
　あなたを自分のものにできるのなら、命なんかおしくありません。ぼくとなら、あなたは自分の思いどおりになんでもできます。
　たとえ、これまで聞いたことのないとんでもないことでも、なんでもできます。ぼくはあなたを愛しているのです。ぼくにはもうなにも残されていないのです、エミリアさん。
エミリア　それならいい？　このますぐあなたの弁護士のところに急いで行って。そして、あたしが送った書類を必ず取り返すのよ。わかった？
グレゴル　その書類はにせものなんですよね？
エミリア　いいえ、アルベルト。誓って、にせものじゃないわ。でも、私たちには別のマクロプロスの名前のある書類が必要なの。ちょっと待って。説明するから。エリアンは——

グレゴル　やめてください。これまでさんざん、わけのわからない話をきかされましたからね。

エミリア　いいえ。ちょっと待って。ベルティーク！　あなたはお金持ちにならなくてはならないわ。あたしは、あなたにおそろしいほどのお金持ちになってほしいの。

グレゴル　ぼくを愛してくれますか？

エミリア　ベルティーク、いいかげんにしなさい！　あなた、あたしにギリシャ語で書かれた書類を手に入れてくれるって約束したじゃない。その書類はプルスが持っているのよ。いい。その書類を手に入れるために、あの遺産を相続しなくてはならないのよ！

グレゴル　ぼくを愛してくれますよね？

エミリア　だめよ、絶対にだめよ！　わかったわね？

グレゴル　（座る）エミリアさん、ぼくはあなたをほんとうに殺しますよ。

エミリア　ばかばかしい。もう一度言ってごらん。それで、すべてはおしまいよ。なにもかも、すべてそれまでなのよ――見てごらん、あたしを殺したいんだろ！　ほら見てごらん、この首のきずあと、見える？　あたし、ある男に殺されかけたのよ。

でもね、おまえの前で着ているものをすっかり脱いだりなんかしないわよ！　男たちとつくった、私の体の形見を見せるためにね。どうして私があなたにただ殺されなくちゃならないの？

グレゴル　ぼくは、あなたを愛しているのです。

エミリア　まったく、そんなばかなことばかり言って。それなら、自分で勝手に死ねばいいじゃない！　だからなんだって言うのよ！　愛なんて、ばかげているわ！　もういいかげんに……もうそろそろ、自分の滑稽さに気がつくべきよ！

あたしがどんなに疲れているか、わかっていないんだわ！　あたしはもう、どうなってもかまうもんですか！　あなたにはわからないのよね！

グレゴル　いったいどうしたんです？

エミリア　（両手を固く握って）エリナはかわいそうだわ！

グレゴル　（静かに）さあ、エミリアさん。いっしょに行きましょう。ぼくほどあなたを愛した者はだれもこれまでいないはずです。それがぼくにはわかるんです――ぼくには、あなたのなかに、なにかすっかり絶望した、なにかおそろしいものがあるのがわかるんです。

エミリアさん、ぼくは若くて、たくましい。あなたを愛で満たせます。あなたは、なにもかも忘れることができます。エミリアさん、ぼくがいらなくなったら、果物の皮のように投げ捨ててもいいんです。あれっ、聞いてますか？

エミリア　（すーすー、寝息をたてているのが聞こえる）

グレゴル　（怒って立ちあがる）何だって？　――眠ってる！　まったくひとをばかにして。――まるで酔いつぶれたみたいに、ぐっすり眠っている。（彼女のほうへ手をのばす）エミリア、ぼくですよ――ぼくです――ここにはだれもいませんからね。（彼女のほうへそっと体をたお

す)

掃除係の女が少し離れたところに立っている。わざときこえるようにせきをする。

グレゴル (立ちあがる) なんだろう? ——掃除のおばさんか! この人は眠ってますから、起こさないでください。(エミリアの手にキスをして、駆け去る)

掃除係の女 (エミリアのほうへ近づいて、黙ってじっとエミリアの顔を見つめる) なんかこの人がとてもかわいそうな気がするわ。(出ていく)

間

背景のうしろからヤネクが現われ、十歩ほど歩いて立ち止まる。寝ているエミリアを見ておどろく。

エミリア (身動きする) ベルティーク、ベルティークなの?

ヤネク (後ずさりする) いえ、ちがいます。ヤネクですよ。

エミリア　（座りなおし）ヤネクなの？　こちらへいらっしゃいな。ヤネク、ちょっとあたしのために手伝ってもらえないかしら？
ヤネク　はい、よろこんで。
エミリア　あたしがお願いしたら、なんでもしてくれるかしら？
ヤネク　ええ。
エミリア　とてもすごい、やりがいのあることなの。
ヤネク　わかりました。
エミリア　そのかわりに、あたしになにかしてほしいことはない？
ヤネク　いえ、特にありません。
エミリア　もっと近くにいらっしゃい。とてもすてきなことなのよ。いい、あなたのお父さまが、ご自宅に封印をしたある封筒をお持ちになっているの。その封筒には『わが息子フェルディナンドの手へ』と書いてあるはずだわ。
　お父さまはそれを机か、金庫のなかか、それとも、どこかあたしのわからないところにしまってるはずよ。わかるわね？
ヤネク　はい、わかりました。
エミリア　それを、私のところに持ってきてほしいのよ。
ヤネク　父はぼくに渡してくれるでしょうか？

エミリア　渡してくれるわけがないでしょう。あなたが自分でさがして持ってきてくれなくてはね。
ヤネク　それはだめですよ。
エミリア　ああ、あなた、お父さまがこわいのね。
ヤネク　こわくはありませんよ。でも――
エミリア　でもなんなの？　ヤネク、名誉にかけて、それはただの形見の品なの――私以外の人にはなんの価値もないわ――でも、あたしはどうしても手に入れたいの。
ヤネク　ぼく――ぼく、やってみます。
エミリア　ほんとう？
プルス　（陰から出てくる）ヤネク、むだなことはしないほうがいい。それは金庫のなかだしな。
ヤネク　お父さん、またですか――
プルス　さあ行くんだ！　（エミリアのほうへ）ミス・マルティ、いや、これは偶然ですよ。私は、やつがクリスティナをさがしに劇場のまわりをうろついているのかと思っていました。ところが、あいつは――
エミリア　あなたご自身は、どうして劇場のまわりをうろついていたんですか？
プルス　待っていたのです――あなたが出てくるのを。
エミリア　（プルスにぴったり身をよせる）それじゃ、私にあの封筒をいただけるのね。

プルス　でも、あの封筒は私のものではありませんし。
エミリア　私のところに持ってきて！
プルス　はあ——でもいつですか？
エミリア　今晩よ。
プルス　——ではそうしましょう。

幕

第三幕

ホテルの部屋。左手に窓、右手には廊下に通じるドア。中央には、厚いカーテンで仕切られたエミリアの寝室への入口。

エミリア （ネグリジェを着たまま寝室から出てくる。彼女のあとからタキシードを着たプルス、しかし、ワイシャツにはカラーがついていない。プルスは黙って右手の椅子に座る。エミリアは窓に行き、ブラインドを上げる。夜が明けて朝の弱い日ざしが射し始めている）

エミリア （窓のところでふり返る）さあ？　（間）（プルスに近寄る）あれをいただけますか。（間）聞いてます？　あの封筒を渡してください。

プルス、だまって胸の内ポケットから革のさいふを取り出し、そのさいふから封印した封筒を抜き取って、無言のままテーブルの上に投げる。

エミリア、封筒を取り、それを化粧台に持って行って座る。明りをつけ、封筒の封を調べる。ためらってから、急いでヘヤーピンで封を破り、中から折りたたんだ黄ばんだ、なにかが書いてある紙を取り出して読む。喜びのあまり息づかいが急に荒くなる。すばやくその紙をたたんで、胸もとに隠す。

エミリア （立つ）これでいいわ！

間

プルス （静かに）私からまんまとせしめましたね。
エミリア あなただって……欲しかったものを、手に入れたじゃないの。
プルス 私からうまくだまし取ったんだ。氷のように冷たい。まるで死体を抱いているようだった……（身震いする）こんなことのために、他人の手紙をむざむざ渡してしまうなんて！
おれもおめでたい男だよな！
エミリア この封筒がそんなに惜しいの？
プルス いいえ、あなたを知ってしまって、すっかり気持が落ち込んでしまっただけですよ。……。封筒をあなたに渡すべきじゃなかった。まるで私が盗んだみたいだ。ああ、むかつく！
へどが出そうだ！
エミリア 朝食はいかが？
プルス 欲しくない、なんにも欲しくない。（立ちあがり、彼女のほうへ行く）見せてください！
見たいんです！　私に見せてください！
――いったいなにをあなたに渡したのか、私は、知らないんですから。なにか価値のあるも

のだったかもしれないし、……ただ封がしてあっただけの価値だったかもしれない、……そ
れを知らなかった自分の無知を思い知った、それだけの価値だったのかもしれない――（な
にかを払いのけるように手を振る）

エミリア　（立つ）あたしの顔に唾を吐きかけたい気分でしょ。

プルス　あんたになんかじゃない。自分の顔にだ。

エミリア　それなら、どうぞご勝手に。（ドアをノックする音。ドアのほうへ行く）どなた？

お付の女　（舞台の奥で）私です。マルティさま。

エミリア　お入りなさい。（ドアの鍵を開ける）なにか食べるものを持って来てくれたわ！

お付の女　（ねまきの上にガウンをはおって、息を切らしながら入ってくる）すみません。こち
らにプルスさまはおられませんか？

プルス　（振り向いて）何ですか？

お付の女　こちらにプルスさまの使用人の方が訪ねてきて……どうしてもプルスさまに会って
話をしなければならないと、そう言ってプルスさまになにか持ってこられましたが。

プルス　何だって？　どうして、ここがわかったんだ。下で待てと伝えてくれ。いや、あなた
はそのままここにいてくれますか。（寝室に入っていく）

エミリア　さあ、髪をすいて。（化粧台の前に坐る）

お付の女　（髪をほどく）いえ、もう、あたくし、びっくりしましたわ！　門番の男が私のとこ

ろに飛んできて、どこかの家の使用人が、あなたさまのところへぜひとも行きたいと言っているると言うんですよ。ところが、その使用人は、すっかり気が動転していて、口をきくこともできないんです。

まるで銃で狙いをつけるみたいに、じっと、あたしを見つめるんですよ。
きっとなにかとんでもないことが起きたにちがいありませんわ。

エミリア いいから、髪をひっぱらないで。

お付の女 それに、その人、もう、まっさおな顔をして。あたくし、おどろいてしまいました。
……

プルス （カラーとネクタイをつけて、寝室からあわてたようすで出てくる）ちょっと、失礼する。（右手へ出て行く）

お付の女 （髪にブラシをかけている）あの方、えらい方なんでしょうね？　あたくし、なにが起きたか知りたくてたまりませんわ。あなたさまだって、あの使用人の震えようをご覧になったら、あなたさまも……

エミリア あとで、スクランブルドエッグをお願い。

お付の女 それになにか書いたものを手にしてましたわ。あたし、下にようすを聞きにいってもよろしいでしょうか？

エミリア （あくびをする）いま、何時？

お付の女　七時をすぎたところです。
エミリア　そこの明りを消してくれる。それから、ちょっと静かに黙っててちょうだい。

間

お付の女　それにその使用人。唇までまっさおでしたわ。いまにも気絶しそうでしたよ。目に涙をいっぱい浮かべて……
エミリア　そんなに引っぱったら、髪が抜けちゃうじゃないの、いいかげんにして！　そのくし、見てみなさい！　抜けた毛がこんなにからまってるじゃない！
お付の女　手がこんなに震えているもんですから！　なにかがおきたにちがいありませんわ——
——
エミリア　だからって、あたしの髪の毛をこんなに抜いてもらっちゃこまるのよ。まじめにやって！

間

プルス、廊下に通じるドアから入ってくる。手にまだ開封していない手紙を持って、無意識に手紙をなでている。

エミリア　早かったわね。

プルス、手探りで椅子をさがし、座る

エミリア　朝食はなににします？

プルス　（かすれた声で）ちょっと……その娘《こ》を……

エミリア　それじゃ、席をはずして。あとで呼ぶから。行きなさい！

お付の女、退場

エミリア　（間をおいて）どうしたんですか？

プルス　ヤネクが……、ピストル自殺しました。

エミリア　ええ、そんな！

プルス　頭が……ぐしゃぐしゃになって。あいつだと見わけもつかないくらいに……。死んだのです。

エミリア　かわいそうに。その手紙はだれが書いたの？
プルス　使用人の話では、……ヤネクが書いたものです。あいつのそばで見つかりました……、だから、血がついて――
エミリア　何て書いてあるのです？
プルス　開けるのが……こわくて……。でもどうしてあいつは、いったい、なぜ、私があなたのところにいると、わかったのだろう？　どうして、ここに、届けさせたのだろう？　あなたは、どうしてだと……？
エミリア　あなたを見たのよ。
プルス　どうして、こんなことをしたんだ？　どうして……自殺なんかを？
エミリア　読みなさいよ、それ。
プルス　あなたが先に読んで……もらうわけには？
エミリア　だめよ。
プルス　これは、きっとあなたにも関係があると思いますよ。あなたが開けてください。
エミリア　いやよ。――
プルス　私もあいつの後を追いたいくらいだ……その私が開けなければならないんですか？
エミリア　そうよ。
プルス　もう、なるようになれだ。（手紙の封を切って、なかの手紙を取り出す）

エミリアはマニキュアをしている

プルス　（静かに手紙を読む）ああ！　（手紙を思わず下に落とす）
エミリア　ヤネクはいくつでしたの？
プルス　だからか、そうか、そうだったのか！
エミリア　かわいそうなヤネク！
プルス　ヤネクはあなたを愛していた……
エミリア　えっ？
プルス　（すすり泣く）私の、たった一人の、たった一人の息子だったのに――（顔をおおう）（間）やつは、やつは十八歳、たったの十八歳だったのに！　ヤネク！　私の息子！　（間）ああ、なんてことだ、おれは、……あまりにも、あいつにきびしくしすぎた！
一度もキスしてやらなかったし、一度も……だきしめてやらなかった、一度もほめてやらなかった……。あいつに……キスぐらいと思っても、おれは、いやいや、こいつは強く……おれのように強く……生きるためには強くならなければと、考えて、ひかえたんだよ……。
おれは、あいつのことをまったくわかってなかったんだ！　ああ、なんてことだ、おまえは、それほどまでにおれを心から尊敬していたのか！

エミリア　そんなことも知らなかったの？

プルス　ああ、まだおまえが生きていてくれたら！　ばかなやつだ。まったく無意味な恋をするなんて――あいつは私があなたのところへ行くのを見たんです……やつはホテルの入り口で、二時間も待っていたんです……それから家に帰り、そして……

エミリア　（くしを取り、髪をすく）かわいそうに。

プルス　十八の年で！　ヤネク、私の子供が……。死んでしまった。見わけもつかない姿になって……。こんな子供っぽい字で書いている。「……お父さん、ぼくは人生がわかりました。お父さん、どうかお幸せに。でも、ぼくは……」（立つ）なにをしてるんです？

エミリア　（口にヘアピンをくわえている）髪をすいてるのよ。

プルス　おそらく、あなたは……わかってないでしょう。でも、ヤネクはあなたを愛していたんですよ！　あなたのために自殺したんです！

エミリア　ええっ、そんなことで自殺するなら、そう。よほどの人が自殺しなけりゃならなくなるわね！

プルス　それで、あなたは髪を平気ですいているってわけですか？

エミリア　じゃあ、あの子のために、ぼさぼさ頭のままで走りまわれって言うの？

プルス　いいですか。あいつは、あなたのために自殺したんですよ！

エミリア　私になにをしろというの？　あなたのせいでもあるでしょ！　私に髪を引きむしれ

とでもいうの？　もう十分、さっきあの娘《こ》に引きむしられたっていうのに。
プルス　（あとずさりする）おだまりなさい、でないと――

　　ドアのノック

エミリア　どうぞ。
お付の女　（入る、すでに服装をととのえている）ハウクーシェンドルフさまがお会いしたいと。
エミリア　こちらへ、お通しして！

　　お付の女、出ていく

プルス　あなたは――あなたは、あいつをここへ入れるのですか――いま？　私の目の前に？
エミリア　それじゃ、ちょっと、席をはずしてて。
プルス　（カーテンを開ける）――このげす女が！　（席をはずす）

　　ハウクーシェンドルフ、登場

エミリア　ブエノス・ディアス、おはよう、マックス。朝早くからどうしたの？

ハウク　しっ！　しーっ！（爪先立ちでエミリアに近寄り、首筋にキスをする）着がえはおわったのかな、エウヘニア。さあ、出かけよう。

エミリア　どこへ？

ハウク　うちにだよ、スペインへ。ふっ、ふ。女房はなにも知らないよ。わかってるよね、わしはもう、あいつのところにはもどらないぞ。ポルディオス、エウヘニア、さあ、急ぐんだ！

エミリア　気でも狂ったの？

ハウク　そのとおりだ。わしは、つまり、監視されてるんだ、いいかい。わしをいつでもつかまえて、まるで小包みみたいに送り返せるってわけだ。わしは、やつらから逃げ出したいんだよ。だから、わしを連れ出してほしいんだ。

エミリア　スペインへ？　でもあたしは、そこでなにをすればいいの？

ハウク　オーレッ！　踊るのさ！　ああ、娘よ、いくらでもやきもちを焼くぞ！　あんたは踊り、わしは、わしは手拍子をうつさ（ポケットからカスタネットを取り出す）

アイ・サレロ！　ヴァヤ・ケリダ！　さあ、行こう。（歌う）ラーララ、ラーララ（歌うのをやめる）

ここで、だれか泣いているのかな？

エミリア　いいえ、だれもいないわ。

ハウク　うーん、でもだれか泣いているぞ。男の泣き声だ。シッ。むこうも聞いてるよ――
エミリア　そうね。となりにだれかいるのよ。その人の息子さんが亡くなったそうだわ。
ハウク　ええっ？　なに、亡くなったと？　ああ、それは悲しいことだ。

さあ、行こう、ジプシー娘！　わしがなにを持ってきたかわかるか？　宝石だ。マチルダの宝石だ。いいかな、マチルダはわしの女房だ、え？　あれは、年を取ってしまった。わかるかい？　年を取るのは醜いもんだ。年を取るのは、おそろしい、おそろしいもんだ。わしも年を取った。だが、あんたはなぜかもどってきた。

――かわいい娘や、わしは二十歳だ？　信じられるかい？

エミリア　シー、シー。センニョール。
ハウク　それにしても、あんたも年をとらないね。いいか、人は年をとったらだめだ。ばかは年をとらないっていうじゃないか？　それなら、わしもきっと長生きだ！　ただ、愛することが楽しいかぎりはな。

……（カスタネットを打ち鳴らす）愛を楽しむんだ！　ラーララ、ラーラ――クスッ、さあ、ジプシー娘！　出かけるかい？

エミリア　ええ。
ハウク　新しい人生だ、どうだい？　娘さん、また二十歳からはじめよう。さあ、楽しみだ、快楽だ！　さあ、思い出すのさ！　忘れたかい？　快楽以外になにがある？　なにもないさ。

さあ、行こうか？

エミリア　シ・ベン・アキ、チュチョ！　わかったわ、マックス。こっちへ来て。（ノックの音）どうぞ！

お付の女　（顔だけのぞかせて）グレゴルさんがお会いしたいと。

エミリア　お入れして！

ハウク　なんの用なんだ？　いかん、逃げなくては！

エミリア　お待ちなさい。

グレゴル、コレナティー、クリスティナ、ヴィーテク入ってくる。

エミリア　ベルティーク、おはよう。ごめんなさい、でも朝からここにこんなにお連れして。

グレゴル　お独りじゃないんですか？

ハウク　あれっ、グレゴルさんじゃないですか！　ああ、お会いできてうれしい。

グレゴル　（クリスティナをエミリアの前に押し出す）この娘《こ》の目を見てください。なにが起きたかご存知ですか？

エミリア　ヤネクのこと？

グレゴル　どうして、それを？

エミリア　それはまあ！
グレゴル　あの子のこと気にかけてたんじゃないんですか、そうでしょう？
エミリア　それでここにこんなに大勢の人を連れてきたってわけ？　弁護士まで連れて？
グレゴル　それだけじゃありません。それに、ぼくに対してそんな親しげなしゃべり方はやめてくれませんか。
エミリア　（かっとする）そう！　じゃあ、いったい、なんの用なの？
グレゴル　いいですか。（ことわりなしに、椅子に座る）あらためてうかがいますが、あなたは、なんというお名前ですか？
エミリア　あんた、あたしを尋問する気？
コレナティー　とんでもございません、ミス・マルティ。これはただの内輪の話です。
グレゴル　ヴィーテク、あの写真を！　（ヴィーテクから写真を受け取る）あなたはクリスティナのためにこの写真にサインをしましたね？　これはあなたのサインでしょう？
エミリア　ええ、そうよ。
コレナティー　それはまあいいでしょう。それでは、よろしいですか。あなたはこの文書を昨日、私にお送りくださいましたね？　これはエリアン・マック・グレゴルとやら称する方の、フェルディナンド・グレゴルの母親であるという自筆の申告書です。日付は一八三六年。これは本物ですか？

エミリア　ええ。

グレゴル　でも、これはアリザリンを原料にしたインキで書かれています。それがなにを意味するかわかりますか？　えっ？　申告書がにせものだということですよ、あなたのような立派な方が！

エミリア　そんなこと、あたしが知るわけないでしょ。

グレゴル　これはまだ書かれたばかりのインキだということですよ。いいですか、みなさん。（指をぬらして、申告書の文字の上をなする）文字がまだ、にじむでしょう。これにたいして、なにかおっしゃりたいことがありますか？

エミリア　なにも。

グレゴル　いいですか、これは昨日、書かれたものです。しかも、クリスティナのために写真にサインをしたのと同じ手です。ひどく、くせっぽい字ですよね。

コレナティー　いや、正直なところ、まるでギリシャ文字のようです。たとえば、このaですが、まるでα《アルファ》のようでしょう――

グレゴル　この文書を書いたのはあなたですね、ちがいますか？

エミリア　あんたとは、もう、口をききたくないわ。

ハウク　まあ、まあ、みなさま方、ちょっと、よろしいでしょうか――

コレナティー　いやだし、ご免こうむりたいが、これは、なんといってもとても重要なことですよ。いいですか。ミス・マルティ。この文書をどこで手に入れられたかくらいは、おっしゃれるでしょう。
エミリア 私、誓いますわ。それを書いたのはエリアン・マック・グレゴルです！
コレナティー いつですか？ 昨日の朝ですか？
エミリア そんなこと、どうでもいいでしょ。
コレナティー いえ、ミス・マルティ。どうでもよくはありません。いつ書かれたかが、とても大切です。エリアン・マック・グレゴルは、いつ亡くなられたのです？
エミリア さあ、もう、いいかげんにしてお引取りください！ お帰りください！ あたくしは、もう、一言もお答えしませんから！
プルス （寝室から急いで出てくる）失礼、その文書を見せてください。
コレナティー （立ちあがる）これはいったい、——あなたですか——
グレゴル プルスさん、あなたは、ここにいたのですか？ エミリア、これはどういうことなんです？
ハウク おお、これは、プルスさん！ これはうれしい！ ごきげんいかがですか？
グレゴル 知ってますか、あなたの息子さんが——
プルス （冷ややかに）知ってますよ。失礼、その文書を。（コレナティーが文書を渡す）ありがとう。（鼻メガネをかけて、注意深く読む）

グレゴル　（そっとエミリアのほうへ行く）彼はここでなにをしていたんだ？　言いなさい！

エミリア　（グレゴルをじっと見て、見定めるように）なんの権利で？

グレゴル　恋に狂った者の権利ですよ。

プルス　（文書を机に置く）この文書は本物です。

コレナティー　なんですと！　じゃあ、これはエリアン・マック・グレゴルが書いたのですか？

プルス　いいえ。それを書いたのはギリシャ人女性のエリナ・マクロプロスです。それは私のところにある彼女のいくつもの手紙と筆跡が同じです。まちがいありません。

コレナティー　でも、この文書を書いたのは――

プルス　エリナ・マクロプロスです。ええ、エリアン・マック・グレゴルなんていなかったんです。それがまちがいのもとだったのです。

コレナティー　そんなばかな！　だとすると、この写真のサインは？

プルス　（サインを見なおして）まちがいなく、エリナ・マクロプロスのものです。

コレナティー　うーん、そうか！　でも、この写真のサインはここにおられるミス・マルティの直筆ですよね。クリスティナさん。

クリスティナ　彼女をそっとしておいてあげて！

プルス　（写真を返す）ありがとう。余計な口出しをしてしまいましたね。（わきのほうに座り、頭をかかえる）

間

コレナティー　さあ、もうこの際だから、おたがい思っていることは、ここでいま遠慮なく言いあいましょうよ！

ヴィーテク　たぶん、ただの偶然だと思うんですが。だめですかね？　つまり――そのう、ミス・マルティの筆跡と――たまたま似ていたんですよ――

コレナティー　すべてが単なる偶然、この偽造文書も単なる偶然。そういうことかい、ヴィーテク。そんなのもううんざりだよ。

エミリア　あのう、みなさんにお伝えしておきますけど、私、今日、朝のうちに出発したいんです。

グレゴル　どちらへ行かれるのですか？

エミリア　国境の向こうよ。

コレナティー　まさか、ミス・マルティ、そういうことをしてもらってはこまります！　どういうことか、おわかりですか？　私どもとこれまでどおりよい関係を保ち、私どもが方針を変更して、しかるべき筋にあなたを召喚するよう要求しなくてすむようにしていただかなくては――

エミリア　あたしを逮捕させるつもりなの？

グレゴル　いいえ、そんなことは。あなたには、まだチャンスがありますよ。

ノックの音

コレナティー　どうぞ！

お付の女　（顔だけ出す）二人の方がハウクさまをお探しです。

ハウク　えっ？　まさか、私を？　わしは行かないぞ！　わしは――なんということだ、たのむ――なんとか助けてくれ――

ヴィーテク　じゃあ、私が行って、なんの用かきいてきましょう。（出ていく）

コレナティー　（クリスティナのほうへ行く）さあ、クリスティナ、泣くのはやめなさい！　気の毒だがいつまで泣いていても――

ハウク　おお、すてきな娘だ！　こちらを向いてごらん！　おお、もう、泣くのはおよし！

グレゴル　（エミリアのすぐそばまで近寄り、小声で）下に、車を待たせてあります。いっしょにぼくと外国に行くか、それとも――

エミリア　ええっ、あんた、そんなことまで計算してたの？

グレゴル　ぼくを選ぶか、警察を選ぶかですよ。ぼくと行きますか？

エミリア　ごめんだわ。

ヴィーテク （もどってくる）あのう、ハウクさん、あなたの……侍医と……ほかに男性がもう一人、あなたを下で待っています。あなたを国まで連れて帰らなければならないそうです。
ハウク そうか、そうか、へへっ！ もうわしのことを嗅ぎつけやがったか。すまないが、あれらにもう少し待つように、伝えてくれませんかね！
ヴィーテク はい、もうそのように伝えておきました。
グレゴル みなさん、ミス・マルティは、私たちにいろいろ説明する気がないようです。やむをえませんから、この際彼女の持ち物や引き出しのすみまで、調べさせてもらうしかありませんね。
コレナティー ええっ！ そんな権利はわれわれにないよ、グレゴル君！ プライバシーの侵害だけではすまなくなるぞ、わかってるのか？
グレゴル それじゃ、警察を呼びますが？
コレナティー 私はもう手を引きたいね。
ハウク グレゴルさん、いいですか、騎士のようにとは言わないが、せめて、もう少し紳士的に——
グレゴル ハウク伯爵、ドアのむこうであなたの侍医と刑事が待っていますよ。二人をここへ呼びましょうか？
ハウク いや、それだけはだめだ。でも、プルスさん、あなたなら——

プルス　この女性とのことなら、なんでも好きなようにやればいいじゃないか――
グレゴル　そう言っていただければ。よし、はじめるぞ。（書き物机に向かう）
エミリア　やめなさい！　（化粧台の引き出しを開ける）やれるものなら、やってごらん！
コレナティー　（彼女のところへ飛んでいく）おっとっと、ミス・マルティ！　（彼女の手からなにかを奪う）
グレゴル　（ふりむきもせずに、書き物机の引き出しを開けながら）えっ、われわれを撃つつもりだったのか？
コレナティー　うーん。実弾が入ってますね。グレゴル君、そんなことやめなさい。だれか呼びますから。
グレゴル　いや、自分たちでやれますよ。（引き出しを調べる）しばらく、私に話しかけないでください。
エミリア　（ハウクへ）マックス、あんたこんなこと許すの？　ちくしょう！
　なにもしないでただ見ていて、あんた、それでも紳士なの？
ハウク　シエロ・デ・ミ。お許しを。わしにはなにもできないよ。
エミリア　（コレナティーへ）弁護士さん、あなたは名誉を重んじる紳士ですわよね――
コレナティー　ミス・マルティ、大変恐縮ですが、誤解されては困ります。私はごろつきです。その道で知られた盗人《ぬすっと》なんですよ。つまり、私はアルセーヌ・ルパンなのです。

エミリア　（プルスへ）プルスさん！　あなた、ジェントルマンなら、こんなの許せないわよね

——

プルス　すみませんが、私に話しかけないでくれますか。

クリスティナ　（すすり泣く）ひどすぎるわ！　この方にこんなことするなんて！　そっとしておいてあげてよ！

コレナティー　クリスティナ、あなたのおっしゃるとおりですよ。わたしらがしていることは粗野で、途方もなく下品です。

グレゴル　（机の上に書類の山を投げ出す）それにしても、ミス・マルティ。こんなに大量の古い書類をすべて持ち歩いているとはね。（寝室のほうへ行く）

コレナティー　こいつは、どうやら君むきだな、ヴィーテク！　とてつもなくすごい書類ばかりだぞ。分類してみないかね？

エミリア　読めるもんなら読んでごらんなさいよ！

コレナティー　ミス・マルティ、どうか、そう動きまわらないでいただけますか。動き続ける場合には、刑法第九一条によって、強制的に動くのを止めさせていただくことになります。そうなると、あなたは自らの肉体を危険にさらすことにもなりかねません。

エミリア　あなた、それで弁護士なの？

コレナティー　私は、このごろ犯罪というものの味がやっとわかるようになりましてね。でも、どうやら初めっからその才があったようなんです。でも、人はどうも年を重ねてはじめて、自分の正しい天職がわかるようですね。

間

ヴィーテク　ミス・マルティ、失礼ですが、この次の公演のご予定は？

沈黙

ハウク　ああ、なんてことだ。まったくつらい……つらすぎる……

ヴィーテク　あのう……今回の公演のご自分への今朝の新聞の批評をお読みになりましたか？

エミリア　いいえ。

ヴィーテク　（新聞の切抜きをポケットから出す）ミス・マルティ、もう、こぞって激賞、べたぼめですよ。たとえば、こんなのです。

「声はおどろくほど完成されていて、力強さにあふれている。特に高音がすばらしく豊かで、音程に寸分のくるいもない……」。
ああ、それからもうひとつ。「……すばらしく美しく……これまでに例を見ないシナリオの解釈がなされ……オペラのこれまでの歴史において、さらには、おそらくオペラ芸術の歴史上、ほかに類のないすぐれたパフォーマンスであった」――考えてもみてください、ミス・マルティ、「これまでの歴史においても」ですよ！

エミリア　だってそのとおりですもの！

グレゴル　（腕いっぱいに書類をかかえて寝室から出てくる）さあ、先生。これで、とりあえず全部です。（書類を机の上に放り出す）さあ、はじめましょう。

コレナティー　ええ、よろこんで。（書類の匂いをかぐ）ミス・マルティ、これはまた、大変なほこりですね。ヴィーテク、これは歴史のほこりだぞ。

グレゴル　エリアン・マック・グレゴルの文書に押されていたのと同じE.M.のイニシアルの封印も見つかりましたよ。

プルス　（立つ）見せたまえ！

コレナティー　（書類そばで）なんてことだ、ヴィーテク。ここに書いてある年は一六〇三年だぞ！

プルス　（封印を返す）これはエリナ・マクロプロスの封印だ。（座る）

コレナティー　（文書のそばで）これは、なにが見つかるかわからないな。

ハウク　それにしても、なんてことだ――

グレゴル　ハウクさん、このロケットに見おぼえはありませんか？　これは、ここに入っている家紋は名門であるあなたの家のものではないんですか？

ハウク　（ロケットを手にとってしげしげと見たり、さわったりして）たしかに……。どう見ても、わしがあの娘にプレゼントしたものだな……これは！

グレゴル　いつのことですか？

ハウク　そう、あのころ……スペインで……もう五十年ほどまえのことだが。

グレゴル　プレゼントしたのはだれですかね？

ハウク　いや、あの娘しかいない、そう―あの娘、エウヘニア――エウヘニア・モンテスにさ。わかるだろう。

コレナティー　（文書から目をあげる）ここに、なにかスペイン語で書いてあるらしい。スペイン語がおできだとか？

ハウク　ええ、もちろん。ちょっと、見せていただけますか……ふふっ、エウヘニア、これはマドリードでの書類だね！

コレナティー　マドリードですか？

ハウク　警察の……国外追放命令書ですよ……みだらな生活のために！　エウヘニア・モンテス。ジプシー女。

ふふふっ！　これは、あの取っ組み合いのもめごとのせいだったんじゃないかな？

コレナティー　失礼。（書類を選び出して）これはパスポートだね。エルザ・ミュラー、七九歳。死亡証明書……これはエリアン・マック・グレゴルのだな、一八三六年。見てくれ！　めちゃくちゃで、もうわけがわからないぞ。ミス・マルティ、いいですか。名前順に整理してみましょうかね。エカテリーナ・ミシュキナ、これはまたどういう人ですか？

ヴィーテク　エカテリーナ・ミシュキナは一八四〇年代のロシアの女性の歌手ですよ。

コレナティー　きみはなんでも知ってるな。

グレゴル　でも変ですね、どの名前もイニシアルがE. M.ですよ。

コレナティー　どうもミス・マルティは同じイニシアルだけを集めているようだな。おもしろい趣味だね。ほうら、出てきた。ドイツ語だな。「おまえのペピ」

　プルスさん、これはあなたのひいおじいさんに当たる方ですよね？　読んでさしあげましょうか？　ここもドイツ語です。「私の愛する、愛する愛するエリアン」

プルス　たぶん、エリナのことでしょうね？

コレナティー　いや、エリアンですよ。しかも封筒にはエリアン・マック・グレゴル、ウィーン、宮廷オペラ。いいですか、グレゴル、われわれはこの「私の愛する、愛するエリアン」を根拠にして、まだ裁判でがんばれますよ。

エミリア　（立つ）待ってください。それ以上は読まないでください。それは「私の」手紙です。

コレナティー　われわれにとってはたいそう興味深い手紙なのですが！

エミリア　読まないでください。すべて、私が、自分で話します。あなた方がおたずねになりたいこと、すべてです。

コレナティー　ほんとうですか？

エミリア　ええ、必ずお話しします。

コレナティー　（文書をたたむ）いや、まったく。ミス・マルティ。どれほどお詫びすればすむのか。こんなことを無理にお願いして、まことに、まことに申し訳なく思っております。

エミリア　あなたがた、私を裁くつもりなの？

コレナティー　いえ、とんでもない！　友好的な話し合いのつもりですが。

エミリア　でも、あたしは、みなさんに裁いてもらいたいのよ！

コレナティー　そうですか。では、できるかぎりそうしましょう。もちろん、法律で許される範囲ですが。それでよろしいですよね。

エミリア　それではだめです。ほんとうの法廷そっくりにしなくてはだめです！　十字架とか、そのほかいろいろそろえてもらわなくては。

コレナティー　はあ、たしかに。ほかにはなにか？

エミリア　じゃあ、まず、食事をとって、着替えをさせてください。裁判だというのにこんなナイトガウンのままではいくらなんでも。

コレナティー　まったく、おっしゃるとおりです。それにふさわしい、きちんとした服装をしていなければいけません。
グレゴル　いや、これは喜劇だな！
コレナティー　静かにしてください。裁判という行為を軽くあつかってはいけません。被告、十分差し上げれば着替えと化粧ができますね？
エミリア　まさか。少なくとも一時間はかかりますわ。
コレナティー　では、いろいろと準備をし、考えをまとめるために、出廷までに三十分さしあげましょう。お付の女をつかせますから。ではどうぞ！
エミリア　ありがとう。（寝室に入る）
プルス　私は……ヤネクのところへ行ってきます。
コレナティー　でも三十分後にはもどってくださいね。
グレゴル　先生、せめて、もう少し厳粛な感じになりませんかね？
コレナティー　静かに。私はきわめてまじめですよ、グレゴル君。彼女をいまどのようにあつかえばいいか、私にはわかっています。ちょっとヒステリックになっていますからね。ヴィーテク！
ヴィーテク　はい、なにか？
コレナティー　葬儀屋までひとっ走りして、十字架像とキャンドル、それになにか黒い布をこちらにとどけさせてくれないか。それから聖書だ。それにあれこれ必要なものを持ってこさせてくれ。急ぐんだ！

ヴィーテク　わかりました。

コレナティー　それと、なんとか頭骸骨を手に入れてくれないか。

ヴィーテク　人のですか？

コレナティー　人のだろうと牛のだろうとかまわん。死をイメージできればいいんだ。

幕

トランスフォーメーション

同じ部屋、しかし法廷のように変えられている。いくつかの机、椅子、ソファーなどが黒い布でおおわれている。左手の大きいほうの机の上には十字架、聖書、火のともったキャンドルと頭蓋骨。机の向こうにはコレナティーが裁判長として、ヴィーテクは書記として、中央の小さい方の机にはグレゴルが検事として着席している。ソファーにはプルス、ハウク、それにクリスティナが陪審員として座っている。右手の椅子にはだれも座っていない。

コレナティー　マルティは、もう出廷できるはずだが。
ヴィーテク　まさか、でももしかして、……毒など、あおってなどいないでしょうね。
グレゴル　そんなのナンセンスですよ。彼女は自分を愛してますから、そんなばかなことはしません。
コレナティー　被告に出廷するよう。

ヴィーテク、寝室の前でノックして寝室に入る

プルス　こんなくだらない茶番から、私を解放してもらえませんかね。
コレナティー　それはだめです。あなたには陪審員をつとめてもらわなければなりません。
クリスティナ　（すすり泣く）これじゃ……まるで……お葬式みたいだわ！
コレナティー　クリスティナ、もう泣くのはやめなさい。死者に平安を。
　ヴィーテク、すてきなみなりをしたエミリアを導き入れる。エミリアは手にウイスキーのボトルとグラスを持っている。
コレナティー　それでは被告を席につかせなさい。
ヴィーテク　ただ、被告はウィスキーを飲んでおりましたが。
コレナティー　酔っていますか？
ヴィーテク　はい、酩酊状態です。
エミリア　（壁にもたれる）ほっといて！　これはただの……景気づけよ。あたし、喉がからからなの。
コレナティー　ボトルを取りあげるんだ！
エミリア　（ボトルを胸にかかえこむ）いや！　だめよ、渡さないわ！　こんなことをすると、なにも話さないわよ！　ハハ、ハッ、みなさん――みんな、まるで葬儀屋みたいね！　いやはや、楽しませてくれるわね！　ハハハッ、ハハハッ、ベルティーク、見てごらんなさいよ！

まったく、私、切れるわよ！

コレナティー　（きびしく）被告人、ここは法廷です。そのことをわきまえて行動しなさい！

エミリア　（むっとして）あたしをこわがらせようってわけ？　ベルティーク、これって、ただの冗談よね？

コレナティー　こちらの質問にのみ答えてください。あなたの席はそこです。着席してよろしい。

——それでは、検事、論告を始めてください。

エミリア　（落ちつかない様子で）宣誓しなければなりませんか？

コレナティー　被告は宣誓する必要はありません。

グレゴル　被告、通称エミリア・マルティ、歌手。このものは自己の利益のために詐欺をはたらき、文書を偽造した罪により有罪であります。

すなわち、別の言い方をすれば、あらゆる信義にそむき品位を汚し、生命そのものにそむく罪を犯し、法の秩序をおかしたのであります。

したがって、裁判の場でより徹底的にその罪を追求すべきだと考えます。

コレナティー　この論告にさらに罪状を追加する必要があると考えられる方はおりませんか？

おられない。——それでは、尋問をはじめます。被告は立ちなさい。被告の名前は？

エミリア　（立つ）私？

コレナティー　ええ、もちろん、あなたですよ。あなたです。あなたはなんという名前ですか？

エミリア　エリナ・マクロプロス。

コレナティー　(口笛を吹く)　いまなんて言いました、もう一度？

エミリア　エリナ・マクロプロス。

コレナティー　出生地はどこです？

エミリア　クレタ島。

コレナティー　出生年月日は？

エミリア　出生年月日ですか？

コレナティー　つまり年齢はいくつですか？

エミリア　さあ、いくつに見えます？

コレナティー　そう、三十歳ってとこですかね、ちがいますか？

ヴィーテク　いや、三十歳は越えてますよ。

クリスティナ　四十歳を越えてるわよ。

エミリア　(クリスティナにむかって舌を出す)　この子、小娘のくせに！

コレナティー　この裁判では礼儀ただしくしてください。

エミリア　なによ、あたし、そんな歳に見えますか？

コレナティー　どうなっているんだ！　それでは、生まれたのは、いつですか？

エミリア　一五八五年。

コレナティー　（とびあがる）いつだって？

エミリア　一千五百八十五年。

コレナティー　（座りなおす）八五年か。それでは、三十七歳ですね？

エミリア　いえ、あの。三百三十七歳です。

コレナティー　これだけは今言っておきますが、まじめに答えてください。あなたは、何歳ですか？

エミリア　三百三十七歳。

コレナティー　いいかげんにしてください！　それでは、あなたの父親はだれですか？

エミリア　ヒエロニムス・マクロプロス。ルドルフ二世皇帝の侍医でした。

コレナティー　なにをくだらんことを言ってるんだ！　いや、私はもうこの人になにもききません！

プルス　あなたのほんとうの名前はなんですか？

エミリア　エリナ・マクロプロス。

プルス　ヨゼフ・プルスの内縁の妻、エリナ・マクロプロスはあなたの家族の方ですか？

エミリア　それが、私です。

プルス　まさかそんな？

エミリア　いえ、この私が、そのペピ・プルスの内縁の妻ですよ。そして、彼とのあいだに生まれたのがあのグレゴルです。
グレゴル　すると、エリアン・マック・グレゴルは？
エミリア　それはあたしよ。
グレゴル　あなた、気はたしかですか？
エミリア　あたしは、あんたの曾祖母かなんかだわ。フェルディは、あたしの子どもだったんですからね？
グレゴル　どのフェルディです？
エミリア　フェルディナンド・グレゴルですよ。でも、出生届けでは、あの子はフェルディナンド・マクロプロスになっていたわ。だって……あそこでは自分の本名を言わなければなりませんでしたから。仕方がなかったのよ。
コレナティー　なるほど。それで、あなたが生まれたのは？
エミリア　一五八五年。まったくもう。なん度きけば気がすむの。いいかげんにしてよ！
ハウク　あの、……すみません……、その。あんたはエウヘニア・モンテスだよね？
エミリア　そうよ、マックス、あたしよ。あのころ、あたしちょうど二百九十歳だったわ。それに、あたしはエカテリナ・ミシュキナだったし、エリザ・ミュラーだったし、もういろんな名前だったわ。

あなたたちは次々に変わるのに、私一人だけ三百年も生き続けるんだからひとつの名前なんてとうてい無理よ。

コレナティー　歌手ときては、なおさらです。

エミリア　そうでしょう。あたしも、そう思うわ。

間

ヴィーテク　それでは、あなたは十八世紀にも生きておられたわけですか？

エミリア　そりゃそうよね。

ヴィーテク　それでは、あなたは個人的に……ダントンを……知っていたんですね？

エミリア　ええ、知ってたわ。いやなやつだったわ。

プルス　それで、あの封印をほどこした遺書の内容をあなたは、どうやって知ることができたのです？

エミリア　なぜって、ペピがあの遺書をあそこにしまう前に、あたしに見せてくれたからよ。いつかあたしが、あのばか息子のフェルディ・グレゴルに伝えるようにってね。

グレゴル　それなのにどうして、あなたはフェルディに伝えなかったのです？

エミリア　それは、あたしが若い男をあさるのにいそがしかったからよ。

ハウク　いやはや、まったく、なんてことを言いだすやら？
エミリア　でもね、みなさん。あたしは、もうとっくにまともな女じゃなくなってんのよ。
ヴィーテク　失礼ですが、お子さんは何人ほどお持ちですか？
エミリア　たぶん、二十人かそこいらでしょ。人間って、いつのまにか自分の子どものことでさえ気にならなくなってしまうのね。だれか、お飲みになりたい方いませんか？
　ああ、だめだわ、のどがからからよ！　もう、焼けてしまいそう！（ぐったりと椅子に倒れこむ）
プルス　それでは、E.M.と署名された手紙は、みなあなたが書かれたのですか？
エミリア　そうよ。だから、その手紙、あたしに返して。あたし、いつか読み返したいのよ。とんでもない内容だと思うわ。
プルス　あなたはそれをいったいどちらの名前で書いたのですか、エリナ・マクロプロスとしてですか、それともエリアン・マック・グレゴルとしてですか？
エミリア　そんなこと、どちらでも同じことよ。ぺピは、あたしがなにものか知っていたわ。あたし、ぺピにはなにもかも話したから。あたし、彼を愛していたから――
ハウク　（怒って立ち上がる）エウヘニア！
エミリア　マックス、静かにして。あんたも愛してたわよ。一緒に暮らしていて楽しかったわよ、女ったらしでもね！　でも、ぺピは……（泣きだす）あたし、誰よりもぺピが好きだったわ！

だから、あたし、貸したのよ……マクロプロスの秘薬の処方を書いた紙を……だって、とっても欲しがっていたんですもの……

プルス　えっ、なにを貸したんですか？

エミリア　マクロプロスの秘薬よ。

プルス　それって、なんです？

エミリア　あなたが今日、返してくれたこの紙よ。封印をした封筒。ペピはこれを試したがっていたの。でも私に返すと約束していたわ……それで、とりあえず、その遺言といっしょに隠したのよ！

たぶん、返してもらいに私が来なければならないように仕向けたんだわ――だから、私いま来たのよ、こんなに遅くなってしまったけど！

それで、ペピの死因はなんだったんですか？

プルス　高熱を出して……それに、おそろしい痙攣をおこして。

エミリア　あのせいだわ！　あのせいよ！　なんてこと、あれほど言っておいたのに！

グレゴル　それで、あなたがもどってきたのは、そのギリシャ語で書かれたものを取りもどすためだけですか？

エミリア　へへっ、あんたたちなんかに渡さないわよ！　もういまは、あたしのものなんだから！　ベルティーク、いい、あたしはあんたのばかげた裁判なんてどうでもいいのよ。あんたなんてどうでもいいのよ、私のひ孫だかなんだか知らないけどね。

そんなのが何千人も世界中を走り回っていようと、どうでもいいのよ。あたしは秘薬のつくり方を書いたあの紙がほしいだけなのさ。あれが手に入らないと――手に入らないと――

グレゴル　手に入らないとどうなるんです？

エミリア　年をとってしまうのよ。そして寿命がつきちゃうってわけなの。あたしはもう一度、それをやってみたいの。ベルティーク、触ってごらん。氷みたいに冷たいでしょ。（立つ）

あなたたちも触っていいわよ、私の手に！　ああ、なんて手なの、こんなにひどく冷たくて！

ハウク　すまん。そのマクロプロスのなんとかって、何なんだい？

エミリア　そこにつくり方が書いてあるのよ。

ハウク　なんのつくり方かな？

エミリア　人間が三百年生きられる薬のつくり方よ。三百年間、若いままでいられるための秘薬なの。私の父が、皇帝ルドルフ二世のために書いたものなの……。あなた方、ルドルフ皇帝のこと知らないの？

ヴィーテク　はい、歴史では知ってますけど。

エミリア　歴史からなにがわかるっていうの？　そんなものくだらないわ。いい、あたしがなにを言いたいか、わかってるのかしら？　（小箱からなにか粉のようなものをつまんで）だれか、ほしい人はいない？

エミリア　ああ、あいつはろくでなしのおいぼれよ！　あいつのこといろいろ知ってるけどね

ヴィーテク　皇帝ルドルフ二世のことですよ。

エミリア　なんでもないわよ。コカインか何かでしょ。あたし、何の話をしていたかしら？

グレゴル　なんです、それ？

——

コレナティー　いいですか、話をそらさないように。

エミリア　わかったわ。あの男、自分が年をとりはじめてからはずっと……いつも不老不死の霊薬を手あたりしだい探してたのよ。若返ろうってわけよ。ちょうどそのとき、私の父が三百年のあいだ若いままでいることのできるもの……そう、魔法のような秘薬を考え出して、皇帝にその秘薬を教えようとしたの。

でも、ルドルフ皇帝は、その秘薬で毒殺されるんじゃないかって恐れて、「まず、おまえの娘に飲ませて試してみよ」と命じたのよ。その娘が私だったってわけ。当時、十六歳だったわ。父は命じられたとおりにまず私を実験台にしたんだわ。そのころ、みんなは「魔法の薬」だなんて言ってたけど、そんな魔法の薬なんかじゃなかったわ。

ハウク　じゃあ、いったいなんだったんですか？

エミリア　（体が震え始めている）おまえなんかに言わないよ！　言えるわけないでしょ！　それから、一週間かそこら、高い熱を出して寝込んでいたらしいわ。でも、回復して元気にな

れたのよ。でも、熱を出していたときのことはまったく覚えていないわ。

ヴィーテク　それで、皇帝はどうなりましたか？

エミリア　別に。でも、怒りくるっていたそうよ。あたしが三百年生きれるなんて、どうやって皇帝に納得させるのよ？　そんなわけで、皇帝は父をいかさま師だといってどこかの塔に幽閉してしまったの。あたしはもう、そのへんにあった書きものを全部もって逃げたのよ。ハンガリーだったか、トルコだったか、もう自分でも覚えてはいないわ。

コレナティー　あなたは、いつかだれかに、……そのマクロプロスの秘薬とかを書いた紙を見せたことがありますか？

エミリア　ええ、あるわ。それで、チロルの神父が一度自分で秘薬を飲んで見たんじゃないかしら。たしか、一六六〇年か、そのころだったわ。たぶん、その神父はまだ生きていると思うわ。あたしにはわからないけど。でも一度、法王さまになったことがあるわ。アレクサンドルだか、ピウスだか、なんかそんなふうな名を名乗っていたわよ。

イタリア人の将校にも見せたけど殺されてしまったわ。たしか、ウゴとかいう名前でしたわね。とってもすてきな男だったわ！　待って、ネーゲリ、別名オンジェイ、それからごろつきのボムビタにもね。最後に教えたのはペピ・プルスだけど、ペピはそのせいで死んじゃったわ。ペピが最後です。

あの秘薬を書いた紙はペピのところにずっとあったはずよ。——でもそれ以上は私にはわからない。ボンビタにきいてみるといいわ。ボンビタは生きていますよ。でも、いま、なんという名前なのかは知らないわ。あいつは――えーっと、なんていうの？　そう、結婚詐欺師ですからね！

コレナティー　失礼。そうしますと、あなたはいま二百四十七歳ですね？

エミリア　いいえ、三百三十七歳です。

コレナティー　あなたは酔ってますからね。一五八五年から現在までは二百四十七年ですよ、おわかりですか？

エミリア　まったく、あたしを混乱させないで！　三百三十七年でしょ。

コレナティー　なぜ、あなたはエリアン・マック・グレゴルのにせの筆跡なんかつくったのです？

エミリア　なにを言っているの！　あたし自身が、エリアン・マック・グレゴルなのよ！

コレナティー　うそをつかないでください！　いいですか、あなたはエミリア・マルティですよ。

エミリア　ええ、でもその名前になってからまだ十二年しかたっていないわ。

コレナティー　では、あなたはエウヘニア・モンテスのロケットを盗んだことは認めますよね？

エミリア　いいえ、それはまったくちがいます！　エウヘニア・モンテスは――

コレナティー　裁判のプロトコールに残っていますよ。盗んだことを認めたと。

エミリア　それはまちがいです。

コレナティー　あなたの共謀者の名前はなんと言いますか？

エミリア そんな人はいませんわ！
コレナティー いないわけがないでしょう！ われわれには、みなわかっているんですよ。あなたは何年に生まれましたか？
エミリア （震えている）一五八五年です。
コレナティー じゃあこんどは、このグラスいっぱいの液体をすっかり飲み干しなさい！
エミリア いやよ。――おことわりだわ。飲みたくないわ！
コレナティー さあ、飲むんです！ 飲み干して。さあはやく！
エミリア （心配そうに）あたしに、なにをしようというの？ ベルティィーク！ （飲む）わたし、目が……まわる……目が。
コレナティー （立ち、エミリアのほうへ行く）あなたの名前は？
エミリア あたし、気持ちがわるい。（椅子からころげ落ちる）
コレナティー （彼女を抱えてから、楽になるように床の上に寝かせる）名前は？
エミリア エリナ……マクロ……
コレナティー ほんとうのことを言うのです！ 私がだれかわかりますか？ 私は司祭です。私に懺悔《ざんげ》するのです！
エミリア パテール――ヘモン、天にまします、われらが父よ――
コレナティー 名前はなんと言いますか？

エミリア　エリナ――プロス。

コレナティー　頭蓋骨を！　神よ、あなたの下品でなんの価値もないしもべエミリア・マルティの魂を、ぶつぶつぶつ、永久《とわ》にお受け取りください、アーメン……これでよし。（黒い布で頭蓋骨の向きを変え、エミリアのほうにむける）さあ、立って！　おまえはいったいだれなんだ？

エミリア　エリナ。（意識がほとんどない）

コレナティー　（エミリアは床の上にドスンと大きな音を立てて倒れる）くそっ、なんてことだ！（立ちあがって頭蓋骨をわきにどける）

グレゴル　いったいどうしたんです？

コレナティー　この女の言っているのはうそじゃないんだ！　さっさとそのへんのものをみんなどけるんだ！（ベルを鳴らす）グレゴル、医者だ！

クリスティナ　コレナティーさん、あなたこの人に毒をもったのね？

コレナティー　ほんの少しですよ。

グレゴル　（控えの間に向かってドアごしに叫ぶ）すみませんが、そこに先生はいませんか？

医師　（入ってくる）ハウクさま、あなたをお待ちしてもう一時間以上たちました。さあ、どうか、お国へ帰りましょう！

コレナティー　いや、ちょっと。まずこちらを診てください、先生。

医師　（エミリアのそばに立つ）気を失っているようですね？
コレナティー　いえ、中毒です。
医師　中毒って、いったい？（エミリアのわきに膝をついて、口元で息のにおいをかぐ）なるほど。（立ちあがる）どこでもいいから急いで寝かせて。
コレナティー　グレゴル、彼女を寝室へ運ぶんだ！　きみがもっとも近い身内だからな——
医師　ここにお湯はありませんかね？
プルス　あります。
医師　けっこうですね、それで？　失礼（処方箋を書く）ブラック・コーヒーもありますね？じゃ、これをもって薬局へ行ってください。（寝室へ行く）
コレナティー　それでは、みなさんー
お付の女　（入ってくる）マルティさま、お呼びですか？
コレナティー　そうだ。ブラック・コーヒーが欲しいそうだ。それもとてつもなく濃いやつだそうだ。わかったね？
お付の女　ほほほっ、よくそこまでご存じでー
コレナティー　いいから。これをもって薬局までひとっ走りしてくれ、いいね？　たのんだぞ！

お付の女、出ていく

コレナティー　（部屋のまん中に座る）くそっ、こうなれば、なるようになれだ。あの女の言うことにはなにかあるな。

プルス　そうですよ。だから、あなたはあの女《ひと》をあんなに酔わせてはいけなかったんですよ。

ハウク　わしはわしは——どうか、笑わんでください。わしはあの女《ひと》の言葉はみな正しいと信じてますよ。

コレナティー　あなたもですか、プルスさん？

プルス　ええ、すべて。

コレナティー　私もですよ。でも、それがなにを意味するか、あなたはおわかりなのですかね？

プルス　ロウコフがグレゴルの手に入るということですよ。

コレナティー　そうですか。でも、それはあなたにとってきわめて不愉快なことではないですか？

プルス　いや愉快も不愉快も。私にはもうあとを継いでくれる者がいなくなってしまいましたからね。

グレゴル、手に布を巻いてもどってくる

ハウク　あの女《ひと》の具合はどうですか？
グレゴル　少し、よくなりました。でも、手を噛まれてしまいましたよ、まるで獣だ！　でもね、ぼくは彼女を信じますよ。
コレナティー　自分でもまさかと思いながら、私も彼女の言うことを信じるようになったよ。

間

ハウク　それにしても、三百年！　三百年とはな！
コレナティー　いいですか、みなさん。じっくり慎重に考えてください。クリスティナ、きみはどうだね？
クリスティナ　（身震いする）三百年なんて！　考えただけでも、ぞっとするわ。

お付の女がコーヒーを持って入ってくる

コレナティー　クリスティナ、コーヒーをミス・マルティのところへ持っていってくれないか。尼さん看護婦のようなふりをしてね？

クリスティナ、コーヒーをもって寝室へ。お付の女は退場。

コレナティー　（部屋の両側のドアが閉まっているかどうか確かめる）よし閉まっているな。さてそれでは、みなさん。どのようにこの問題に対処すべきか、みなで知恵を出し合いましょう。

グレゴル　なんの問題です？

コレナティー　マクロプロスの「あれ」ですよ。三百年ものあいだ生きることができる処方箋がどこかにあるはずです。われわれはそれを手に入れることができるのです。

プルス　彼女の胸に差し込んでありますよ。

コレナティー　それじゃ、「それ」を抜き取ってわれわれのものにできますね。みなさん、それは想像を絶した「しろもの」なのです。それをどうすべきかなのですが。

グレゴル　いや、まったくどうする必要もありません。あの処方箋はぼくのものです。ぼくはあの人の相続人ですからね。

コレナティー　ちょっと、静かにしてください。あの人が生きているかぎり、グレゴルさん、あなたは相続人でもなんでもありません。それに、あの人が望めば、まだあと三百年生きる可能性だってあるんですからね。でもいまなら、手に入れることができるんですよ、そうでしょう？

グレゴル　こっそり抜き取るってことですか！

コレナティー　まあね。ただこれはとても重要なものですからね……われわれにとっても、すべての人にとってもです。なぜならば——そう。みなさんには私の言っている意味がおわかりですよね。
「それ」を彼女のもとにおいたままにしていいんですかね？　なぜ、彼女やどこかのボンビタなんぞといったごろつきだけが得をするのにまかせておいていいのですか？　でもこちらの手に入れてもだれのものになるんですかね？
グレゴル　それはもちろん、まず彼女の子孫たちですよ。
コレナティー　なるほど。だがそんな子孫なんてそうたやすく見つかりますかね！　見つけようがないと思うんだが。プルスさん、たとえば、その秘伝に書かれた「秘薬」があなたの手に入ったら、私にそれを貸してくれませんか？　三百年生きるためにですよ。
プルス　お断りします。
コレナティー　ほら、やっぱりね。これではやはり、みなさん。なんらかの協定をおたがいに結ぶ必要がありますね。具体的にどうしましょうか？
ヴィーテク　（立つ）マクロプロスの「秘薬」を公表しましょうよ！
コレナティー　いや、それはだめだ。それはまずいと思うがな！
ヴィーテク　みんなにも教えましょうよ。すべての人に教えるのです！　すべての人が同じように生きる権利を持っているのです！　ああ、神さま、われわれの人生はあまりにも短かすぎます！　人間として生きるにしても、これでは少ない、少なすぎます！
コレナティー　そのとおりだ！
ヴィーテク　まったく泣きたいくらいです！　みなさん、ちょっと、考えてもみてください。――人間の魂、知識への渇望、脳、労働、愛、創造力、これらすべて、これらすべてを、――神よ、たった六十年の人生で人はどれほどのことができるというのです。
　なにを楽しみ？　なにを身につけることができますか？　われわれは自分で植えた木になった果実を味わうまで生きていられないのです。自分のまえに人類が得ている知識を学びおえるまで生きていられないのです。
　自分の仕事を完成させ、今後の人類のために規範として残すこともできないのです。生きたと思うまもなく死ななければならないのです！　ああ、神よ。私たちの人生はこんなにちょっぴりしかないのです！
コレナティー　これはまた、ヴィーテク――
ヴィーテク　それに、喜んだり考えるゆとりもありません。一切れのパンを必死に探し求める以外にまったく時間がないのです！　なにも見ず、なにも学ばず、なにも完成できない。自分、自分自身についてさえなにもできない、ほんのひとかけらの存在なのです！
　人はなぜ生きるのか？　生きることになにか価値があるのでしょうか？
コレナティー　いやはや、ヴィーテク、きみはぼくを泣かせたいのかね？

ヴィーテク　われわれは動物のように死んでいくのです。死後の命や霊魂の不滅を信ずるのは、人の命が短いことにたいする絶望的で強い不満のあらわれ、そのものですよ。こんな動物なみの短い命を、絶対に受け入れることはできません。

　これではあまりにも不公平です。こんなに短い時間しか生きられないのは、おそろしく不条理です。いくらなんでも人はカメやカラス以上の存在ではあるはずです。人は生きるための時間がもっと必要です。

　六十年ではまるで農奴なみですよ。それではあまりにもはかなくて、動物と同じように、無知のままで終ってしまいます。

ハウク　ああ、そうかな。でも、わしはもう七十六歳ですぞ！

ヴィーテク　すべての人が三百年、生きることができるようになればいいんですよ！　そうなれば、それは人類が始まって以来の最大のできごとになります。人間の解放になり、これまでとはちがった、完成した人類が生まれることになりますよ！

　ああ、三百年のあいだに人はなにができるだろうか！　最初の五十年は子どもとなり、生徒となる。次の五十年は世界を知り、あらゆるものを見る。さらに、次の百年はあらゆるもののために役に立つように働く。そして最後の百年間は、すっかり知識をたくわえた中で賢人として生き、支配し、教え、模範を後の世代に伝えていく！

　もし三百年間も生きることができたならば人間の一生はとても価値のあるものになるだろ

う！　戦争もなくなるし、あくせくかけずりまわることもなくなるだろう。恐怖もエゴイズムもなくなる。だれもが知識を十分持った尊厳のある存在になるのです。

（両手をにぎりしめる）卓越し、完成されてなんの欠点もない、神のまことの息子となるでしょう。もはや神の未熟児ではなくなるのです。人間に命を！　充実して生きるための命を！

コレナティー　なるほど、いや、すばらしい、すばらしいんだが――

グレゴル　どうも、すばらしい話を長々とありがとう。でも、三百年間も勤めたり、靴下を編むなんてね！

ヴィーテク　しかし――

グレゴル　全知で卓越し、いいかい、その上に同時に有能な人間がする仕事なんてものは、たいていは無知だからこそできるんだよ！

コレナティー　いいかい、ヴィーテク。勝手に御託を並べていろよ。法律的にも経済的にもばかげた話だからな。人間社会のシステムってのは、人が短命であることを前提としてつくられているんだよ。

たとえばの話だが……契約、年金、保険、給料、遺産相続権、ほかにもいろいろあるんだろう。すべてかはわからんがね。そうだ、それに結婚もあるよな。三百年も結婚生活を続けられる人はいない。三百年もの長期の契約をするやつなんているわけがないんだ。

ヴィーテク、きみはアナーキストだからな。君は社会の秩序をすっかりたたきこわしたいんだ！

ハウク　あの……ちょっと失礼。三百年生きたらまたみんな若返ることができるんでしょうね……

コレナティー　そうなると、実際のところ、永遠に生きることになる。うーん、それは、ちょっといただけないぞ。

ヴィーテク　すみません。永遠に生きるなんてことは禁じることができるはずです！　そうすれば三百年後には一人残らず死ななければなりません！

コレナティー　そうらね！　ヒューマニズムが自ら、生きることを禁じなくてはならないなんて！

ハウク　おそれいりますが、よろしいですか。わしは……わしは、その長生きできる処方の効能を少なくして、いくつにも処方を分けてはどうかと思うんだが。

コレナティー　どんなふうに分けるんですか？

ハウク　いや、いいでしょうか。年数によって分けるんです。一服で十年生きられます。三百年は、ちょっと多すぎると思う人もいるかもしれないし、……いっさいのみたくない人もいるかもしれませんよね。でも、十年分ならだれでも買うんじゃないですか？

コレナティー　そしたら、われわれは長生き関連の大企業を設立できるというわけか。うん、これはなかなかいいアイデアだな！　もう注文書が目に浮かんでくるよ。

「マクロプロス秘薬、生命千二百年分、お買い得処方で折り返しお送りいただきたし。コーン&カンパニー」「マクロプロス秘薬、極上A、二百万年分、豪華包装にし至急送られたし。フィリアールカ社ウィーン支店」

ハウクさん、これは悪くない商売だね。

ハウク　そうですね。ただ、わしは……わしは、商人ではありませんからね。でも、人間、年を取ると人生を……もう少しばかり余分に……買いたくなりますよ。でも、三百年はいくらなんでもちょっと長すぎます。

ヴィーテク　知識をたくわえるためなら、長すぎませんね。

ハウク　いや、でもですね。すみませんが、知識をたくわえるために、命を買う人はだれもいませんよ。しかし、楽しく暮らせるのなら十年分の命を買いますよ、よろこんでね、ふふふ、へへへ、むしろ大喜びで。

お付の女　（登場）これが薬局からの薬です。

コレナティー　ありがとう。きみなら、何年、生きていたいかね？

お付の女　ふふふっ、あと三十年。

コレナティー　それ以上は、いやかな？

お付の女　いやですよ。そんなに生きて、なにをすればいいんです？

コレナティー　きいたか、ヴィーテク。

お付の女、出ていく。コレナティー、寝室をノックする

医師　（ドアのところで）なにか？　ああ、ありがとう。これでけっこうですね。（薬を受け取る）

ハウク　すみません。あの人の容体はいかがですか？

医師　かんばしくないですね。（寝室に入っていく）

ハウク　それは、まあ、かわいそうに！

プルス　（立つ）みなさん、おもいがけない……偶然で、ある秘密がわたしたちの手に入ったのです。この秘密とは、ずばり、人の命を延ばす方法ですよ。仮に、命を延ばすことが可能になったとしても、それを自分のためだけに勝手気ままに使おうなどと、この中のだれも思わないでいただきたいですね。

ヴィーテク　いまのお話は私がいま言おうとしていたこと、そのものですね！　使うのなら、すべての人の寿命を延ばさなくてはね。

プルス　いや、延ばすのは強い者の寿命だけだ。もっとも有能な者の寿命だけさ。並のありふれた人間には、かげろうのようなはかない人生でさえ、もったいないくらいだ。

ヴィーテク　ああっ、とんでもない考えだ！

プルス　ああ、すまないけれど、きみと口論なんかしたくないね。いいかい、平凡でありふれた、

ちっぽけな、愚かな人間は、かえってなかなか死なないのだ。ちっぽけな人間はだれの助けがなくても永遠に生きる。

それに、ハエやネズミのように、息つく間もなく繁殖する。死ぬのは偉大な人間だけだ。強い者と有能な者だけが死んでいく。なぜなら、代われる者がいないからだ。

この「秘薬」はおそらく、われわれの手元に置いておくことになるだろう。そうしたら、長寿の特権を持った貴族階級をつくることができるかもしれない。

ヴィーテク　長寿の特権を持った貴族階級ですか？　みなさん、聞きましたか？　長寿の特権だなんて！

プルス　そうだよ。最もすぐれた者がどれだけ生きることができるかが重要なんだ。指導者や子孫を残せる者、能力の高い仕事のできる男たちだ。

女性に関してはいま、あえて言うのはよそう。しかし、世界には十人か二十人、あるいは千人、かけがえのない男たちがいる。そういう男たちを確保できれば、彼らに超人的な理性と超自然的な力を持たせることができる。

われわれは十人か百人か、あるいは千人の超人的な支配者と創造者を育てあげることができるのさ。

ヴィーテク　長生きできる特権のある人間を育てるってわけか！

プルス　そのとおりだ。いつまでも生きることのできる権利をもつ人間を選ぶのだ。

コレナティー　恐縮ですが、だれがそのエリートを選び、指名するのです？　政府ですか？国民投票ですか？　それとも、スウェーデン・アカデミーですかね？

プルス　そんな選挙はばかげている！　最も強い者の手から最も強い者の手へと渡されていくのだ。物質の支配者から精神の支配者。発明家から軍人。企業家から独裁者へと。

それは命を永らえることのできる選ばれた貴族の王朝です。文明化されたとはいえくずのような下等な連中にはいっさい従属しない、独立した王朝ですよ。

ヴィーテク　ただそれは、あなたの言う、くずのような下等な連中が自分たちの生命に対する権利を求めてやってこなければの話ですよね！

プルス　いや、それは、自分たちのではなくてやつらの権利にすぎない。ときどき、選ばれた者のうちの何人かは殺されるだろう。でもなんだっていうのだ。革命は奴隷の権利だからね。だとしても、世界を進歩させるのは、唯一、強くて偉大な独裁者が弱くて力のない独裁者にとってかわることによって実現が可能になる。ある特権者だけが長生きできるということは、選ばれた者が専制政治をおこなうということだ。

つまりは……理性の政府だ。知識と能力の超人的な権威です。民衆の上に立つ政府です。長生きできる権利のある者が人類の支配者になることにだれも異議を唱えないだろう。

みなさんは、長生きできる権利を手にしておられる。悪用することだって可能です。これで言いたいことは、みな言いました。（座る）

コレナティー　ふむ、なるほど。それで、長生きできる強い選ばれた者に属するのは、たとえば、私ですか、それとも、グレゴルですか？
プルス　おふたりともちがいます。
グレゴル　でも、あなたはそうなんでしょう？
プルス　……いいえ、いまとなってはちがいます。
グレゴル　みなさん、もう、むだな議論はやめましょうよ。長寿の秘密は、マクロプロス家の所有に属します。マクロプロス家の者の好きにさせてください。
ヴィーテク　すみません。どんなふうに好きにするんですか？
グレゴル　つまり、長寿の秘薬の処方は、マクロプロス家の者しか使うことができないということです。使えるのは、どんな人間であろうとも、エミリア・マルティの子孫だけです。
コレナティー　そして、永遠に生きるというわけか。ただ、どこの馬の骨かわからんやつだか男爵だかと、ちょっと頭のおかしい、まともとはいえない、ヒステリックな女とのあいだに生まれたという、それだけの理由でね。とてつもない、特異な、ほかにはない家系と言うことになるね。
グレゴル　どう言われようとぜんぜん気になりませんね。
コレナティー　そんな家系の方を存じ上げているなんて光栄だね。だがね、グレゴル――こんな言い方をしてすまんが、そんな家系の方は悪魔にどうぞだ。要するに、堕落し、退廃した存在だよ。純血な家系ってわけか？

グレゴル　なんとでも言ってくださいよ。頭がおかしかろうと、ヒヒだろうと。とんでもない人でも、なにかハンデのある人でも、障害者だろうが知恵遅れだろうが、なんであってもいいのです。

たとえ悪そのものであってもかまいません！　べつにいいんです。それは彼らのものですからね。

コレナティー　それはけっこうだね！

医師　（寝室から出てくる）順調に回復していますよ。このまま休ませておいてあげてください。

ハウク　そうさ。そうだよ。横になっていることだ。それがいい。

医師　ハウクさま。家へ帰りましょう。私がおつれしますよ。

ハウク　ああ、いや、わしらはここで真剣に議論をしているんだ、そうだろう？　すまんが、もう少し、待ってくれないか！　わしは――わしは、いいかね、きっと――

医師　それでは、ドアのむこうでお待ちしましょう。ばかなまねはなさらないように。ご老体、さもないと――

ハウク　そうか、わかった――わしは――わしは――わしは、すぐに行くよ。

医師　わかりました。お待ちしております。では、失礼します。（出ていく）

コレナティー　グレゴル君、君は真剣に話しているかね？

グレゴル　きわめてまじめ、真剣ですよ。
クリスティナ　（寝室から出てくる）もっと小さな声で話していただけません。マルティさんは、眠りたいとおっしゃっています。
コレナティー　クリスティナ、こちらにおいで。クリスティナは三百年生きたいかい？
クリスティナ　いいえ。
コレナティー　三百年もの長生きができる秘薬の処方を持っていたら、どうするかね？
クリスティナ　わからないわ。
ヴィーテク　おまえは、すべての人にその秘薬の処方を教えるかね？
クリスティナ　あたしには、わからないわ。そんなに長生きできたら、みんなもっと幸せになれるのかしら？
コレナティー　だって、クリスティナ。いったい、世の中に幸せなんてどこにあるんだい。
クリスティナ　そんなこと、わかりませんわ。もう、あたしにきかないでください。
ハウク　いやね、お嬢さん。人間はどこまでも、生き続けたいのさ！
クリスティナ　（目を手でおおう）いつか、だれかが……。いやだわ。

プルス　（クリスティナのほうに近寄る）ヤネクのこと、感謝するよ。
クリスティナ　なぜです？
プルス　いま、あなたがあれのことを思い出してくれているからですよ。
クリスティナ　思い出すですって？　あたしは……ヤネクのこと以外なにも考えられないのに。
コレナティー　だから、私たちはここで、永遠の生命について議論をたたかわせているのさ。
エミリア　（影のように現われる。頭には湿布を張りつけている。全員が立ちあがる）ごめんなさい、出てきたりして……でも、すぐもどるわ……
グレゴル　具合はどうですか？
エミリア　頭が痛くて――うつろで――ひどく――
ハウク　まあ、いいさ。だいじょうぶ。すぐに消えるよ。
エミリア　消えないわ。けっしてよくならないわ。私はこの頭痛にもう二百年もつきあっているんだから。
コレナティー　つまり、それはただの頭痛なんですか？
エミリア　ただの頭痛ではなくて、アンニュイとでもいうか、倦怠感でもないし。つまり――つまり――ぴったりの言葉がないわ。どこの国の言語でも、うまく言い表わせないわ。ボンビタもこのことを言っていたわ……。とてもつらい、いやなものなの。
グレゴル　つまりはなんなんです？

エミリア　知らないわ。なにもかも、とてもばかげていて、空虚で、もういらないって感じなの。
――みなさんここに、いるのよね！　それなのにまるで、だれもいないみたいなの。
みなさんがただの物か影のようだわ……あたし、どうしたらいいんでしょう？
コレナティー　私たちが失礼したほうがよろしいのでは？
エミリア　いえ、べつにかまわないわ。死のうが、ドアの向こうに出て行こうが、同じことです。
なにがあろうとなかろうと、べつにどうでもいいんです。
――それにしても、みなさん、死なんてものについて、それぞれ、なんだかずいぶんがんばって議論していましたね！　でもなんだかばかげてるわ。変わった人たちだわね！
ヴィーテク　気分はいかがですか？
エミリア　あたし、こんなに、こんなに、こんなにも長く生きちゃいけなかったんだわ。
ヴィーテク　なぜです？
エミリア　長生きなんて、人にはとてもがまんができないのよ。百歳、百三十歳までなら、まだなんとか耐えられる。でも、やがて……やがて、わかってくるのよ……。
そして、そんななかで肝心の魂が死んでしまうの。
ヴィーテク　なにがわかってくるんです？
エミリア　そう、うまく言葉では言い表わせないわ。そのうちに人はもう、なんにも信じられなくなるの。なんにもよ。きっとそれが原因でアンニュイになるのね。

ベルティーク、いい。私に言ったわよね。あたしは歌っていると同時に、凍えているって。いい、芸術は、人ができないから意味をもつのよ。できるようになったら、完璧にできるようになったとたんに、不必要なものに見えてくるの。なんの役にも立たないものにね。いいかしら、クリスティナ。いびきをかくのと同じくらい役に立たないものに見えてくるのよ。歌うことは、黙っているのと同じことなの。なんのちがいもないわ。どこにちがいがあるというの？

ヴィーテク　いや、それはちがいますね！　あなたが歌っているのをきけば、……多少なりとも人は自分のことを少しはましな、少しはまともなように感じることができるのです。

エミリア　人がましになるなんてこと、ありませんわ。なにごとにしろ、けっして変わることなんてできません。けっして、けっして、けっして変わらないし、なにも起きないのです。

いま撃ち合いが始まったとしても、地震が発生したとしても、世界のおわりが来たとしても、つまり、なにがあってもなにも起きません。私でさえ、変わらないし、なにも起きないのですから。

あなた方はここにいます。でも私ははるか遠くにいます――すべてのものから遠く離れて――三百年のかなたに―。ああ、みなさんは、自分たちの生き方がどんなに身軽なものかわかっていないんだわ！

コレナティー　なにをおっしゃっているのか？

エミリア　あらゆるものが、みなさんのすぐ身近にあるじゃない！　みなさん方にとっては、あらゆるものに意味があるわ！　あらゆるものに、なにか価値があるのよ。なぜって、この数年のうちには、それを十分に使いきることができませんからね――。

ああ、神さま、もし私がもう一度だけ――（両手をあわせてにぎりしめる）あなたたちは愚か者よ。こんなに幸せなのに！　もう見てるだけで私がいやになるくらい幸せなのに！　ばかげた偶然のおかげで、あなたたちがさっさと死んでしまえるからこそ、すべていいんじゃないの！

あなたたちは猿みたいに、なんにでも興味を示すのね！　それになんでも信じてしまうのね。愛も、自分も、名誉も、進歩も、人類も信じてしまう。でも私はなにを信じたらいいかわからないわ。なにを信じたらいいのかわからないのよ！

マックス、あんたは楽しいことがいいと信じているわよね。あなた、クリスティナ。あなたは愛や誠実を信じているわ。ヴィーテク、あなたは力を信じている。あなたはばかげたことを信じているわ。だれも、かれも、みんななにかを信じているってことよね！　あんたたちはそうやって生きているのよ……おばかさんたちですけどね！　うらやましいわ。

ヴィーテク　（気持ちを抑えきれずに）すみません。でも、やはり……もっと大きな価値……理想……使命といったものもありますが……

エミリア　たしかにあるわね。でも、それはあなた方だけのものよ。どういうふうにあなた方に言うべきなのかしら？　それは愛なのかもしれないわ。でも、あなた方のなかにだけしかないのよ。あなた方のなかにないとしたら、愛なんてどこにもないし、まったく存在しないわよ……宇宙のどこにもね……。

人間は三百年も愛することはできないわ。三百年なんて、なにかを望んだり、作ったり、見つめることもできないのよ。そんなにいつまでも続けられないわ。なにもかもうんざりよ。いいことにも悪いことにもあきてしまったの。天上も地上も退屈だわ。

そう、本当はなにもないのが見えてしまうのよ。まったくなにもないのが。罪もない、痛みも、地上さえもない。なんにもないわ。でも、存在するものにはなにか価値があるものよ。あなた方にとってはすべてのものに価値があるわ。ああ、私はあなたたちのようだったわ！　私は娘だったし、私はふつうの女性だった。幸せだったわ。私は――私は、人だったのよ！

ああ、神さま！

ハウク　おや、いったい、どうしたんですか？　なにかあったのかな？

エミリア　ボンビタがあたしに言ったことを、あなた方が知ったら……！　あいつはこう言ったのよ。おれたち……おれたち年寄りはものごとを知りすぎてるってね。でも、あなた方は私やボンビタよりも多くのことを感じとっているわ、ばかなことばかりしているあんた方のほうがね！　かぎりなく多くのことをね！

愛、偉大さ、目的、ありとあらゆることを感じとれるのよ。あなた方はあらゆるものを持っている！　なにをこれ以上欲張るの！　あなた方は少なくとも生きているじゃない。でも、あたしやボンビタのなかでは生命は停止してしまっているのよ。ああ、私はもうこれ以上はだめだわ。おそろしく孤独なのよ！

プルス　それなのに、どうして……「マクロプロスの秘薬」の処方を書いた書き付けを取りもどしに来たのです？　どうして、まだもっと生き続けたいと思ったのです？

エミリア　――なぜって、死ぬのがものすごく怖いからよ。

プルス　まさか。死ねないっていうのに、死の恐怖から逃れられないのですか？

エミリア　逃れられません。

間

プルス　ミス・マクロプロス、私たちは、あなたに冷たかった。

エミリア　そんなこと感じなかったわ。そして、あなたたちのほうが正しいわ。こんなに年をとるのは、みっともないわよ。ねえ、子どもたちはあたしをこわがるかしら？　クリスティナ、あなた、あたしがいや？

クリスティナ　いいえ、そんな！　あたしはあなたがすごく気の毒なだけですわ！

エミリア　気の毒？　あたしのことクリスティナはそう感じるの？　あんた、あたしのことうらやましくないの？（間）（震えている。胸のあたりから折りたたんだ紙片を取り出す）これが秘薬の処方を書いた書き付けよ。ラテン語で書いてあるわ。「エゴー・ヒエロニモス・マクロプロス、イアトロス・カイサロス・ロドルフ……」〈ルドルフ皇帝の侍医たる、われ、ヒエロニモス・マクロプロスは……〉

それから先は、具体的に秘薬のつくり方が細かく書かれているの。——（立つ）さあ、ベルティーク、お取りなさい。私はもう要らないから。

グレゴル　ありがとう。でも、ぼくも要りませんね。

エミリア　要らないの？　じゃあ、マックス。あなたまだ生きたいでしょう。愛することだってできるわよ、どう？　お取りなさい。

ハウク　いや、その。……それがもとで死ぬかもしれないんだよね？　それに、のんだ後で……痛いんだよね？

エミリア　そりゃあ、痛いわよ。あんた、それがこわいの？

ハウク　そうさ。

エミリア　でも、その後で三百年生きられるのよ！

ハウク　もし……もしのんだ後で痛くなかったら……いや、へへへっ、要らないな。

エミリア　そこの弁護士の先生、あなたは賢い方よね。あなたなら……この秘薬でなにができるかできないか、判断できるわ。どう？　要るわよね？

コレナティー　これは、どうも、ご親切に。ありがとうございます。しかし、いや、そんな秘薬とは、どうも、かかわりを持ちたくないですね。

エミリア　ヴィーテク、あなたは人を笑わせる、楽しい人よね。これを、あなたにあげるわ。さあ、どうかしらね。この秘薬を使って、全人類を幸せにできますかしら。

ヴィーテク　（後ずさりする）いや、けっこうです。私は、いや……できないと……思いますから。

エミリア　プルスさん、あなたはとても強い人よね。それなのに、三百年生きるのがこわいのかしら？

プルス　ええ、こわいですね。

エミリア　まあ、なんてことなの。それじゃあ、だれもいらないってことなの？

　クリスティナ、あんた、ここにいたの？　なにも言わなかったじゃない。ほらどうぞ。あたし、あなたのヤネクを取ってしまったわ。いい、これを受け取りなさい。あなたは美しいわ、三百年生きるのよ。

　エミリア・マルティのように歌えるようになって、名声をひとり占めにするのよ。でも、数年もすると、あんたも年をとり始め、そうして、後悔するようになるのよ……。さあ、クリスティナ、受け取って！

クリスティナ　（書き付けを受け取る）ありがとう。
ヴィーテク　クリスティナ、受け取ってどうするんだ？
クリスティナ　（書き付けをひろげる）あたしにもわからないわ。
グレゴル　クリスティナ、秘薬をのんでみる気なのかい？
コレナティー　ああ、なんてことだ。この娘《こ》はこわくないのか？　はやく返しなさい！
ヴィーテク　はやく返すんだ！
エミリア　この娘の好きにさせて！（間）

　クリスティナはだまったまま、その書き付けをローソクの炎にかざす。

ヴィーテク　火にくべちゃだめだ！　それは歴史のかたみじゃないか！
コレナティー　ああっ、！　くべちゃったよ！
ハウク　なんということだ！
グレゴル　取りあげるんだ！
プルス　（みんなを押しとどめる）いや、好きなようにさせようじゃないか！

　みな、かたずをのむ

ハウク　いやあ、なかなか燃えませんね。
グレゴル　なにしろ羊皮紙ですからね。
コレナティー　ゆっくり燃えて、黒くなっていく。クリスティナ、やけどするなよー
ハウク　いや、すまんが、その端っこだけでも燃やさないでわしのために取っておいてくれないか！　ほんの端っこでいいんだ！

沈黙

ヴィーテク　どこまでも生きる！　人類は永遠にそれをさがし求め続けるのだろう。そしてそれがここに、あったのに……
コレナティー　そしたら、われわれは永遠に生きることができたかもしれないのだ。いや、どうも、ありがとう！
プルス　命が延びてどこまでも生きる、ふむ、……お子さんはおありですか？
コレナティー　ええ、おりますよ。
プルス　そう、それが永遠の生命ですよ！　死ぬことよりも、……生まれてくることを考えれば……人生は短かくなんかない。われわれが命を生み出すみなもとであるかぎり……

グレゴル　もう燃えつきるぞ。永遠に生きるなんて、だいたい、むちゃな考えだよ。ああ、永遠の生命をぜひ手に入れたいと思ったのに、できないことになってかえってほっとした気分がする。
コレナティー　われわれは、もう、若くはない。若者だけがこんなに思い切りよく燃やすことができるのだね……死にたいする、われわれの恐怖をね。クリスティナ、ありがとう、よくやってくれたね。
ハウク　すみません……部屋中……すごく変なにおいがしますね……
ヴィーテク　（窓を開ける）羊皮紙が燃えたにおいですよ。
エミリア　ほほほ、これでやっと死ねるわ！

幕

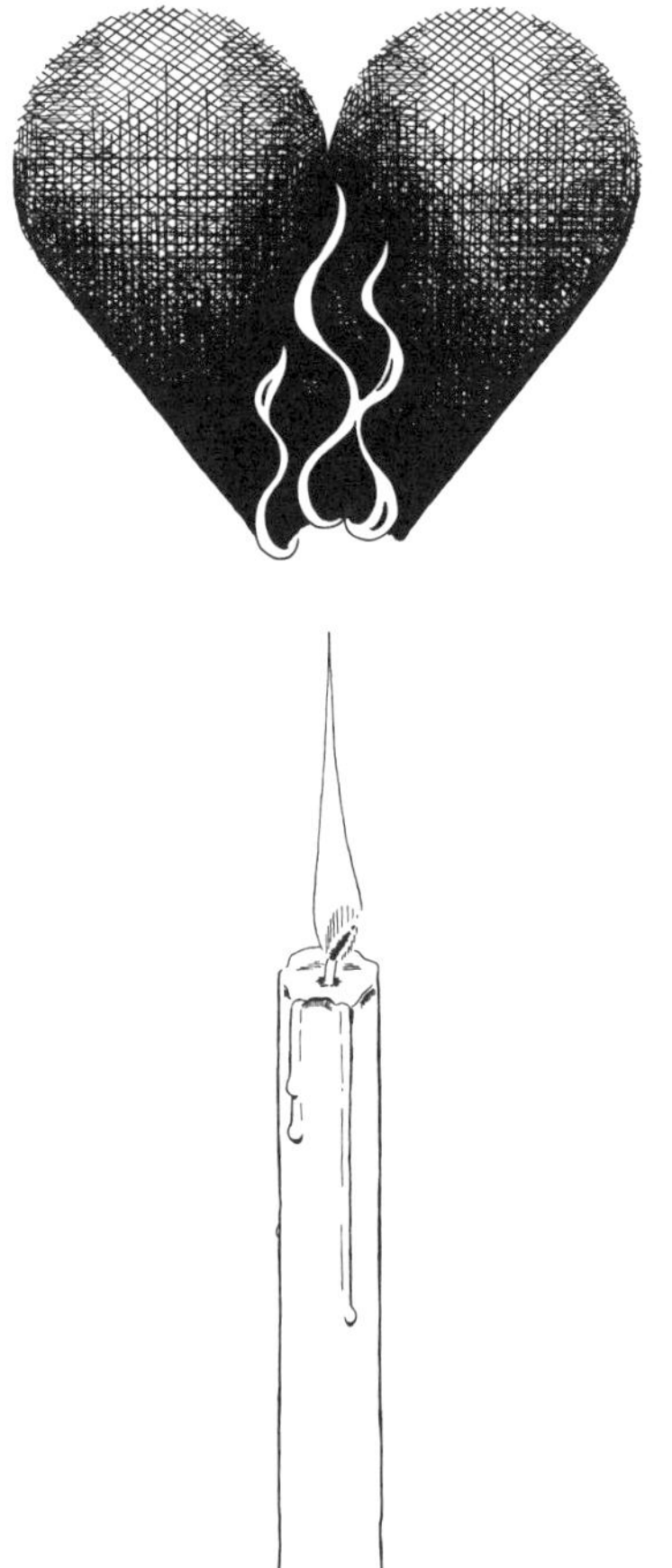

訳者あとがき

栗栖　茜

二〇一二年十一月に「カレル・チャペック戯曲集Ⅰロボット／虫の生活より」を翻訳・出版してから、もう八年もたってしまいました。当初は二年後の二〇一四年に「カレル・チャペック戯曲集Ⅱ白い病気／マクロプロスの秘密」を出す予定でしたが、出版が延び延びになっていたのです・・・

カレル・チャペック（一八九〇―一九三八）は中欧にあるチェコという国の作家です。日本では子どもでも知っているロボットという言葉の名付け親ですが、正直、日本人でロボットという言葉をつくったのがチャペックだと知っている人はかなり少ないのではないかと思います。チャペックは一九二〇年に発表した戯曲「ロボット」によってチェコどころか世界中であっという間に名前が知られ、きわめて注目される作家になりました。

活躍したのは第一次世界大戦と第二次世界大戦のはざまの約二十年という、とても短い期間でした。先ほど述べた戯曲「ロボット」のほかに長編小説「サンショウウオ戦争」、そのほかにも多くの作品を書いています。そのどの作品も、今ごろになってやっと人々が気づきだしたテーマを八十年以上も前に取り上げて書いているのですからおどろきです。

まず、戯曲「白い病気」について述べましょう。「白い病気」は一九三七年の作品です。白い病気、あるいは白死病という名前の付け方からしてカレル・チャペックが黒死病を強く意識したのは間違いないと思います。十四世紀、地中海沿岸からヨーロッパ各地へと広がったペストは黒死病とも呼ばれて、人類がこれまでに経験したパンデミックのなかでも最大の災害を引き起こしました。ヨーロッパの人口の少なくとも三分の一、数千万人が犠牲になったといわれています。チェコも例外ではなく、全土で多数の犠牲者を出しました。チェコを旅行すると、多くの街の広場にペストの慰霊碑が建っています。チェコ人にとっても黒死病はその歴史に深い傷跡を残したパンデミックだったのです。カレル・チャペックも黒死病には強い印象を持ち続けていたと思われます。

ただ、カレル・チャペックにとっては白い病気も彼のほかの作品で登場するロボットや今の原子炉に似た絶対子炉、あるいはサンショウウオ、そのどれもがあくまで仕掛け、道具立てにすぎないのです。それにもかかわらず、ロボット、絶対子炉、あるいは、サンショウウオや白い病気、彼の考えだす仕掛けや道具立ての一つひとつがあまりにも強烈なために、人々の関心はカレル・チャペックの意図に反して、そちらのほうばかりに引き寄せられてしまうのです。

「ロボット」では、人のように口をきき人の五倍もの労働をこなす人造人間ばかりに気が向いてしまい、ロボットがあまりにも大量の製品を製造し、労働者は街頭に放り出され、さらには魂を持ったロボット、つまりＡＩによって人類はとってかわられ、ＡＩによって滅ぼされる可能性すらあることをカレル・チャペックが述べていたことをすっかり忘れていたのです。

「白い病気」でも同じことが言えます。

白い病気はその始まりから読者や観客を魅了します。出だしの白い病気の患者三人の会話は短いものの、白い病気の患者たちの悲惨なありさまを実に生き生きととらえています。イタリアの街フィレンツェを一三四八年におそったペストの惨状をボッカッチョは「デカメロン」の冒頭で見事に描いていますが、それに匹敵するといってもよいくらいです。

ただ、カレル・チャペックが描きたかったのは、そのような惨状ではありません。パンデミックのような強烈な衝撃が社会に加わった時に社会にどのような変動をもたらすか、その一つの形をチャペック流に強烈な味付けをして読者、観客に問うたのではないでしょうか？

パンデミックは社会がふだんから現実にかかえているさまざまな矛盾を表面へと浮かび上がらせます。チャペックはそのことを十分踏まえたうえで、その矛盾をいっそうきわだたせるために、あえて逆説的に経済的弱者しか診ない、現実にはまずいそうにない医師ガレーンを登場させたのだと思います。

次から次に人々が白い病気で倒れていく中、世の中は白い病気にかかった患者を助けるよりも、患者とのかかわりをできるかぎり避ける方向へと走ります。現実には美しい話はまずはありえないのです。「白い病気」に登場する家族が住んでいるアパートの四階に住む、白い病気にかかったおばあさんにせめて食事を届けようとするお母さんを、お父さんがにべもなく押しとどめるシーンを描くことによってチャペックは、はっきりとそのことを示しています。しばしば、パンデミックでは経済的弱者と強者、そのどちらにも平等に病気がうつると言われます。たしかにそういう面もあります。ただ、感染する機会を考えると衛生環境や栄養状態の悪い経済的弱者のほうがはるかに高いリスクにさらされますし、経済的弱者は医者にもかかれないなど大きな差が生じます。

また、パンデミックでは貧富の差だけではなく高齢者とそれ以下の年齢層との間の矛盾、軋轢もより一層表在化します。現在、新型コロナウイルスによるパンデミックが進行中ですが、医療崩壊によって世代間の矛盾が露骨に露呈する事態も起きています。たとえば、だれに呼吸器を装着し、だれを集中治療室へ入室させるのかを決定するにあたり、年齢による「トリアージ」がおこなわれるといった深刻な状況におちいった国もあったようです。チャペックは戯曲「白い病気」で白い病気が若者にはかからず年齢五十歳前後以上の当時の「高齢者」にしかかからないという設定をしました。パンデミックによっておきる世代間の矛盾を鮮明化するためにあえてこのような設定にしたのでしょう。その結果、「きまってるじゃない。人はいつかは若者に席を譲らなくてはいけないのよ。そうでしょう？　そうじゃないと、後ろがつかえてしまって、身動きが取れなくなるわ」という若い世代の言葉を引き出しています。

さまざまな矛盾が先鋭化するわけですから、パンデミックは社会全体をゆすぶります。人々がそれぞれに知恵を絞り、一つひとつ矛盾を解決できれば良いのですが、多くの場合そうはいかず、かえって国民は矛盾の解決のためにポピュリズム的手法、あるいは全体主義的な手法を選択しがちです。矛盾のはけ口を他国に向け、ときには戦争へと国民を向かわせるように仕向けます。カレル・チャペックは長年、それこそ、このドラマの書かれた一九三七年以前も一九三七年も、さらに亡くなる一九三八年も亡くなる十二月二十五日ぎりぎりまで必死に、作品を通して、また、多くの論説記事を新聞などに書き、民主主義を守り戦争が起きないようにがんばってきました。しかし、左右両翼の人たちから激しく攻撃されたばかりか、ほとんどのチェコ人はチャペックの主張に耳をかたむけようとはしなかったのです。

医師はすべての病人を診る義務が建前上ありますが、刀おれ矢つきたカレル・チャペックだからこそ、それに真っ向から逆らう医師ガレーンを登場させるのです。この病気の特効薬を発明した医師ガレーンは、戦争をしないという約束をしないかぎり元帥や一大コンツェルン、クリューク財閥のトップ、あるいはこの財閥の会計部長にまで出世した「お父さん」の連れ合いの「お母さん」の治療さえ拒絶し、経済的弱者だけを治療します。一種のテロリズムといってもよいでしょう。このような行為が成功するわけもなく、ガレーンは大衆によって踏み殺されます。

なぜ、カレル・チャペックは医師ガレーンにそのような行動に走らせたのでしょうか？　もちろん、ドラマをよりダイナミックにして読者、観客をより一層引き付ける意図もあったかもしれません。ただ、このドラマの書かれた一九三七年という年を考えると、チャペックは別の思い、意図があったのではないかと私は考えます。ドラマの書かれた翌年、一九三八年にはミュンヘン協定が結ばれ、チェコは西側の大国であるイギリスやフランスによって、一言で単純化すれば、ナチスドイツに売り飛ばされます。そして、そのまた翌年の一九三九年には第二次世界大戦が始まるのです。このような状況を考え、すっかり疲れ果てたカレル・チャペックを思い浮かべると、なにかガレーンと自分を同一視して、戦争を止め平和を維持するにはもうこのようなテロリスト的な手段しか残ってはいないと考えるまで追い詰められていたような気がします。「白い病気」の「まえがき」は印象的です。人類の運命をその手のうちに握り、自分のやり方でその運命を変えていこうとする医師をテーマにしてドラマを書きたかったというのです。これはパンデミックをすみやかに鎮めることができる特効薬を「人質」として使わないかぎり、戦争へと向かう人々の勢いをもはや止めることはできないというカレル・チャペックの悲痛な叫びではないでしょうか？

カレル・チャペックはドラマに登場する国は特定の国を指してはいないと、慎重に断っています。大国は先制攻撃をしかけ、あっという間に小国を蹂躙するはずでしたが、逆に、小国にもののみごとに逆襲されます。このあたりは、チャペックがまじかに迫る現実とは真逆の夢を語っているとしか私には思えません。

次は戯曲「マクロプロスの秘密」ですが、一九二二年の作品です。

このドラマのテーマは平たく言えば「人が長生きするのはいいこと？　悪いこと？」ということでしょう。ただ、このテーマはドラマの最後、「トランスフォーメーション」にたどり着くまで巧妙に伏せられています。

カレル・チャペックは「まえがき」で「マクロプロスの秘密」の執筆動機を語っています。長寿、長生きを肯定的にとらえ、数百年生きることができれば、それは人類の理想的な状態だととらえているバーナード・ショーの新作戯曲『メトセラへ帰れ』が出版されたことに刺激を受けたようです。ショーの考えは、当時の大方の人たちの願い、願望をさらに発展させたものといえるでしょう。なにしろ、両軍合わせて一千万人前後にものぼる青年が戦場で戦死し、民間の犠牲者も膨大な数だった第一次世界大戦が終わって間もない当時、人が少しでも長く生きることが一種のあこがれだったのではないでしょうか。そんな雰囲気の中で長寿、長生きの問題を真正面から取り上げるのは、人々の考えに逆行するかなり大胆な発想で、だれも思いもしなかったと思います。

ところがカレル・チャペックはあえて取り上げたのです。なぜでしょうか？　人間はそう遠くない将来に長生きになり、それでもさらにもっと長寿を重ねたい人たちと、「もう八十歳を越えた。そろそろこの世ともおさらばしたいものだ」と考える人たちに分かれて、あれこれともめるだろう。今の時代、そんなことを人々は夢にも思っていないが、そこへ思いっきり長生きの問題をぶつけてやろう、おもしろいじゃないか！　チャペックはおそらくそう考えたのでしょう。

ところが、ドラマは多くの読者や観客の予想に反して百年も続く相続争いの裁判を担当する弁護士の事務所から始まります。マクロプロスのマの字もないのです。ドラマはこの相続争いの裁判を縦糸にして進行していきますが、そこへオペラのプリマ歌手エミリアが登場します。美貌のプリマ歌手が相続争いの裁判に首を突っ込み、さまざまな謎めいた言葉をはき、男たちを手玉に取るのです。いったいなんのために？　なにがほしいのだろうか？　なにかをたくらんでいる！

相続争いの裁判を縦糸、エミリアを横糸にドラマは謎をはらみながらクライマックスへと向かいます。

そうです。トランスフォーメーションです。エミリアは「実は私の本名はエリナ・マクロプロスで年齢は三百三十七歳です」と明かし、「三百年以上前、神聖ローマ帝国の皇帝でチェコ国王でもあったルドルフ二世に献上するはずだった不老不死の薬を父親にのまされたためにこんなに長生きをしている」と告げるのです。薬の効力は約三百年、その効力が切れかかっていると感じたため、内縁の夫だったペピ・プルスにあずけてあった不老不死の秘薬の処方を取り返しに来たのです。

その処方を前にして、それぞれに登場人物たちは悩みます。まずは、その秘薬の処方がだれに属するものか、あれこれと議論をしあったあと、その秘薬が手に入ったら自分だったらどうするか、御託を並べあいます。チャペックは自身の考えを一切ここでは出していません。ところが、強い酒を飲まされてすっかり酔いつぶれていたエミリア、実は三百年以上も生きてきたエリナ・マクロプロスが酔いから覚め、みんなに話しかけます。

「長生きなんて、がまんができないわ。肝心の魂が死んでしまい、アンニュイというか、なにもかもが空虚で、もういらない感じなの。さっさと死んでしまえるからこそ、すべていいんじゃない」

この言葉をきいただれもが、不老不死の秘薬を受け取るのにしり込みするようになります。宙に浮いた秘薬をどうすればいいのか？

ところが、若い娘クリスティナは秘薬の処方の書かれた書付を何のためらいもなくあっさりとローソクの火にかざして燃やしてしまいます。だれもがほっとした中で、カレル・チャペックははじめて自分の考えをエミリアに言わせるのです。

「ほほほ、これでやっと死ねるわ！」

「マクロプロスの秘密」の書かれた百年近く前に、この言葉はきわめて刺激的で、ほとんどの人にとっては受け入れがたいものだったことが想像されます。でも、現代、多くの高齢者がアンチエイジングのサプリメントに走る一方で、若者たちからは陰に陽に「そろそろわれわれに席を譲っては」という言葉が発信されます。現代の若者と「白い病気」に登場する若者のあいだになんのちがいもないのです。

カレル・チャペックは現代になってはじめて破裂する時限爆弾を仕掛けたのかもしれません。この戯曲「マクロプロスの秘密」は早くも一九二六年にはチェコの作曲家ヤナーチェックによってオペラ化されていますが、日本でもときどき上演され、好評のようです。思わず引き込まれるストーリーのドラマチックな展開とヤナーチェックのすばらしい音楽がみごとに調和しているからでしょうか。私はまだこのオペラを観ていませんが、ぜひ観たいと思っています。


これまでのカレル・チャペック・セレクションですばらしい装幀、挿絵を描いていただいていた和田誠氏が昨年お亡くなりになりました。私にとっては大変ショックなことでした。はじめて装幀、挿絵をお願いしたときの、「いいよ。おれ、チャペック好きだから」という簡潔にして明快なお言葉が今でも耳に残っています。

どなたかに挿絵、装幀をお願いしなければとずっと思っていましたが、ようやく今年に入り、「この人だ！」とひらめく方と巡り合うことができました。それがかみや　さんです。今回の「カレル・チャペック戯曲集Ⅱ白い病気／マクロプロスの秘密」の挿絵、装幀は和田誠氏の作風とは異なりますが、ダイナミックで躍動感があり若々しさを感じます。ありがとうございました。

訳者紹介

栗栖《くりす》 茜《あかね》

1943年生まれ。東京医科歯科大学医学部卒業。

主な著訳書

著書 「がんで死ぬのも悪くはないかも」「登山サバイバル・ハンドブック」「低体温症サバイバル・ハンドブック」

訳書 「低体温症と凍傷　全面改訂第二版」「アコンカグア山頂の嵐」(共訳)「ひとつのポケットからでた話」「もうひとつのポケットからでた話」「カレル・チャペック戯曲集Ⅰ　ロボット／虫の生活より」「園芸家の十二ケ月」「サンショウウオ戦争」「長い長い郵便屋さんのお話」など

ブログ　http://ameblo.jp/capek-kurisu/

白い病気／マクロプロスの秘密

2020年8月18日　初版

著　者　カレル・チャペック

訳　者　栗栖　茜

発行者　栗栖　茜

発行所　合同会社海山社

〒157-0044　東京都世田谷区赤堤3-7-10

URL http://www.kaizansha.com

印　刷　株式会社セピア印刷

ISBN978-4-904153-14-7　Printed in Japan

海山社の出版物

がんで死ぬのも悪くはないかも
栗栖　茜　　本体 667 円＋税

アコンカグア山頂の嵐　チボル・セケリ
栗栖　継、栗栖　茜　訳　　本体 1,200 円＋税

いたずら子犬ダーシェンカ　カレル・チャペック
栗栖　茜　訳　　本体 1,400 円＋税

ひとつのポケットからでた話　カレル・チャペック
栗栖　茜　訳　　本体 2,200 円＋税

もうひとつのポケットからでた話　カレル・チャペック
栗栖　茜　訳　　本体 2,200 円＋税

登山サバイバル・ハンドブック
栗栖　茜　　本体 500 円＋税

低体温症サバイバル・ハンドブック
栗栖　茜　　本体 477 円＋税

カレル・チャペック戯曲集 I
ロボット／虫の生活より
栗栖　茜　訳　　本体 2,000 円＋税

園芸家の十二ヶ月　カレル・チャペック
栗栖　茜　訳　　本体 2,000 円＋税

新版　古代の地形から『記紀』の謎を解く
嶋　恵　　本体 2,000 円＋税

低体温症と凍傷　ゴードン・G・ギースブレヒト、ジェームズ・A・ウィルカースン
栗栖　茜　訳　　本体 2,000 円＋税

サンショウウオ戦争　カレル・チャペック
栗栖　茜　訳　　本体 2,600 円＋税

長い長い郵便屋さんのお話　カレル・チャペック
栗栖　茜　訳　　本体 2,000 円＋税

刊行予定

カレル・チャペックとイギリスを巡る　カレル・チャペック

絶対子炉　カレル・チャペック